我观故我在

李志军 著

SPM
南方传媒
花城出版社
中国·广州

图书在版编目（CIP）数据

我观故我在 / 李志军著. -- 广州 ： 花城出版社，
2024. 11. -- ISBN 978-7-5749-0282-4

Ⅰ．I267.1

中国国家版本馆CIP数据核字第2024088PW4号

出 版 人：张　懿
责任编辑：安　然
责任校对：汤　迪
技术编辑：林佳莹
封面设计：张年乔

书　　名　我观故我在
　　　　　WOGUAN GUWOZAI
出版发行　花城出版社
　　　　　（广州市环市东路水荫路 11 号）
经　　销　全国新华书店
印　　刷　佛山市浩文彩色印刷有限公司
　　　　　（广东省佛山市南海区狮山科技工业园 A 区）
开　　本　880 毫米 ×1230 毫米　32 开
印　　张　11.375　1 插页
字　　数　280，000 字
版　　次　2024 年 11 月第 1 版　2024 年 11 月第 1 次印刷
定　　价　58.00 元

如发现印装质量问题，请直接与印刷厂联系调换。
购书热线：020-37604658　37602954
花城出版社网站：http：//www.fcph.com.cn

多维互动，漫汗通观儒释道；积杂成纯，从容涵化印中西。

——萧萐父

序

孙劲松

　　志军兄是我在武大哲学学院读博士的同学。当过政府官员，后来又辞官经商。2005年来读博士，研究佛学完全基于兴趣，没有功利目的。

　　志军擅长书法。他的导师麻天祥教授也写毛笔字。有一次我和麻老师说："您的字看着舒服，志军的字绕来绕去，看不懂。"麻老师竟说他只是随便写，志军书法有功底、是专家。听到麻老师的点评，我再也不敢轻视他了。

　　2011年毕业的时候，麻老师惦念着要给他找一个高校教职。他说已经老大不小，不想在体制内混，自谋生路吧。志军在汝州风穴寺创了风穴书院，在郑州主持一个国学博览馆，在洛阳白马寺还带一个佛学研修班，"两寺三地"，跑来跑去。又喜欢和诗人、作家、艺术家泡在一起。据说他做事多是尽义务，现在出书都是贴钱的，养家糊口应该另有来路。

　　《我观故我在》是他的一本文学哲学随笔集。全书视野宽广、气象万千，儒释道、印中西都有涉猎，多有精深之见。行文方式多变，时而有学究式的考据论证，时而又有诗人式的天马行空。我开玩笑说"打通儒释道，吹破古今牛"。著名哲学史家、珞珈中国哲学学派代表人物萧蓥父先生提出，研究学问要"多维互动，漫汗通观儒释道；积杂成纯，从容涵化印中西"。志军这一二十年正是按着这条路走的，而且道路越走越宽、越走越深，走出了一番新天地。

"文章从来甘苦事，著书不为稻粱谋。"这是志军的写照，我得向他学习。

■ 孙劲松，1973年11月出生，安徽怀远人。哲学博士，现任武汉大学国学院院长、哲学学院暨国学院教授、博士生导师。

前　言

1

观与看不同。

看，用的是眼睛；观，用的是心。

观，《说文解字》云："谛视也。"取"闓明视物审谛"之意。《小雅·采绿传》曰："观，多也。"见多才能识广，物多而后可观。《广韵》："观，楼观。"《释名》曰："观者，于上观望也。"站得高，看得远。

"欲穷千里目，更上一层楼。"

"会当凌绝顶，一览众山小。"

"孔子登东山而小鲁，登泰山而小天下。"

……

立足点的角度与高度不同，所观的景象就不同。

2

世人之争，多是观点之争。彼亦一是非，此亦一是非，各是其所是而非其所非。庄子说："是以圣人不由，而照之于天"（《庄子·齐物论》），并且，"不开人之天，而开天之天"（《庄子·达生》）。

鲲化而为鹏，钻出寒冷、幽暗、封闭的深海，"抟扶摇羊角而上者九万里，绝云气，负青天"，在晴朗的天空中"道观"世界。大鹏的眼睛，是动态的，全方位的，如同无人机拍摄，"以道泛观而万物之应备"（《庄子·天地》），"游乎天地之一气"（《庄子·大宗师》）。

《周易》有风地"观"卦，风在空中观地，目光比大鹏更温柔，更周遍。下卦依次是："童观"——小儿之见；"窥观"——小人之见；"观我"——审视自己，进退与道相合。到了上卦："观国之光"——开阔视野，兼善天下；"观我"——自我省察，完善道德人格；"观其"——站在他人的角度审视自己，百尺竿头，更进一步。最终抵达"大观在上，顺而巽，中正以观天下"的境地。

《金刚经》云："须菩提，于意云何？如来有肉眼不？如是，世尊，如来有肉眼。须菩提，于意云何？如来有天眼不？如是，世尊，如来有天眼。须菩提！于意云何？如来有慧眼不？如是，世尊！如来有慧眼。须菩提！于意云何？如来有法眼不？如是，世尊！如来有法眼。须菩提！于意云何？如来有佛眼不？如是，世尊！如来有佛眼。"

从肉眼、天眼、慧眼、法眼到佛眼，通过修行，心灵不断提升直至大彻大悟。智无不极，照无不圆，唯佛有之，故名"佛眼"。

如来一体同观，既以肉眼又以佛眼看恒河所有沙数佛世界，则"尔所国土中，所有众生，若干种心，如来悉知”。

芸芸众生，其心无非两种，虚妄心和清净心。

3

“心者，形之君也而神明之主也。”（《荀子·解蔽》）

心如何才能清净？荀子说，去蔽。

“凡人之患，蔽于一曲”，“凡万物异则莫不相为蔽，此心术之公患也”；所谓的诸子百家危害更大，“曲知之人，观于道之一隅，而未之能识也；故以为足而饰之，内以自乱，外以惑人，上以蔽下，下以蔽上，此蔽塞之祸也”（同上）。包括庄子也有所蔽，“蔽于天而不知人”。甚至在孔门之中，孟子是“俗儒”，子夏、子张等则是“贱儒”。只有孔子本人是“大儒”。

孔子仁知并且不蔽。“圣人知心术之患，见蔽塞之祸，故无欲、无恶、无始、无终、无近、无远、无博、无浅、无古、无今，兼陈万物而中县衡焉。”（同上）

孔子心如止水而以道为准。“何谓衡？曰：道。人何以知道？曰：心。心何以知？曰：虚壹而静。”（同上）

“虚壹而静，得大清明”。臻此境界者，“万物莫形而不见，莫见而不论，莫论而失位。坐于室而见四海，处于今而论久远，疏观万物而知其情，参稽治乱而通其度，经纬天地而材官万物，制割大理而宇宙里矣”（同上）。

孔子对“蔽”保持警觉。他说：“好仁不好学，其蔽也愚；好知不好学，其蔽也荡；好信不好学，其蔽也贼；好直不好学，其蔽也绞；好勇不好学，其蔽也乱；好刚不好学，其蔽也狂。"（《论语·阳货》）如果不"学"，再好的品德，也可能走向反面。

从"十五志于学"，由而立而不惑，而知天命，而耳顺，心灵一步步升华，最终达到"从心所欲不逾矩"，自由自在。荀子说"积善成德，而神明自得，圣心备焉"，也是有据可依的。

庄子并非不知人。《人间世》中，颜回要到卫国去，救民于水火之中。孔子说，不行，以你现在的修为去劝年壮行独的卫君，无疑是"以火救火，以水救水"，说不定，落个"桀杀关龙逢，纣杀王子比干"的下场。"古之至人，先存诸己，而后存诸人"，其要是"心斋"。仲尼曰："若一志，无听之以耳而听之以心，无听之以心而听之以气。听止于耳，心止于符。气也者，虚而待物者也。唯道集虚。虚者，心斋也。"

庄子的"唯道集虚"与荀子的"虚壹而静"并无二致。不过，庄子不希望干扰万物之自化，故观于天而不助："圣人者，原天地之美而达万物之理。是故至人无为，大圣不作，观于天地之谓也。"（《庄子·知北游》）

4

佛教是释迦牟尼依定境所观建立起来的，很多佛经直接讲"观"。

"观自在菩萨，行深般若波罗蜜多时，照见五蕴皆空，度一切苦厄。"《心经》开口便讲的就是"观""照"。"观自在"就是观心，当然是自性清净心；"行深般若波罗蜜多"是禅观的过程；"照见五蕴皆空"就是"去蔽"，用般若之光洞穿蒙在心头的种种客尘，一切苦厄都是蒙在心头的尘埃惹出来的。观的目的是"心无罣碍"。"无罣碍故，无有恐怖，远离颠倒梦想"，清净心自然而然就呈现出来了。"我有明珠一颗，久被尘劳关锁。今朝尘尽光生，照破山河万朵。"（《五灯会元》卷第十九）

一部《金刚经》，最终归结于"如是观"。前面反反复复，苦口婆心，都是在破相，破我相、人相、寿者相、众生相，破菩萨相，破佛相，破法相也破非法相。所有这些相，均属有为法。"一切有为法，如梦幻泡影，如露亦如电，应作如是观。"

"如是观"就是"观如是"。"如是"就是"清净心"。用清净心来观，才能看见诸法实相，人生真谛，宇宙本质。

慧能"直指人心"，直截了当，唤醒自性清净心，寂而常照，照而常寂，主导人的日常生活。

庄子说："至人之用心若镜，不将不迎，应而不藏。"（《庄子·应帝王》）孔子说，"吾有知乎哉？无知也。有鄙夫问于我，空空如也，我叩其两端而竭焉"，拒绝任何先入之见，"子绝四：毋意，毋必，毋固，毋我"（《论语·子罕》），甚至说，"言必信，行必果，硁硁然，小人哉"（《论语·子路》）。在慧能之前，孔子、庄子早就"无所住而生其心"了。

禅宗拒斥思维，更不用说思考乃至思辨了。

黄檗希运说，举心动念，即乖法体；息念忘虑，佛自现前。临济义玄勘验禅僧，间不容发，拟议即打，打得学人思虑顿断、意识顿空，此乃禅家之"无门关"。

　　笛卡儿说"我思，故我在"。在东方哲人这里，则是"我观，故我在"。

目录

上　卷

下 卷

上　卷

窈窕淑女

"关关雎鸠，在河之洲。窈窕淑女，君子好逑。"

《诗经》的第一首诗《关雎》的开篇。

古往今来，如果评出流传最广、影响最深的一句诗，肯定是"窈窕淑女，君子好逑"。即便是穷乡僻壤，山野人家，也常常把它贴在洞房的门上，以作美好的祝福。

何为"窈窕淑女"？

现代学者多把"窈窕"译成苗条、漂亮之类。

古代的学者，多在《毛诗传》的基础上发挥。《毛诗传》云："窈窕，幽闲也。淑，善也。逑，匹也。言后妃有关雎之德，是幽闲贞专之善女，宜为君子之好匹。"崔述《考信录》云："窈窕，洞穴之深曲者，故字从穴，喻其深居幽邃而不轻得见也。"崔述用"妇当从人，女贵自重，故以深居幽邃，贞静自守为贤"来赞美后妃之德，倒也成立。

那么，宫廷深处的后妃跑到河边干什么？据李樗、黄櫄《毛诗集解》，竟有多家陋儒云："太姒无嫉妒之行，乐于得贤女以配文王。"

原来，《关雎》所歌颂的，竟是后妃太姒到民间为文王挑选美女！

《说文》云："窈，深远也，窕，深肆极也。"

"窈"没问题。《老子》说："窈兮冥兮。"《庄子·在宥》云："至道之精，窈窈冥冥。"用"幽闲"一个意思来释"窈窕"就单薄了。扬雄《方言》中说："秦晋之间，美心为窈，美状曰窕。"

其实，"窕"还有一个意思。《古今汉语常用字字典》记载，"窕"通"佻"。《左传·襄公二十六年》："楚师轻窕，易震荡也。"

《说文》："佻，愉也。"快乐的样子。把"窕"与"窈"放在一起，则是既文静优雅，又活泼开朗。

屈原《九歌·山鬼》："既含睇兮又宜笑，子慕予兮善窈窕。"眉目含情，笑靥如花，多么醉人的情景。

孔子云："巧笑倩兮，美目盼兮，素以为绚兮。"如果没有真挚的爱情，没有遵从纯洁的天性，窈窕就有可能流于轻佻、放荡。

李斯《谏逐客书》："而随俗雅化，佳冶窈窕，赵女不立于侧也。"《后汉书·列女传·曹世叔妻》："入则乱发坏形，出则窈窕作态。"李贤注："窈窕，妖冶之貌也。"

"淑"，《说文》："淑，清湛也。水清为淑。""淑"假借为"俶"，善良、纯洁之意。

"窈窕淑女"，文雅，阳光，纯净。这就是孔子心目中理想的少女形象，也是数千年来东方女性的完美化身！这才是母仪天下的"后妃之德"。

有学者言，"后妃之德"实际是指"后"和"妃"两个人。

"后"，从人，从一，从口，发号者，施令以告四方。《尔雅》："后者，君也。"《周颂·昊天有成命》云："昊天有成命，二后受之。"二后，即指文王、武王。诸侯亦称后。后来成为帝王妻子的专用名称。

"参差荇菜，左右流之；窈窕淑女，寤寐求之。"

荇菜，陆机《疏》云："一名接余，白茎，叶紫赤色，正圆，径寸余，浮在水上，根在水底，与水深浅等，大如钗股，上青下白。"

雎鸠是挚而有别之物，荇菜是洁净和柔之物。

参差，长短不齐；或左或右，言无方也。流，顺水之流而取之也。或寤或寐，言无时也。荇菜水下有根，随水而流，温柔而不失节，从另一个角度讲述窈窕淑女的品性。

"求之不得，寤寐思服；悠哉悠哉，辗转反侧。"

"求之不得"，一方面说君子的痴情，另一方面说淑女的审慎。思，脑与心。"田"为囟门。朱熹云："服，犹怀也。悠，长也。"

辗，《说文解字》作"展"，展之为言舒也。转，则运动之义。反，复也。侧，旁也。因展转而至于反，至于侧也，皆卧不安席之意。

此四句最出彩。夹在"寤寐求之"之下，"友之""乐之"之上。承上递下，通篇精神全在此处。盖必着此四句，方使下"友""乐"二义快足满意。

"参差荇菜，左右采之；窈窕淑女，琴瑟友之。"

《棠棣》曰："妻子好合，如鼓瑟琴。"君子淑女，琴瑟和鸣，心意相通。"友之"，夫妻有友道，以友辅仁。

"参差荇菜，左右芼之；窈窕淑女，钟鼓乐之。"

芼，择也。李光地《诗所》："流者，随波上下而始求之也；采者，求而得之也；芼者，得而择之也。"

钱澄之："'琴瑟友之'，所以写其亲爱，自始得时言。'钟鼓乐之'，所以鸣其和豫，自既得后言。"

"琴瑟友之"讲的是才子佳人两情相悦，"钟鼓乐之"是盛大的吉庆宴会。

《关雎》并非一首普通的爱情诗。不是一般人的家中都有"琴瑟"和"钟鼓"的。郑玄《仪礼注》云："钟鼓者，天子诸侯备用之。大夫、士，鼓而已。"如果擅自使用，就会像孔子怒骂僭用宫廷舞乐仪式的季氏一样："八佾舞于庭，是可忍也，孰不可忍也！"

"君子"，当然是指未来的国君。中国的皇储是有教养、有才学、品行端正、尊重女性的青年才俊。同淑女一样，诗中的"君子"，也是少年的典范。

对比一下《圣经》中的"诸神"。《创世纪》第六章："神的儿子们看见人的女子美貌，就随意挑选，娶来为妻。"

雅克·路易·大卫有一幅名画《萨宾的妇女》。古罗马的开创者罗慕路斯，邀请附近的萨宾人到罗马城赴宴，劫持了赴宴的未婚女子，强迫她们嫁与罗马城的男子。三年后，萨宾人兴师报仇，在罗马城下与罗慕路斯展开激战。在此危急时刻，萨宾的妇女们抱着孩子，冲出城门，隔开了丈夫与父兄。

《易经》中《屯》卦："乘马班如，匪寇婚媾。"《睽》卦："见豕负涂，载鬼一车，先张之弧，后说之弧，匪寇婚媾。往，遇雨则吉。"这种野蛮而粗暴的抢亲风俗在中国的远古可能也很风行，但很早就在文明的进程中演化为礼仪的形式。

《关雎》里的"君子"对于心仪的女孩，"钟鼓乐之""琴瑟友之"，"求之不得，寤寐思服"，是一位文质彬彬、博学多才、浪漫多情的温柔少年。

这样的君子和这样的淑女真诚相爱，才能组合成幸福美满的家庭。

有了这样的国君、这样的王后，才有可能政通人和，海晏河清，天下太平，长治久安。

《中庸》云："君子之道，造端乎夫妇；及其至也，察乎天地。"齐家，治国，平天下，是从这里开始的。所以，孔子说："大哉，《关雎》之道也，万物之所系，群生之所悬命也。"

用"心"读《西游记》

1

20世纪90年代，几位朋友正在看连续剧《西游记》，忽然讨论一个问题："孙悟空为什么翻不出如来的手掌心？"

我说："孙悟空是如来的徒孙，他怎么能斗过祖师爷呢？"

朋友笑了："你没看？菩提祖师是道教，如来是佛教，乱拉扯。"

我说："导演搞错了。"

大家笑得更厉害了。

事后写了一篇小文《孙悟空的师爷》，发表在《郑州大学学报》上，大概换了学术化一些的名字。

2017年，华东师范大学的张同标教授让我给他的研究生讲一次课。在火车上，我把《西游记》又通读了一遍，讲了《悟空取经》。

国学博览馆的公众号上，开辟一个《文论》专栏。从2019年10月开始，每周写一篇短文，解读《西游记》。写了两年多了。春节前，疫情又紧张起来，集中精力突击了一个多月，把剩余部分完成。

2

友人问："你讲《西游记》，一会儿道，一会儿儒，一会儿禅，让人摸不着头脑。"

我笑道："当年菩提祖师就是这么教孙悟空的。"

"说一会道，讲一会禅，三家配合本如然。"祖师登坛高坐，直讲得"天花乱坠，地涌金莲"。孙悟空下面闻听，"喜得他抓耳挠腮，眉开眼笑，忍不住手之舞之，足之蹈之"。

第一回的标题：《灵根育孕源流出心性修持大道生》。

不仅仅人，还有石头草木，世间万物都是"灵根育孕"。此在《大易》为"元亨利贞"，在《华严》乃"一真法界"。

天产石猴，就是宇宙之间一颗妙明真心。禅宗直指人心，顿悟成佛；道家识心见性，法身元运；儒家不失其赤子之心。三家之教，千言万语，无非"心性修持"。

王阳明云："圣人与天地民物同体，儒、佛、老、庄皆吾之用，是之谓大道。"细细读来，《西游记》妙演三教，精微万法，真乃神仙之笔。

石头尚有佛性，野兽尚知修行，妖精尚能成佛，人反为待度之鬼，岂不羞愧！

此《西游记》之棒喝也！

3

《西游记》乃一部心学著作。

人心本自清净，风起浪涌而氤氲无状。大道本无言说，云开雾散而光明普照。归根复命之学，孰能会而通之？

《西游记》以一心涵容宇宙，以一心之修持贯穿凡圣隐显十法界。寓道于乐，寓真于幻，如天马之行空，如春蚕之抽丝，非融通三教、洞明世事、大彻大悟之大宗师，莫能为也！

《西游悟空》立足于明心见性，视行文之方便，杂取儒家之心学、道家之丹道、佛家之禅宗经典予以疏解。学术背景，偏重中国大乘佛学。

一者，《西游记》问世以来，儒家有张书绅的《新说西游记》，道家有澹漪子的《西游证道书》、悟一子的《西游真诠》、悟元子的《西游原旨》，尚未看到从佛家的角度解读《西游记》的专著。李贽的点评，可说是心学，也可说是禅学，虽精彩，但简单。

二者，贯穿全书的毕竟还是佛教。主人公是佛教徒，取的是佛教经典，最终成就的是佛家的正果。

三者，降伏孙悟空的是如来佛祖，八戒、沙僧早年修道后皈依佛门，金顶大仙依然在灵山脚下，隐隐然以佛家略高一筹。

四者，沿途与道士斗法，皆以和尚完胜而告终。

五者，如来反复嘱咐：此三藏经典，"虽为我门之龟鉴，实乃三教之源流"；盖此内，"有成仙了道之奥妙，有发明万化之奇方"；又能弥补儒家之不足，"虽有孔氏在彼立下仁义礼智之教，帝王相继，治有徒流绞斩之刑，其如愚昧不明，放纵无忌之辈何耶！我今有经三藏，可以超脱苦恼，解释灾愆"，"真是修真之径，正善之门"；并且，"凡天下四大部洲之天文、地理、人物、鸟兽、花木、器用、人事，无般不载"。

"三教之源流"者，源于本心也。

"如来"者，如其本心也。

4

孙悟空乃"灵根育孕"，率先到西天，灵台方寸山悟"祖师禅"，斜月三星洞得"无字经"，在黑风山受观音菩萨点化，彻悟圆觉，成为唐三藏的心灵导师。

八戒、沙僧"半路出家"者，相对于见性成佛，得道成仙仅得其半，亦足以守护三藏之心也。

唐三藏本为"古佛儿"，一念无明，堕入六道轮回；"江流儿"者，滚滚红尘也；"金蝉子"者，脱壳返本也；"旃檀功德佛"者，偶像也。

"心生，种种魔生"，不离两条主线：一是来自悟空的心头，二是来自唐僧的心头。

悟空悟后起修，消除大闹天宫留下的"后遗症"。

西游之路，乃是唐三藏的"回故乡之路"。可惜他只认生身之父母，不明心灵之故乡。沿途妖精纷纷攘攘"要吃唐僧肉"者，实为点化他，摆脱肉体，回归本心。

菩萨妖精，总是一念，此大圣顿悟之疾也。贫子返乡，惊怖自怪，此唐僧成佛之难也。

十万八千里，为妄心与本心之间的距离。悟空一个筋斗云，唐僧整整走了十四年。五千零四十八日，取回五千零四十八卷经。

5

　　读《西游记》，要打破时空，幻于一心。
　　花果山、火焰山、灵山，本是一心。道心开发为花，顿悟成佛是果，此花果山也。心头火起，留下火焰山也。日日花开，时时果熟，习静归真，参禅果正，不灭不生，不增不减，此灵山也。
　　洪江、流沙河、通天河、凌云渡，同一心源。迷则流于洪江、浮于流沙、沉于通天，悟则渡凌云而登灵山。
　　东土，西天，心头之一念也。
　　五百年前，千年之后，定中之一瞬也。

6

　　《西游记》之结构，极为严谨。
　　欲证西天道果，先植东土灵根。
　　欲说唐僧取经，先说悟空取经。
　　欲取有字真经，先取无字真经。
　　欲度东土之鬼，先请西天之佛。
　　欲寻取经人，先定大圣心。
　　悟空取经，虚写十数年之艰辛，详写顿悟之半夜；唐僧取经，详写十四年之磨难，成佛只是摔一跤。
　　前有殷小姐招女婿，绣球专打陈光蕊；后有阴公主招驸马，绣球专打陈玄奘。

金蝉子转世，遇刘洪；金蝉子脱壳，遇寇洪。

江流儿随波逐流，到金山寺；江流儿功成行满，登上"金"顶、灵"山"、雷音"寺"。

通天河当十万八千里之半，乃返本还元之处，贞下起元之时。去时三藏沉入水底，老鼋渡其过河；回时老鼋沉入水底，三藏升入空中。

前有唐太宗地府转阳，后有寇员外地府转阳，东土即西土，度鬼即度人也。

……

洋洋洒洒，七十万言，起于"天地之数"，结于"天地不全之奥妙"，真天衣无缝也！

7

九九八十一难，环环相扣，层层递进。

五庄观吃了人参果，满以为要长生不老了；下个妖怪告诉你，美女转瞬就是白骨。

在号山唐僧一行灭了三昧真火，收服善财童子，马上遇到两条河：一是龙王私雨留下的黑水河，里面是龙王的外甥为妖；二是菩萨甘露留下的通天河，里面是菩萨的金鱼作怪。

江流儿的父亲招东床，一路下来的妖精，猪刚鬣、黄袍怪、牛魔王、九头虫，不是倒插门，就是驸马爷；女王、女妖，包括试禅心的四圣，也都是招上门女婿。

……

送玄奘投生的是观音菩萨，令玄奘取经的是观音菩萨，安排徒弟的是观音菩萨，布置妖精的也是观音菩萨。种种设计，良苦用心，只为"那唐僧四众，一路上心行"，回归如来也。

8

读《西游记》，须品味各回的题目，或言禅法或言丹道或言易象五行，皆有点睛之妙。

读《西游记》，须细细领会里面的诗词，都是明心见性之作。

读《西游记》，须留意每回开篇的几句话，多为承上启下之笔。

读《西游记》，每遇高山大河，要注意三藏的心理活动，什么样的心生什么样的魔。

读《西游记》，要琢磨每个名字的含义，山、洞、水、林、邦、国、州、县、各色人等及手中的兵器，尤其是妖精，包括巡山、送信的小妖。

读《西游记》，反思一下妖怪的来路、结局，就知道了"这一难"解决了什么心魔。

"起诸善法本是幻，造诸恶业亦是幻"，明乎此，即可突破世间善恶观念，直抵唐僧心魔的根源。

读《西游记》，要在"本来无一物，何处惹尘埃"处立足，从"时时勤拂拭，勿使惹尘埃"处着眼。

读《西游记》，要格外关注悟空与唐僧对《心经》的讨论，那是唐僧的修行境地。

读《西游记》如同参禅，八十一难，八十一个公案。

……

所有故事，都是游戏，于游戏中见深情。一切文字，皆为幻化，于幻化处立真心。

读《西游记》，不可放过一个字，反复回味，妙不可言。

9

读圣贤之书难，读神仙之书尤难！

悟元子云："《西游》，神仙之书也，与才子之书不同。才子之书论世道，似真而实假；神仙之书谈天道，似假而实真。"[1]幔亭过客云："文不幻不文，幻不极不幻。是知天下极幻之事，乃极真之事；极幻之理，乃极真之理。故言真不如言幻，言佛不如言魔。"[2]

《西游记》阐三教一家之理，传性命双修之道。言不空发，字不虚下。俗语常言，暗藏天机；嬉笑戏谑，显露心法。若非对佛家之《金刚》《法华》、儒家之《周易》《四书》、道家之《参同》《悟真》烂熟于心，还真不敢说你读懂了这部小说。

佛家修本心，儒家立仁心，道家还道心，总是一心。小说开篇诗中云：

"覆载群生仰至仁，发明万物皆成善。欲知造化会元功，须看西游释厄传。"

"造化会元"者，会于一心也。"西游释厄"者，《心经》所谓"照见五蕴皆空，度一切苦厄"也。直修到干干净净、心无挂碍、远离颠倒梦想、究竟涅槃、得阿耨多罗三藐三菩提、成菩萨成佛，方知般若波罗蜜多"能除一切苦，真实不虚"。

释迦牟尼睹明星而悟道："奇哉奇哉，一切众生，无不具有

---

[1] 刘一明：《西游原旨》，中国致公出版社，2016，第13页。
[2] 吴承恩：《西游记》，李贽点评，齐鲁书社，1993，题词页。

如来智慧德相，只为执着而不能证得！"

石头无情，佛性本具，生公说法，顽石点头；猴子兽类，而有如来智慧德相。《西游记》让石猴修道，让石猴开悟，让石猴成为三藏法师的心灵修炼导师，真可谓深得佛法三昧，"无上、甚深、微妙"了！

《维摩诘经》云："以难化之人，心如猿猴，故有若干种法，制御其心，乃可调伏。"[①]

第一回名曰："灵根育孕源流出，心性修持大道生。"万物之生，皆是"灵根育孕"；三教之道，无非"心性修持"。

一部《西游记》，五千年华夏文化的本旨、精髓，尽在其中矣！

路曼曼其修远兮，吾将上下而求索。

---

①僧肇等撰：《注维摩诘经》，于德隆点校，线装书局，第269页。

孙悟空的师爷

猴王取经

《西游记》中，一共取了几次经？

有的说一次。

有的说两次。

第一次被阿傩、迦叶所骗，取的是无字经书。话说师徒四人：

> 当年奋志奉钦差，领牒辞王出玉阶。
>
> 清晓登山迎雾露，黄昏枕石卧云霾。
>
> 挑禅远步三千水，飞锡长行万里崖。
>
> 念念在心求正果，今朝始得见如来。

四众到大雄宝殿殿前，对如来倒身下拜。拜罢，又向左右再拜。各各三匝已遍，复向佛祖长跪，将通关文牒奉上，如来一一看了，还递与三藏。三藏顿卤作礼，启上道："弟子玄奘，奉东土大唐皇帝旨意，遥诣宝山，拜求真经，以济众生。望我佛祖垂恩，早赐回国。"

万万没有想到，阿傩、迦叶索要人事未果，竟然瞒天过海，把空无一字的经书送给了他们。

在燃灯古佛的暗中相助下，四人重上灵山，取回了三藏有字经文。

为什么必须让唐僧历尽八十一难，才能取到真经？如来道："圣僧，汝前世原是我之二徒，名唤金蝉子。因为汝不听说法，轻慢我之大教，故贬汝之真灵，转生东土。"

佛教只有取经，没有传教。礼有来学，义无往教，师道尊严，道不可诎。《易·蒙》云："匪我求童蒙，童蒙求我。初噬告，再三渎，渎则不告。"

如来对唐僧言曰："此经功德，不可称量，虽为我门之龟鉴，实乃三教之源流。若到你那南赡部洲，示与一切众生，不可轻慢，非沐浴斋戒，不可开卷，宝之重之！盖此内有成仙了道之奥妙，有发明万化之奇方也。"

此乃第二次取经。

其实，在唐僧这两次取经之前，先有猴王取经。

猴王取的就是以心传心的"无字真经"！

这个猴子的根器太利，误将祖师心印，变成空慧狂禅，未达圆觉究竟，徒增贡高我慢，欺心傲物，棒打天下，不修正果，反为妖精。没有救苦救难，却把人间、天上、龙宫、地狱搅了个底朝天。

猴王取经，以失败而告终，这才有了金蝉子转世，承担起取经重任。

悟空压到五行山下，如来回到灵山大雷音寺。

盂兰盆会上，如来唤聚诸佛、阿罗、揭谛、菩萨、金刚、比丘僧、比丘尼等，说有《法》《论》《经》三藏："乃是修真之经，正善之门。我待要送上东土，叵耐那方众生愚蠢，毁谤真言，不识我法门之旨要，怠慢了瑜伽之正宗。怎么得有一个有法力的，去东土寻一个善信，教他苦历千山，远经万水，到我处求取真经，永传东土，劝化众生，却乃是个山大的福缘，海深的善庆。"

如来说："自伏乖猿安天之后，我处不知年月，料凡间有半千年矣。"

这五百年，乃《金刚经》中所言："若当来世，后五百岁，其有众生得闻是经，信解受持，是人即为第一希有。"

从早期的小乘佛教到大乘佛教的兴起，正是五百年的时间。

猴王取经的重大成就，就是给唐僧培养锤炼出了一个既能保驾又能领路的大弟子。

在追随唐僧取经的途中，悟空打破顽空，大彻大悟了！名义上，玄奘是老师，悟空是弟子；实际上，悟空是玄奘的心灵导师。这是后话，暂且不表。

悟空取经，走的是海上丝绸之路。第一回：

独自登筏，尽力撑开，飘飘荡荡，径向大海波中，趁天风，来渡南赡部洲地界。

猴王参访仙道，无缘得遇。在于南赡部洲，串长城，游小县，不觉八九年余。忽行至西洋大海，他想着海外必有神仙。独自个依前作筏，又漂过西海，直至西牛贺洲地界。

　　海路是佛经传入中国的另一条重要途径。与鸠摩罗什、玄奘齐名的翻译家真谛法师、禅宗初祖菩提达摩就是经南海到南朝梁朝。比唐僧早两百年的取经僧法显和尚返回中国，走的是海路。唐代的义净法师是从海路取经之人。

　　猴王到了西牛贺洲，遇到的老师叫须菩提，即菩提祖师。

　　在几部《西游记》的影视剧里面，菩提祖师都是老道士的打扮，实实在在是弄错了。

菩提祖师

　　似乎没有几个人真正读懂《西游记》。其实很简单，只要你明白了孙悟空的老师是谁就行了。

　　孙悟空的老师是菩提祖师。菩提祖师即须菩提，佛祖释迦牟尼的徒弟。"又称空生。十大弟子中解空第一。佛与之说般若空理者。"我们在寺院里通常看到，侍立在如来身边的两尊塑像，年长的迦叶为头陀第一，年少的阿傩多闻第一，包括唐三藏前身——佛祖的二弟子金蝉子，都是菩提祖师的师兄弟。"解空"即"悟空"。须菩提既称解空第一，给自己的徒儿起名为"悟空"，正是家学真传。《般若波罗蜜多心经》中说："色不异空，空不异色，色即是空，空即是色。"此处，"色"，不是"女色"的"色"，不是"颜色"的"色"。"色"是"示现"，也指所有可见物质的"形象"。所以悟"空"之后的猴子想变什么就能变什么。"七十二变"只是虚指。

　　悟空的另一个师父唐三藏，也是如来的徒弟。无论从哪个角度讲，如来佛都是悟空的师爷。

　　悟了空的猴子是佛祖的小徒孙，所以叫孙悟空。

一个小徒孙，能翻出师爷的手掌心吗？

心 猿

　　须菩提在舍卫国祇树给孤独园向如来佛祖请教如何"降伏其心"，佛祖讲授了一部《金刚经》。《金刚经》对中国佛教影响非常大。六祖慧能大师在卖柴时听了一句《金刚经》，心灵开悟，而后创了国产的禅宗。悟空被打三下，半夜三更找菩提祖师学艺就是从慧能见五祖的故事演化来的。"心"和"如何降伏其心"，是中国的哲学，特别是唐宋之后的佛学和理学的一大命题。《西游记》正是明末心学盛行时代的产物。

　　意马心猿。心性如猴，躁动不已。产孙悟空的石头，有九窍八孔。明末学者叶昼批曰："此说心之始也，勿认说猴。"另有人说水帘洞的"三点水"，加上一座"铁板桥"，乃一"心"字。花果山上的"桃"、烂桃山上的"桃"、蟠桃园的"桃"、西行路上的"桃"等，都是心的形状。如有牵强之嫌的话，那么，美猴王学艺之地，须菩提幽居之所，"灵台方寸山，斜月三星洞"，分明指的就是"心"。"灵台"与"方寸"都是"心"的别称，"斜月"带上"三个小星星"不是"心"字又是什么？

　　"宇宙即是吾心，吾心即是宇宙"。天地之"心"头，造就了一个孙猴子，能太平清净吗？龙宫天宫、阴阳两界，一切都搅得乱了套。只有佛法才能降伏这个"心"，只有如来佛祖才能制伏悟空，把他压在五行山下。唐僧收了悟空，"心猿"归了"心主"。此时五行山唤作两界山，暗指悟空这个"心"还在人佛两界之间。还要做到"善护持"，要看守好这个"觉悟心"，别乱动，所以需要一个紧箍咒，由"心主"约束其心。到了第五十八回，师徒离心，"长老只得怀嗔上马。孙大圣有不睦之心，八戒沙僧各有嫉妒之意，师徒都面是心非"。有了"二心"，就又冒出了一个孙悟空。两个美猴王从花果山打到落伽山，从天宫打到地狱，一直闹到灵鹫山。如来说"且看二心竞斗而来也"。最后如来佛祖把这颗"假心""妄心"收服，悟空一棒打死。当然悟空的"佛心"不是靠别人降伏，而主要是自己修来的。

　　《西游记》又称《西游释厄传》。"厄"，是人生的苦难。"释厄"，即解脱苦难。一切烦恼皆由心生。《般若波罗蜜多心经》说："观自在菩萨，行深般若波罗蜜多时，照见五蕴皆空，度一切苦厄……"观自在菩萨就是观世音菩萨，内观自心，外观人间，省心度人。身心内外，一切皆空，空无所有，彻底悟"空"，就能去掉一切苦厄。一部《西游记》，演绎的不只是师徒四众排除万难的取经故事，更是孙悟空觉悟成佛的心路历程。

　　佛是什么？度驴度马。万物皆有佛性，猴子也不例外。既然名为"悟空"，慧根当然不浅。菩提祖师道："狲字去了兽旁，乃是个子系，子者，儿男也，系者，婴细也。正合婴儿之本论。教你姓'孙'吧。"即是《庄子》"为婴儿"，《孟子》"不失赤子之心"之意。佛学讲童心无垢，只是后来被妄心遮盖，社会沾染，迷失了本性。如与佛有缘，有朝一日是会观照出自己的般若心的。

　　六根清净是禅修的基本功。皈依佛门，要斩断人间七情六欲。悟空归顺唐僧，首先打死六个毛贼，灭了"六欲"。哪六贼？"一个唤作眼见喜，一个唤作耳听怒，一个唤作鼻嗅爱，一个唤作舌尝思，一个唤作意见欲，一个唤作身本忧。"正是《心经》中的"眼、耳、鼻、舌、身、意""六根"，生出的"喜、怒、爱、思、忧、欲""六欲"。第七十二回，"盘丝洞七情迷本，濯垢泉八戒忘形"。七个蜘蛛精捆住了唐三藏。叶昼批曰："'七情迷本，八戒忘形。'八个字最有深意。戒则不迷，迷则不戒，反掌间耳。女子最会缠人，谁人能解此缚？"还是被悟空"尽情打烂"，除了缠人迷人的"七情"。

乌巢禅师将观音菩萨讲的《心经》传给唐僧时说路上魔障难消，但念此经，自无伤害。"心生，种种魔生；心灭，种种魔灭。"一有杂念妄想，即惹是非，招妖魔。在玉华国收徒，遇上九头狮子精，悟空请太乙天尊降妖。天王道："那厢因你欲为人师，所以惹出这一窝狮子来也。"行者笑道："正为此！正为此！"青牛山遇到犀牛怪，是因为"你师父宽了禅性，在于金平府慈云寺贪欢，所以泰极生否，乐盛成悲，今被妖邪捕获"。

"金猴奋起千钧棒，玉宇澄清万里埃。"一路上，悟空扫荡妖魔，是保护师父；是为宇宙明心；也是在改造客观世界的同时，改造自己的主观世界。在八十五回，行者道："佛在灵山莫远求，灵山只在汝心头。人人有个灵山塔，好向灵山塔下修。"三藏道："徒弟，我岂不知？若依此四句，千经万典，也只是修心。"行者道："不消说了，心净孤明独照，心存万境皆清。差错些儿成惰懈，千年万载不成功。但要一片志诚，雷音只在眼下。似你这般恐惧惊惶，神思不安，大道远矣，雷音亦远矣。"孙悟空的悟性和理论水平高似唐三藏，并且还是正宗的禅宗一脉。

禅宗就是心宗。明心见性，即心即佛。如来拈花，伽叶微笑，心心相印，无须言语。第九十三回，刚好到了舍卫国如来佛祖给须菩提讲《金刚经》的祇树给孤独园。在当年师父开悟的地方，悟空开悟了。三藏道："《般若心经》是我随身衣钵。自那乌巢禅师教后，那一日不念，那一时得忘？颠倒也念得来，怎会忘得！"行者道："师父只是念得，不曾求那师父解得。"三藏道："猴头！怎又说我不曾解得！你解得吗？"行者道："我解得，我解得！"自此，三藏、行者再不作声。旁边笑倒一个八戒，喜坏一个沙僧，说道："嘴脸！替我一般的做妖精出身，又不是那里禅和子，听过讲经，那里应佛僧，也曾见过讲法？弄虚头，找架子，说什么'晓得，解得'！怎么就不作声？听讲！请解！"沙僧说："二哥，你也信他。大哥扯长话，哄师父走路。他晓得弄棒罢了，他哪里晓得讲经！"三藏道："悟能，悟净，休要乱说。悟空解的是无言语文字，乃是真解。"言下开悟，立地成佛。悟空被封为斗战胜佛，当然是因保唐僧取经度人的大功德，更重要的是达到了成佛的境界。"正果旃檀皈大觉，完成品职脱沉沦。"

悟空的铁棒能大能小，两头结扎，乃是一条半点元精不曾泄漏的男根。不信请看《西游记》第九十九回。唐僧师徒在通天河畔晾经时，"师徒方登岸整理，忽又一阵狂风，天色昏暗，雷闪俱作，走石飞沙……唬得那三藏按住了经包，沙僧压住了经担，八戒牵住了白马，行者却双手抡起铁棒，左右护持。原来那风雾雷闪乃是阴魔作号，欲夺所取之经"。所幸，"又是老孙抡着铁棒，使纯阳之性，护持住了；及至天明，阳气又盛，所以不能夺去"。具有"纯阳之性"的铁棒，正象征和衬托了悟空四大皆空的真如一体。

处处禅机

唐僧上辈子是如来徒弟，只为无"心"听佛讲，降生世俗遭罗网，故叫古佛儿。又名金蝉子，蝉性懦弱，但能蜕化。又名江流儿，出生时抛进江流。到灵山脚下，凌云渡口，他坐上了接引佛的渡船，自己的尸体又江流而去。到了彼岸，羽化成仙。法号三藏，实则书橱一个。禅宗老祖伽叶第一次传给唐僧的是"无字真经"，师徒参悟不透，反倒以为是没有行贿，受了捉弄，吵吵嚷嚷，取回了五千零四十八卷经文。历史上，玄奘从印度回来，创了法相宗，全盘接受印度有宗一派，与中国化的、活泼泼的禅宗相比，教条主义是无前途的。所以几十年后，创始人一死，便消失了。

人的食色二性，戒之最难。尽管戒得不太彻底，猪八戒还是成了罗汉果。应该属于北宗神秀的渐修一门。人生苦恼如恒河沙数，但若一心诵佛，沙粒即是净土。沙僧代表净土宗。孙猴子是心猿归正，小白龙为意马收缰。弟兄四人，都受观世音菩萨点化，分别为心、情、性、意。共登极乐世界，同来不二法门。

如来佛祖反倒很有人情味，可能佛心本来就是凡人常心吧。阿傩和迦叶索贿，如此腐败他不管，却开脱说："向时众比丘圣僧下山，曾将此经在舍卫国赵长者家与他诵了一遍，保他家生安全，亡者超脱，只讨得他三十三升米粒黄金白银，我还说他们忒卖贱了。"真有经济头脑。在八戒嫌净坛使者的官位低时，他还劝八戒："盖天下四大部洲，瞻仰吾教者甚多，凡诸佛事，教汝净坛，乃是个有受用的品级。"暗示八戒这是个可多少捞点油水的"肥缺"。与国情世道很相符。

这部小说的章回题目也与众不同。如《水浒传》《三国演义》等："汴京城杨志卖刀""宋江怒杀阎婆惜""诸葛亮舌战群儒""潘金莲雪夜弄琵琶"等，都是从主要人物的故事情节中凝练而来。《西游记》的标题，亦禅亦丹，画龙点睛，寓意悟空等众的修行过程及心灵境界。第一回孙悟空出世的标题是"灵根育孕源流出，心性修持大道生"。第二回，"悟彻菩提真妙理，断魔归本合元神"。悟空参透师父哑谜，学得七十二变和腾云之术，叫作"悟彻菩提"。断魔是指孙悟空杀"混世魔王"，结束了浪迹江湖的混世生涯。"归本"是说他回家还俗，又成了一个猴子。合元神喻示灵台方寸山、斜月三星洞的佛心道心与花果山、水帘洞的童心凡心合二为一。第十四回五行山唐僧收徒，叫作心猿归正，六贼无踪。第五十八回真假美猴王，叫作二心搅乱大乾坤。第九十八回到了西天，"猿熟马驯方脱壳，功成行满见真如"。整部小说一百回，题目中带"心"字的就有二十七回。另外，还往往以丹禅术语代表书中人物，"心猿"指悟空，"心主"指唐僧，"木母"指八戒，"黄婆"指沙僧等。有些标题，如"法身元运逢车力心正妖邪度脊关"等，简直是在练气功、转大周天。如你不懂得些佛教道教易经气功丹学，就是看了故事，恐怕也理解不了。什么"心猿识得丹头姹女还归本性""猿马刀归木母空"等，你能看出什么名堂？

　　《西游记》处处隐含禅机，章章别有意味。这是一部内涵博大深刻、结构精妙神奇的宗教哲理小说。菩提祖师在给悟空传道时，"道、术、流、静、动"五门，"儒、释、道、墨、医、阴阳"，诸子百家，任选任学。孙悟空花果山为仙，天宫称圣，最后成佛。这些都反映了以佛为主、佛儒道三教合一的中国文化背景。当然，不能把小说中的佛教与宗教意义的佛教混为一谈。虚云大师就认为它是反佛教的。电视连续剧《西游记》，让菩提祖师穿上道袍，无论如何是错误的。他实实在在是佛门弟子。

唐僧的情欲问题

菩萨妖精

大家都知道"三打白骨精"的故事。

白骨精是谁？说出来不要害怕。

白骨精就是观音菩萨。观音菩萨就是白骨精。

一个是吃人的妖精，一个是大慈大悲、救苦救难的菩萨，怎么菩萨就是妖怪呢？

我们看《西游记》第十七回"孙行者大闹黑风山 观世音收服熊黑怪"：

黑风山的黑熊精偷走了唐僧的袈裟。孙悟空战不过，向观音菩萨求救。两人走到山坡，看见一个道人，手捧两粒仙丹。悟空认得他是妖精，照头一棒打死。悟空将计就计，请菩萨变成妖精，自己变成仙丹，待那妖一口吞之，方便于中取事。

尔时菩萨乃以广大慈悲，无边法力，亿万化身，以心会意，以意会身，恍惚之间，变作凌虚仙子："鹤氅仙风飒，飘摇欲步虚。苍颜松柏老，秀色古今无。去去还无住，如如自有殊。总来归一法，只是隔邪躯。"

行者看道："妙啊！妙啊！这是妖精菩萨，还是菩萨妖精？"

菩萨笑道："悟空，菩萨妖精，总是一念。若论本来，皆属无有。"行者心下顿悟，转身却就变做一粒仙丹。

是菩萨，是妖精，就在一念之间。

譬如汶川大地震时，向倩老师自己身体被砸了成三段，而她双手环抱将三名学生紧紧搂于胸前，用自己的身体将三位学生保护于身体下。她就是观音菩萨。

黑龙江桦南县孕妇谭某故意在路边摔倒，将一个好心的小姑娘诱骗至家中，让丈夫奸杀。她就是妖怪。

马郎妇

当然，仅凭这样还不能说明妖精就是观音菩萨。

五代时，汝州风穴寺有个高僧，风穴延沼。

僧人问："如何是清净法身？"师曰："金沙滩头马郎妇。"

清净法身，就是佛身，菩萨身。

《续玄怪录》记载，昔延州有妇人，颇有姿色，青年人与她狎昵性交，从不拒绝。几年后就死去了，人们把她埋葬在路边。大历年间，有个胡僧来敬礼她的墓，说道："这乃是大圣，慈悲喜舍，世俗的欲望，无不满足。即所谓锁骨菩萨，顺缘已尽。"众人掘开墓来看，果然其骨钩结，皆如锁状。于是众人为她修了一座塔。黄庭坚《戏答陈季常寄黄州山中连理松枝二首》中说：

"金沙滩头锁子骨，不妨随俗暂婵娟。"周星驰拍的《济公》电影中，就有张曼玉主演的观音化身为妓女，帮助济公的情节。

元代释觉岸《释氏稽古录》卷三中，正式记载了"马郎妇观音"的故事。唐元和十二年（817），观世音菩萨欲化陕右，示现为美女，前往当地。人们见她的姿貌风韵，都想娶为妻。美女说："谁能一夜背诵《普门品》，我就嫁给他。"到黎明，得背诵者二十多人。美女又要求背诵《金刚经》，背到次日仍有十来个人。美女又约定三日内背诵《法华经》七卷，最后只有马郎一个人背出来。美女如约嫁给马郎，但迎娶之日，宾客尚未散尽，美女突然死去并腐烂。埋葬后数日，一老僧来打听美女的下落，马郎带老僧至安葬处。老僧以锡杖开坟验尸，尸体已化，只剩一副黄金锁子骨。老僧挑起骨说："这是观世音菩萨，前来教化你们。"说完腾空而去。黄庭坚《观世音赞六首》之一结句云："设欲真见观世音，金沙滩头马郎妇。"

两种不同版本的故事，都旨在说明美妇的"化身"和菩萨的"法身"原为一体。

风月宝鉴

中国文人的心目中，有个石头情结。《水浒传》是一百零八块石头下凡，惹得"兵戈到处闹垓垓"。《红楼梦》与《西游记》都是因一块石头动了凡心，生出了许多是非。

《红楼梦》是讲男女之事，所谓"因空见色，由色生情，传情入色，自色悟空"。

在"王熙凤毒设相思局"中，说有一个风月宝鉴。跛足道人对贾瑞叹道："你这病非药可医。我有个宝贝与你，你天天看时，此命可保矣。"说毕，从褡裢中取出一面镜子来——两面皆可照人，镜把上面錾着"风月宝鉴"四字——递与贾瑞道："这物出自太虚幻境空灵殿上，警幻仙子所制，专治邪思妄动之症，有济世保生之功。所以带他到世上，单与那些聪明杰俊、风雅王孙等看照。千万不可照正面，只照他的背面，要紧，要紧！三日后吾来收取，管叫你好了。"

贾瑞拿起"风月宝鉴"来，向反面一照，只见一个骷髅立在里面，唬得贾瑞连忙掩了，骂："道士混账，如何吓我！——我倒再照照正面是什么。"想着，又将正面一照，只见凤姐站在里面招手叫他。贾瑞心中一喜，荡悠悠地觉得进了镜子，与凤姐云雨一番，凤姐仍送他出来。到了床上，哎哟了一声，一睁眼，镜子从手里掉过来，仍是反面立着一个骷髅。贾瑞自觉汗津津的，底下已遗了一滩精。心中到底不足，又翻过正面来，只见凤姐还招手叫他，他又进去。如此三四次。到了这次，刚要出镜子来，只见两个人走来，拿铁锁把他套住，拉了就走。贾瑞叫道："让我拿了镜子再走。"——只说了这句，就再不能说话了。

这段情节，就是告诉世人，"美女就是白骨，白骨就是美女"。在佛教修行的禅观中，有一种"白骨观"。是从观自身白骨开始，达到无我无他无众生的境界。

白骨夫人

"三打白骨精"中，少女、老太太、老头都是白骨的幻化。

前面说师徒四人途经五庄观，吃了人参果，可以长生不老了。现在就告诉你，世上万物都是因缘和合，根本没有什么不坏之身。

人生如同白驹过隙，瞬间是半放海棠、才开芍药的妙龄少女，瞬间是"满脸都是荷叶褶"的老妇人；"白发如彭祖，苍髯赛寿星"，老公公是以修道者的形象出现的，念佛修仙都毫无用处，到头来，终归是"一堆粉骷髅在那里"。

但是，既要超脱对生命的贪欲执着，又要从否定生命的境界中走出来，重新肯定生命。所以，悟空要把妖精所变的美女打成白骨之后，还要把"白骨夫人"彻底打死，这就是"打破顽空始悟空"。

黄袍怪

一个朋友说，猪八戒好色，其实最"色"的是孙悟空。我说，你说得很对。悟空的花果山、水帘洞，老鼠精的陷空山、无底洞，都是女性的象征。孙悟空老是在女妖精的肚子里钻来钻去。他还调戏大嫂。罗刹女的火焰山是欲火，熄灭欲火是用芭蕉扇。清金农《杂画题记》曰："王右丞《雪中芭蕉》为画苑奇构。芭蕉乃商飙速朽之物，岂能凌冬不凋乎？右丞深于禅理，故有是画，以喻沙门不坏之身，四时保其坚固也。"芭蕉扇既是象征生命的脆弱，又是不朽的佛性。孙悟空的心性是灵石。无论是天上的仙女，还是洞里的妖精，他都可以出入自由，玩得起，放得下。

但是，唐僧没有悟透其中的道理。他只有念紧箍咒，把心猿意马紧锁在意识的最深处。

打死白骨精后，他赶跑了孙悟空，书中说"唐僧听信狡性，纵放心猿"，所以就要出问题。

下面的故事就检讨唐僧的女色问题。

以捉怪擒魔，历劫不坏，至仁之大圣，而谓之行凶作恶至不仁，是以大圣为大妖矣；以大圣为大妖，自然以大妖为大圣。"花果山群妖聚义"，唐僧自聚之，于大圣无涉也。"唐僧信任狡性，纵放心猿"之故。心猿一放，狡性当权，阴柔无断。此唐僧上马，八戒开路，沙僧挑担，不觉领入黑松林昏暗之地矣。

这一次，唐僧遇到的妖精是黄袍怪。黄袍是什么呢？黄袍就是僧袍。黄袍怪暗指唐僧，僧袍的里面其实还有情欲在作怪。唐僧表面上持戒精严，目不视恶色，耳不听淫声。一生只爱参禅，半步不离佛地。实际上，他的情欲是困在笼子里的饿虎。

这一段故事全是男人与女人之事。黄袍怪本是天上的奎木狼，与披香殿侍香的玉女私通，相约下凡，配了十三年夫妻。黄袍怪捉了唐僧，公主放了唐僧。唐僧反过来要让八戒和沙僧去救公主。黄袍怪指证唐僧是一个虎精，是他抢走了公主，并把他锁在笼子里。白龙马又变作宫女行刺黄袍怪。最后，还是悟空变作公主降伏了妖怪。

公主待妖，正在十三年前八月十五日；唐僧起脚，在贞观十三年秋吉日。时同而魔同。

男女之事，始终是唐僧心中的包袱。就像黄袍怪说的，他是一个驮着女人跑的老虎。他一见女人，就"耳红面赤，羞答答不敢抬头"，"推聋装哑，瞑目宁心"，生怕"我若把真阳丧了，我就身堕轮回，打在那阴山背后，永世不得翻身！"一进了老鼠精的无底洞，就说："进来的路儿，我通忘了。"连孙悟空都总是担心他忍不住乱性，一时动心。在"盘丝洞七情迷本"一节中，七个蜘蛛精代表七情，感情最为缠人。孙悟空没有被缠住。猪八戒"被那厮将丝绳罩住，放了绊脚索，不知跌了多少跟头，跌得我腰拖背折，寸步难移"，最终还是"一步一探爬将起来，忍着疼找回原路"。唐僧却被悬梁高吊，吊了个"仙人指路"。"一只手向前，牵丝吊起；一只手拦腰捆住，将绳吊起，两只脚向后一条绳吊起，三条绳把长老吊在梁上，却是脊背朝上，肚皮朝下。那长老忍着疼，噙着泪，心中暗恨道：'我和尚这等命苦！只说是好人家化顿斋吃，岂知道落了火坑！徒弟啊！速来救我，还得见面，但迟两个时辰，我命休矣！'那长老虽然苦恼，却还留心看着那些女子。"

灭了蜘蛛精后，"三藏师徒打开欲网，跳出情牢，放马西行"，是已知断欲忘情矣。

从太虚幻境到真如福地

风月宝鉴

在谈"三打白骨精"时，曾借用了《红楼梦》里的"风月宝鉴"来说人生无常。

第十二回，贾瑞见王熙凤，起了淫心，被王熙凤"毒设相思局"，三番两次捉弄。三五下里夹攻，不觉就得了一病。不上一年，不能支持，一头睡倒，合上眼还只梦魂颠倒，满口乱说胡话，惊怖异常。百般请医疗治，也不见个动静。

忽然这日有个跛足道人来化斋，口称专治冤业之症。

贾瑞偏生在内就听见了，直着声叫喊说："快请进那位菩萨来救我！"一面叫，一面在枕上叩首。众人只得带了那道士进来。贾瑞一把拉住，连叫："菩萨救我！"那道士叹道："你这病非药可医。我有个宝贝与你，你天天看时，此命可保矣。"

说毕，从褡裢中取出一面镜子来——两面皆可照人，镜把上面錾着"风月宝鉴"四字——递与贾瑞道:"这物出自太虚幻境空灵殿上,警幻仙子所制,专治邪思妄动之症,有济世保生之功。所以带他到世上,单与那些聪明杰俊、风雅王孙等看照。千万不可照正面,只照他的背面,要紧,要紧!三日后吾来收取,管叫你好了。"说毕,扬长而去,众人苦留不住。

这里面,有几处关紧的地方,暂且记下。一是记住这个"跛足道人";二是"贾瑞偏生在内就听见了,直着声叫喊";三是"此物出自太虚幻境空灵殿上,警幻仙子所制";四是"专治邪思妄动之症,有济世保生之功"。

贾瑞收了镜子,想道:"这道士倒有意思,我何不照一照试试。"想毕,拿起"风月鉴"来,向反面一照,只见一个骷髅立在里面,唬得贾瑞连忙掩了,骂:"道士混账,如何吓我!——我倒再照照正面是什么。"想着,又将正面一照,只见凤姐站在里面招手叫他。

贾瑞心中一喜,荡悠悠地觉得进了镜子,与凤姐云雨一番,凤姐仍送他出来。到了床上,哎哟了一声,一睁眼,镜子从手里掉过来,仍是反面立着一个骷髅。贾瑞自觉汗津津的,底下已遗了一滩精。心中到底不足,又翻过正面来,只见凤姐还招手叫他,他又进去。如此三四次。

到了这次,刚要出镜子来,只见两个人走来,拿铁锁把他套住,拉了就走。贾瑞叫道:"让我拿了镜子再走。"——只说了这句,就再不能说话了。

正面看是美女，反面看是骷髅。美女转瞬就是骷髅，人生的
究竟真相。

> 旁边伏侍贾瑞的众人，只见他先还拿着镜子照，落下
> 来，仍睁开眼拾在手内，末后镜子落下来便不动了。众人上
> 来看看，已没了气。身子底下冰凉渍湿一大滩精，这才忙着
> 穿衣抬床。
>
> 代儒夫妇哭得死去活来，大骂道士："是何妖镜！若
> 不早毁此物，遗害于世不小。"遂命架火来烧，只听镜内
> 哭道："谁叫你们瞧正面了！你们自己以假为真，何苦来
> 烧我？"
>
> 正哭着，只见那跛足道人从外面跑来，喊道："谁毁
> '风月鉴'，吾来救也！"说着，直入中堂，抢入手内，飘
> 然去了。

镜内哭道并非哭架火烧镜，而是哭世上之人"你们自己以假
为真"。

其实整部《红楼梦》，都是风月宝鉴。开篇第一回中道：

> 空空道人听如此说，思忖半晌，将这《石头记》再检
> 阅一遍。因见上面大旨不过谈情，亦只是实录其事，绝无伤
> 时诲淫之病，方从头至尾抄写回来，闻世传奇。从此空空道
> 人因空见色，由色生情，传情入色，自色悟空，遂改名情
> 僧，改《石头记》为《情僧录》。东鲁孔梅溪题曰《风月宝
> 鉴》。后因曹雪芹于悼红轩中，披阅十载，增删五次，纂成
> 目录，分出章回，又题曰《金陵十二钗》，并题一绝。即此

便是《石头记》的缘起。

东鲁孔梅溪是谁？研究者不少，目前尚未有答案。第十三回"三春去后诸芳尽，各自须寻各自门"，甲戌眉批："不必看完，见此二句，即欲堕泪。梅溪。"梅溪应为曹雪芹的挚友。

甲戌批中有云："雪芹旧有《风月宝鉴》之书，乃其弟棠村序也。今棠村已逝，余睹新怀旧，故仍因之。"孔梅溪所题之《风月宝鉴》，或为曹雪芹《红楼梦》之本名。

在《红楼梦》，不断透露出作者试图借风月宝鉴以唤醒世人的菩萨心肠。

第九十三回，"甄家仆投靠贾家门"，贾政向包勇打听甄宝玉的情况。

> 包勇道："老爷若问我们哥儿，倒是一段奇事。哥儿的脾气也和我家老爷一个样子，也是一味的诚实，从小儿只爱和那些姐妹们在一处玩。老爷太太也狠打过几次，他只是不改。那一年太太进京的时候儿，哥儿大病了一场，已经死了半日，把老爷几乎急死，装裹都预备了。幸喜后来好了，嘴里说道：'走到一座牌楼那里，见了一个姑娘，领着他到了一座庙里，见了好些柜子，里头见了好些册子。'又到屋里，见了无数女子，说是都变了鬼怪似的，也有变做骷髅儿的。他吓急了，就哭喊起来。老爷知他醒过来了，连忙调治，渐渐的好了。老爷仍叫他在姐妹们一处玩去，他竟改了脾气了，好着时候的玩意儿一概都不要了，唯有念书为事。就有什么人来引诱他，他也全不动心。如今渐渐的能够帮着老爷料理些家务了。"

甄宝玉的这个经历，与贾宝玉的太虚幻境之游，如同一辙。甄宝玉醒悟了，贾宝玉呢？

迷　津

第五回，警幻仙子将宝玉引入太虚幻境，"醉以灵酒，沁以仙茗，警以妙曲"，更是"再将吾妹一人，乳名兼美、字可卿者，许配于汝"。兼美者，"其鲜艳妩媚，有似乎宝钗，风流袅娜，则又如黛玉"，巴望一生的美梦，在幻境中得到了。

> 那宝玉恍恍惚惚，依警幻所嘱之言，未免有儿女之事，难以尽述。至次日，便柔情缱绻，软语温存，与可卿难解难分。

宝玉在温柔乡中，与可卿尽情缠绵，贾瑞却不得不死。其中原委，警幻说得明白："淫虽一理，意则有别。如世之好淫者，不过悦容貌，喜歌舞，调笑无厌，云雨无时，恨不能尽天下之美女供我片时之兴趣，此皆皮肤淫滥之蠢物耳。如尔则天分中生成一段痴情，吾辈推之为'意淫'。'意淫'二字，唯心会而不可口传，可神通而不可语达。汝今独得此二字，在闺阁中，固可为良友；然于世道中未免迂阔怪诡，百口嘲谤，万目睚眦。"

宝玉一生心性，只不过是痴情二字，故曰意淫。

甚至警幻也爱宝玉："吾所爱汝者，乃天下古今第一淫人也。"

因二人携手出去游玩之时，忽至一个所在，但见荆榛遍地，狼虎同群，迎面一道黑溪阻路，并无桥梁可通。

正在犹豫之间，忽见警幻后面追来，告道："快休前进，作速回头要紧！"

甲戌本侧批："机锋。警醒世人。"

宝玉忙止步问道："此系何处？"

警幻道："此即迷津也。深有万丈，遥亘千里，中无舟楫可通，只有一个木筏，乃木居士掌舵，灰侍者撑篙，不受金银之谢，但遇有缘者渡之。尔今偶游至此，设如堕落其中，则深负我从前谆谆警戒之语矣。"

"木居士掌舵，灰侍者撑篙"者，木已成灰也。《圆觉经》云："譬如钻火，两木相因，火出木尽，灰飞烟灭；以幻修幻，亦复如是。"

癞头僧曾告甄士隐："好防佳节元宵后，便是烟消火灭时。"元宵夜，士隐命家人霍启抱了英莲去看社火花灯，半夜中，霍启因要小解，便将英莲放在一家门槛上坐着。待他小解完了，来抱时，哪有英莲的踪影？

不想这日三月十五，葫芦庙中炸供，那些和尚不加小心，致使油锅火逸，便烧着窗纸。此方人家多用竹篱木壁者，大抵也因劫数，于是接二连三，牵五挂四，将一条街烧得如火焰山一般。彼时虽有军民来救，那火已成了势，如何救得下去！直烧了一夜，方渐渐熄去，也不知烧了多少家。只可怜甄家在隔壁，早已烧成一片瓦砾场了。

元宵也好，三月十五也好，都是月圆之时。"元"者，圆觉也。"可知世上万般，好便是了，了便是好。若不了，便不好；若要好，须是了。"

甄士隐大梦先觉："乱哄哄你方唱罢我登场，反认他乡是故乡。甚荒唐，到头来，都是为他人作嫁衣裳！"便说一声："走罢！"将道人肩上褡裢抢了过来背着，竟不回家，同了疯道人飘飘而去。

后来，甄士隐在急流津觉迷渡口，度了贾雨村。

太虚幻境

太虚幻境是《红楼梦》最为神秘的地方。

甄士隐曾到过太虚幻境的门口。

一日炎夏永昼，士隐于书房闲坐，手倦抛书，伏几盹睡，不觉朦胧中走至一处，不辨是何地方。忽见那厢来了一僧一道，且行且谈。

士隐接了看时，原来是块鲜明美玉，上面字迹分明，镌着"通灵宝玉"四字，后面还有几行小字。正欲细看时，那僧便说"已到幻境"，就强从手中夺了去，和那道人竟过了一座大石牌坊，上面大书四字，乃是"太虚幻境"。两边又有一副对联道：

假作真时真亦假，无为有处有还无。

贾宝玉曾两游太虚幻境。第一次是在秦可卿的房中，宝玉刚合上眼，便惚惚地睡去，犹似秦氏在前，遂悠悠荡荡，随了秦氏至一所在，偶遇一位仙姑。

　　那仙姑道："吾居离恨天之上灌愁海之中，乃放春山遣香洞太虚幻境警幻仙姑是也。司人间之风情月债，掌尘世之女怨男痴。因近来风流冤孽缠绵于此，是以前来访察机会，布散相思。今日与尔相逢，亦非偶然。此离吾境不远，别无他物，仅有自采仙茗一盏，亲酿美酒几瓮，素练魔舞歌姬数人，新填《红楼梦》仙曲十二支。可试随我一游否？"

　　宝玉听了，喜跃非常，便忘了秦氏在何处了，竟随着这仙姑到了一个所在。忽见前面有一座石牌横建，上书"太虚幻境"四大字，两边一副对联，乃是：

　　假作真时真亦假，无为有处有还无。

　　原来，这太虚幻境在离恨天之上，灌愁海之中，放春山，遣香洞。警幻仙姑的职责，"司人间之风情月债，掌尘世之女怨男痴"。

　　警幻说，把他带进太虚幻境的目的，"不过令汝领略此仙闺幻境之风光尚如此，何况尘境之情景哉？而今后万万解释，改悟前情，留意于孔孟之间，委身于经济之道"。

　　太虚幻境中有一处"孽海情天"。

　　转过牌坊，便是一座宫门，上面横书四个大字，道是："孽海情天"。又有一副对联，大书云：

　　"厚地高天，堪叹古今情不尽；痴男怨女，可怜风月债难偿。"

　　宝玉看了，心下自思道："原来如此。但不知何为'古今之情'，又何为'风月之债'？从今倒要领略领略。"宝玉只顾如此一想，不料早把些邪魔招入膏肓了。

　　宝玉、黛玉来自太虚幻境。一众女子也是来自孽海，归入情天。甄士隐曾对贾雨村道："老先生莫怪拙言，贵族之女，俱属从情天孽海而来。大凡古今女子，那'淫'字固不可犯，只这'情'字也是沾染不得的。"

　　尤三姐来自情天，去由情地。第六十六回：

　　湘莲反扶尸大哭一场。等买了棺木，眼见入殓，又俯棺大哭一场，方告辞而去。出门无所之，昏昏默默，自想方才之事："原来尤三姐这样标致，又这等刚烈！"自悔不及。

　　正走之间，只见薛蟠的小厮寻他家去，那湘莲只管出神。那小厮带他到新房之中，十分齐整。忽听环佩叮当，尤三姐从外而入，一手捧着鸳鸯剑，一手捧着一卷册子，向柳湘莲泣道："妾痴情待君五年矣！不期君果冷心冷面，妾以死报此痴情。妾今奉警幻之命，前往太虚幻境，修注案中所有一干情鬼。妾不忍一别，故来一会，从此再不能相见矣！"说着便走。

　　湘莲不舍，忙欲上来拉住问时，那尤三姐便说："来自情天，去由情地。前生误被情惑，今既耻情而觉，与君两无干涉。"说毕，一阵香风，无踪无影去了。

　　湘莲警觉，似梦非梦，睁眼看时，哪里有薛家小童，也非新室，竟是一座破庙，旁边坐着一个跛腿道士捕虱。

湘莲便起身稽首相问："此系何方？仙师仙名法号？"

道士笑道："连我也不知道此系何方，我系何人，不过暂来歇足而已。"

柳湘莲听了，不觉冷然如寒冰侵骨，掣出那股雄剑，将万根烦恼丝一挥而尽，便随那道士，不知往哪里去了。

尤三姐点化了柳湘莲，后来要一剑斩断贾宝玉的尘缘，可惜宝玉执迷不悟。

秦可卿超出情海，归入情天，指导鸳鸯悬梁自尽。第一百一十回：

谁知此时鸳鸯哭了一场，想道："自己跟着老太太一辈子，身子也没有着落。如今大老爷虽不在家，大太太的这样行为，我也瞧不上。老爷是不管事的人，以后便乱世为王起来了，我们这些人不是要叫他们拨弄了吗？谁收在屋子里，谁配小子，我是受不得这样折磨的，倒不如死了干净。但是一时怎么样的个死法呢？"一面想，一面走回老太太的套间屋内。

刚跨进门，只见灯光惨淡，隐隐有个女人拿着汗巾子，好似要上吊的样子。鸳鸯也不惊怕，心里想道："这一个是谁？和我的心事一样，倒比我走在头里了。"便问道："你是谁？咱们两个人是一样的心，要死一块儿死。"

那个人也不答言。鸳鸯走到跟前一看，并不是这屋子的丫头，仔细一看，觉得冷气侵人，一时就不见了。

　　鸳鸯呆了一呆，退出在炕沿上坐下，细细一想道："哦！是了，这是东府里的小蓉大奶奶啊！她早死了的了，怎么到这里来？必是来叫我来了。她怎么又上吊呢？"想了一想，道："是了，必是教给我死的法儿。"

　　鸳鸯这么一想，邪侵入骨，便站起来，一面哭，一面开了妆匣，取出那年绞的一缕头发，揣在怀里，就在身上解下一条汗巾，按着秦氏方才比的地方拴上。自己又哭了一回，听见外头人客散去，恐有人进来，急忙关上屋门，然后端了一个脚凳，自己站上，把汗巾拴上扣儿，套在咽喉，便把脚凳蹬开。可怜咽喉气绝，香魂出窍。

可卿在警幻宫中，"原是个钟情的首座，管的是风情月债，降临尘世，自当为第一情人，引这些痴情怨女，早早归入情司，所以该当悬梁自尽的。因我看破凡情，超出情海，归入情天，所以太虚幻境'痴情'一司，竟自无人掌管"。警幻仙子令鸳鸯接替可卿，掌管痴情司。

　　鸳鸯的魂道："我是个最无情的，怎么算我是个有情的人呢？"

　　那人道："你还不知道呢，世人都把那淫欲之事当作'情'字，所以做出伤风败化的事来，还自谓风月多情，无关紧要。不知'情'之一字，喜怒哀乐未发之时，便是个'性'；喜怒哀乐已发，便是'情'了。至于你我这个情，正是未发之'情'，就如那花的含苞一样。欲待发泄出来，这情就不为'真情'了。"

　　鸳鸯的魂听了，点头会意，便跟了秦氏可卿而去。

这一段话，很有来历。《中庸》云："喜怒哀乐之未发，谓之中。发而皆中节，谓之和。中也者，天下之大本也。和也者，天下之达道也。"曹雪芹把喜怒哀乐未发之"中"，视为天命之"性"，是真正的"情"，天下之大本，天下之达道。并且，"致中和，天地位焉，万物育焉"。倘若"情"之发，为喜怒哀乐所左右，就不是真情了。

凤姐、晴雯、迎春、元妃娘娘都在太虚幻境。贾宝玉重游时都见到了，只是恍恍惚惚，似是而非。一众亲人一会儿是美女，一会儿是恶鬼，都是仙姑以幻修幻，点化宝玉。就连猥琐的贾瑞，何尝不是仙姑派遣？

世人只认太虚为幻境，不知菩萨、众生皆是幻化。

《红楼梦》开篇"甄士隐梦幻识通灵"，作者就提醒读者："此回中凡用'梦'用'幻'等字，是提醒阅者眼目，亦是此书立意本旨。"

第五回，甲戌眉批："菩萨天尊皆因僧道而有，以点俗人，独不许幻造太虚幻境以警情者乎？观者恶其荒唐，余则喜其新鲜。有修庙造塔祈福者，余今意欲起太虚幻境以较修七十二司更有功德。"

菩萨天尊幻造太虚幻境，警幻仙姑在空灵殿上造出"风月宝鉴"，曹雪芹于悼红轩中披阅增删的"贾雨村言"，都是引导众生"修习菩萨如幻三昧，方便渐次，令诸众生得离诸幻"。

第一百十六回言宝玉二游太虚幻境：

> 那知那宝玉的魂魄早已出了窍了。你道死了不成？却原来恍恍惚惚赶到前厅，见那送玉的和尚坐着，便施了

礼。那知和尚站起身来，拉着宝玉就走。宝玉跟了和尚，觉得身轻如叶，飘飘摇摇，也没出大门，不知从那里走了出来。行了一程，到了个荒野地方，远远的望见一座牌楼，好像曾到过的。

正要问那和尚时，只见恍恍惚惚来了一个女人。宝玉心里想道："这样旷野地方，那得有如此的丽人，必是神仙下界了。"宝玉想着，走近前来，细细一看，竟有些认得的，只是一时想不起来。见那女人和和尚打了一个照面，就不见了。宝玉一想，竟是尤三姐的样子，越发纳闷："怎么她也在这里？"又要问时，那和尚拉着宝玉过了那牌楼，只见牌上写着"真如福地"四个大字，两边一副对联，乃是：

假去真来真胜假，无原有是有非无。

前面甄士隐、贾宝玉看见的四个大字，都是"太虚幻境"，此时却是"真如福地"。两边的对联，原来是："假作真时真亦假，无为有处有还无。"现在是："假去真来真胜假，无原有是有非无。"

甄士隐告诉贾雨村："此事说来，老先生未必尽解。太虚幻境，即是真如福地。一番阅册，原始要终之道，历历生平，如何不悟？仙草归真，焉有通灵不复原之理呢？"

《圆觉经》："一切众生种种幻化，皆生如来圆觉妙心。"心迷时，"真如福地"是"太虚幻境"；心悟时，"太虚幻境"是"真如福地"。

还 泪

太虚幻境为真如福地，通灵宝玉乃妙明真心，此乃因地法行也。

既为妙明真心，何以堕入轮回？《圆觉经》云："一切众生从无始际，由有种种恩爱贪欲，故有轮回。"

原来女娲氏炼石补天之时，于大荒山无稽崖炼成高经十二丈、方经二十四丈顽石三万六千五百零一块。娲皇氏只用了三万六千五百块，只单单剩了一块未用，便弃在此山青埂峰下。谁知此石自经锻炼之后，灵性已通，因见众石俱得补天，独自己无材不堪入选，遂自怨自叹，日夜悲号惭愧。

石头自怨自艾，灵性已被无明覆盖，恳请一僧一道"携带弟子得入红尘，在那富贵场中，温柔乡里享受几年"。二仙知不可强制，乃叹道："此亦静极思动，无中生有之数也！"

那僧笑道："此事说来好笑，竟是千古未闻的罕事：只因西方灵河岸上三生石畔有绛珠草一株，时有赤瑕宫神瑛侍者，日以甘露灌溉，这绛珠草便得久延岁月。后来既受天地精华，复得雨露滋养，遂得脱却草胎木质，得换人形，仅修成个女体，终日游于离恨天外，饥则食蜜青果为膳，渴则饮灌愁海水为汤。只因尚未酬报灌溉之德，故其五内便郁结着一段缠绵不尽之意。恰近日这神瑛侍者凡心偶炽，乘此昌明太平朝世，意欲下凡造历幻缘，已在警幻仙子案前挂了号。警幻亦曾问及，灌溉之情未偿，趁此倒可了结的。那绛珠仙子道：'他是甘露之惠，我并无此水可还。他既下世为人，我也去下世为人，但把我一生所有的眼泪还他，也偿还得过他了。'因此一事，就勾出多少风流冤家来陪他们去了结此案。"

那道人道："果是罕闻。实未闻有'还泪'之说。想来这一段故事，比历来风月事故更加琐碎细腻了。"

《圆觉经》又云："当知轮回，爱为根本。由有诸欲，助发爱性，是故能令生死相续。"顽石凡心偶炽，又有一桩风流公案推波助澜，正是："因空见色，由色生情，传情入色，自色悟空。"

宝玉一落胎胞，嘴里便衔下一块五彩晶莹的玉来。灵性伴浊身，轮回中流转。

雨村笑道："果然奇异。只怕这人来历不小。"

子兴冷笑道："万人皆如此说，因而乃祖母便先爱如珍宝。那年周岁时，政老爹便要试他将来的志向，便将那世上所有之物摆了无数，与他抓取。谁知他一概不取，伸手只把些脂粉钗环抓来。政老爹便大怒了，说：'将来酒色之徒耳！'因此便大不喜悦。独那史老太君还是命根一样。说来又奇，如今长了七八岁，虽然淘气异常，但其聪明乖觉处，百个不及他一个。说起孩子话来也奇怪，他说：'女儿是水作的骨肉，男人是泥作的骨肉。我见了女儿，我便清爽；见了男子，便觉浊臭逼人。'你道好笑不好笑？将来色鬼无疑了！"

王夫人这样向林黛玉介绍贾宝玉：

> 王夫人因说："你舅舅今日斋戒去了，再见罢。只是
> 有一句话嘱咐你：你三个姊妹倒都极好，以后一处念书认
> 字、学针线，或是偶一玩笑，都有尽让的。但我不放心的最
> 是一件：我有一个孽根祸胎，是家里的'混世魔王'，今日
> 因庙里还愿去了，尚未回来，晚间你看见便知。你以后不用
> 睬他，你这些姊妹都不敢沾惹他的。"

"孽根祸胎"言其情鬼下凡，"混世魔王"言其幻形入世。

黛玉一见宝玉，便吃一大惊，心下想道："好生奇怪！倒像
在那里见过的一般，何等眼熟到如此！"

黛玉本是西方灵河岸上三生石畔的绛珠仙草，宝玉本是大荒
山无稽崖青埂峰下的通灵顽石，一木一石，皆为先天妙明真心，
二灵相通也。

对所谓的通灵宝玉，黛玉却并不稀罕。袭人要拿那玉给她
看，黛玉忙止道："罢了！此刻夜深，明日再看不迟。"

有个和尚说过，宝丫头的金锁，只等有玉的便是婚姻。宝钗
对玉格外珍惜。

> 宝钗因笑说道："成日家说你的这块玉，究竟未曾细
> 细的赏鉴过，我今儿倒要瞧瞧。"说着便挪近前来。宝玉亦
> 凑过去，便从项上摘下来，递在宝钗手内。
> 宝钗托在掌上，只见大如雀卵，灿若明霞，莹润如

酥，五色花纹缠护。

看官们须知道，这就是大荒山中青埂峰下的那块顽石幻相。后人有诗嘲云：

女娲炼石已荒唐，又向荒唐演大荒。

失去本来真面目，幻来新就臭皮囊。

好知运败金无彩，堪叹时乖玉不光。

白骨如山忘姓氏，无非公子与红妆。

金锁者，滚滚红尘中的名缰利锁。"前门绿柳垂金锁，后户青山列锦屏"，说不尽这太平气象，富贵风流。

所谓金玉良缘，空锁一个幻化的浊物皮囊而已。

失 玉

通灵宝玉乃贾宝玉的妙明真心，然而他的心却在林妹妹身上。别人眼中的命根子，在他这里，却一文不值。

贾宝玉第一次见黛玉，即问黛玉有玉没有，听说没玉，登时发作起狂病来，摘下那玉就狠命摔去，骂道："什么罕物！人的高下不识，还说灵不灵呢！我也不要这劳什子！"吓得地下众人一拥争去拾玉。贾母急得搂了宝玉道："孽障！你生气要打骂人容易，何苦摔那命根子！"

第二次摔玉，也是因为黛玉。黛玉对宝玉、宝钗的"金玉良缘"，心有芥蒂，平日言语中自然含酸带刺。

那宝玉又听见他说"好姻缘"三个字，越发逆了己意。心里干噎，口里说不出来，便赌气向颈上摘下通灵玉来，咬咬牙，狠命往地下一摔，道："什么劳什子！我砸了你，就完了事了！"偏生那玉坚硬非常，摔了一下，竟文风不动。宝玉见不破，便回身找东西来砸。

黛玉见他如此，早已哭起来，说道："何苦来你砸那哑巴东西？有砸他的，不如来砸我！"

第九十五回，十一月海棠花开。探春认为"草木知运，不时而发，必是妖孽"，独有黛玉听说是喜事，心里触动。要知道林妹妹可是太虚幻境里的司花之神。

宝玉"因见花开，只管出来看一回，赏一回，叹一回，爱一回的，心中无数悲喜离合，都弄到这株花上去了"。此时，通灵宝玉便丢失了。

忽然听说贾母要来，便去换了一件狐腋箭袖，罩一件元狐腿外褂，出来迎接贾母。匆匆穿换，未将通灵宝玉挂上。及至后来贾母去了，仍旧换衣，袭人见宝玉脖子上没有挂着，便问："那块玉呢？"宝玉道："才刚忙乱换衣，摘下来放在炕桌上，我没有带。"

袭人回看桌上，并没有玉，便向各处找寻，踪影全无，吓得袭人满身冷汗。

通灵宝玉不翼而飞，怡红院里的人吓得一个个像木雕泥塑一般。袭人号啕大哭，王夫人泪如雨下，麝月只想自杀。黛玉却有不同的心思。

且说黛玉先自回去，想起"金""石"的旧话来，反自欢喜，心里也道："和尚道士的话真个信不得。果真'金''玉'有缘，宝玉如何能把这玉丢了呢？或者因我之事，拆散他们的'金玉'，也未可知。"想了半天，更觉安心，把这一天的劳乏竟不理会，重新倒看起书来。紫鹃倒觉身倦，连催黛玉睡下。

黛玉虽躺下，又想到海棠花上，说："这块玉原是胎里带来的，非比寻常之物，来去自有关系。若是这花主好事呢，不该失了这玉呀。看来此花开的不祥，莫非他有不吉之事？"不觉又伤起心来。又转想到喜事上头，此花又似应开，此玉又似应失：如此一悲一喜，直想到五更方睡着。

听说宝玉要娶宝姐姐，那黛玉此时心里竟是油、酱、糖、醋倒在一处一般，甜、苦、酸、咸，竟说不上什么味来了。恍恍惚惚，前来问宝玉。

黛玉却也不理会，自己走进房来。看见宝玉在那里坐着，也不起来让坐，只瞅着嘻嘻的傻笑。黛玉自己坐下，却也瞅着宝玉笑。两个人也不问好，也不说话，也无推让，只管对着脸傻笑起来。袭人看见这番光景，心里大不得主意，只是没法儿。

忽然听着黛玉说道："宝玉，你为什么病了？"宝玉笑道："我为林姑娘病了。"

宝玉为林姑娘迷失心性，林姑娘为宝玉迷失心性。

紫鹃又催道："姑娘，回家去歇歇罢。"黛玉道：

"可不是，我这就是回去的时候儿了。"说着，便回身笑着出来了，仍旧不用丫头们搀扶，自己却走得比往常飞快。紫鹃秋纹后面赶忙跟着走。

黛玉出了贾母院门，只管一直走去，紫鹃连忙搀住，叫道："姑娘，往这么来。"黛玉仍是笑着，随了往潇湘馆来。离门口不远，紫鹃道："阿弥陀佛，可到了家了。"只这一句话没说完，只见黛玉身子往前一栽，哇的一声，一口血直吐出来。

林黛玉到了"回去的时候"了，可不是回到潇湘馆，而是回到灵河岸边。

宝玉听说要娶林妹妹，却大笑起来，站起来说："我去瞧瞧林妹妹，叫她放心。"

凤姐又好笑，又着忙，心里想："袭人的话不差。提到林妹妹，虽说仍旧说些疯话，却觉得明白些。若真明白了，将来不是林姑娘，打破了这个灯虎儿，那饥荒才难打呢。"便忍笑说道："你好好儿的便见你；若是疯疯癫癫的，他就不见你了。"

宝玉说道："我有一个心，前儿已交给林妹妹了。他要过来，横竖给我带来，还放在我肚子里头。"

林妹妹走了，带走了贾宝玉的心。宝玉听说黛玉死了，曾到阴间寻找。

那人冷笑道："那阴司说有便有，说无就无。皆为世俗溺于生死之说，设言以警世，便道上天深怒愚人，或不守分安常，或生禄未终，自行夭折；或嗜淫欲，尚气逞凶，无故自陨者，特设此地狱，囚其魂魄，受无边的苦，以偿生前之罪。汝寻黛玉，是无故自陷也。且黛玉已归太虚幻境，汝若有心寻访，潜心修养，自然有时相见。如不安生，即以自行夭折之罪，囚禁阴司，除父母外，欲图一见黛玉，终不能矣。"

寻黛玉，即是寻找通灵宝玉。

黛玉当然要归太虚幻境，不可能囚禁阴司。倘若贾宝玉有"心"寻访，潜心修养，自然相见有时。

这次失玉，甄士隐说得明白。士隐告诉贾雨村："宝玉，即'宝玉'也。那年荣、宁查抄之前，钗、黛分离之日，此玉早已离世。一为避祸，二为撮合，从此凤缘一了，形质归一。"

"那阴司说有便有，说无就无。皆为世俗溺于生死之说，设言以警世"。原来，阴司也是幻境。

那人说毕，袖中取出一石，向宝玉心口掷来。宝玉听了这话，又被这石子打着心窝，吓的即欲回家，只恨迷了道路。

正在踌躇，忽听那边有人唤他。回首看时，不是别人，正是贾母、王夫人、宝钗、袭人等围绕哭泣叫着。自己仍旧躺在床上。见案上红灯，窗前皓月，依然锦绣丛中，繁华世界。

宝玉被石子打中心窝，通灵宝玉又回到了心中。"即欲回家，只恨迷了道路"，又到了锦绣丛中，繁华世界。

参　禅

自从通灵宝玉降落凡尘，警幻仙姑一直在呼唤这只迷途羔羊。宝玉也常灵光闪现，试图寻找自己的本来面目。

第二十一回，因与姐妹们斗气烦闷，自己看了一回《南华经》，至外篇《胠箧》一则，意趣洋洋，趁着酒兴，不禁提笔续曰：

> 焚花散麝，而闺阁始人含其劝矣；戕宝钗之仙姿，灰黛玉之灵窍，丧灭情意，而闺阁之美恶始相类矣。彼含其劝，则无参商之虞矣；戕其仙姿，无恋爱之心矣；灰其灵窍，无才思之情矣。彼钗、玉、花、麝者，皆张其罗而邃其穴，所以迷惑缠陷天下者也。

> 续毕，掷笔就寝。头刚着枕，便忽然睡去，一夜竟不知所之。

谁知黛玉看了，不觉又气又笑，不禁也提笔续书一绝云：

> 无端弄笔是何人？作践南华庄子因。
> 不悔自己无见识，却将丑语怪他人！

第二十二回，宝玉央求宝钗念《鲁智深醉闹五台山》里的戏词《寄生草》。"寄生草"者，仙草顽石，寄生人世也。宝钗便念道：

漫揾英雄泪，相离处士家。谢慈悲，剃度在莲台下。没缘法，转眼分离乍。赤条条，来去无牵挂。那里讨，烟蓑雨笠卷单行？一任俺，芒鞋破钵随缘化！

宝玉听了，喜的拍膝摇头，称赞不已；又赞宝钗无书不知。黛玉把嘴一撇道："安静些看戏吧！还没唱《山门》，你就《妆疯》了。"袭人笑道："大家随和儿，你也随点和儿不好？"宝玉道："什么'大家彼此'？他们有'大家彼此'，我只是赤条条无牵挂的！"说到这句，不觉泪下。袭人见这景况，不敢再说。宝玉细想这一句意味，不禁大哭起来。翻身站起来，至案边，提笔立占一偈云：

你证我证，心证意证。是无有证，斯可云证。无可云证，是立足境。

写毕，自己虽解悟，又恐人看了不解，因又填一支《寄生草》，写在偈后。又念了一遍，自觉心中无有挂碍，便上床睡了。

谁知黛玉拿了回房去。次日，和宝钗湘云同看。宝钗念其词曰：

无我原非你，从他不解伊。肆行无碍凭来去。茫茫着甚悲愁喜，纷纷说甚亲疏密。从前碌碌却因何？到如今回头试想真无趣！

看毕，又看那偈语，又笑道："这个人悟了。都是我的不是，都是我昨儿一支曲子惹出来的。这些道书禅机最能移性。明儿认真说起这些疯话来，存了这个意思，都是从我这一支曲子上来，我成了个罪魁了。"说着，便撕了个粉碎，递与丫头们说："快烧了罢！"

还是黛玉了解宝玉，笑道："不该撕，等我问他。你们跟我来，包管叫他收了这个痴心邪话。"

三人说着，过来见了宝玉。黛玉先笑道："宝玉，我问你：至贵者宝，至坚者玉。尔有何贵？尔有何坚？"宝玉竟不能答。

二人笑道："这样愚钝，还参禅呢！"湘云也拍手笑道："宝哥哥可输了。"

黛玉又道："你道'无可云证，是立足境'，固然好了，只是据我看来，还未尽善。我还续两句云：'无立足境，方是干净。'"

宝钗道："实在这方悟彻。当日南宗六祖惠能初寻师至韶州，闻五祖弘忍在黄梅，他便充作火头僧。五祖欲求法嗣，令诸僧各出一偈，上座神秀说道：'身是菩提树，心如明镜台。时时勤拂拭，莫使有尘埃。'惠能在厨房舂米，听了道：'美则美矣，了则未了。'因自念一偈曰：'菩提本无树，明镜亦非台。本来无一物，何处染尘埃？'五祖便将衣钵传给了他。今儿这偈语亦同此意了。只是方才这句机锋，尚未完全了结，这便丢开手不成？"

宝玉忽被黛玉一问，便不能答，宝钗又比出语录来，此皆素不见他们能者。自己想了一想："他们比我的知觉在先，尚未解悟，我如今何必自寻苦恼？"

《圆觉经》云："未出轮回，而辩圆觉，彼圆觉性即同流转，若免轮回，无有是处。"想要见性圆觉，必须了却情缘，断灭尘念，参禅谈玄，巧智黠慧，徒增烦恼而已。

拐　仙

与宝玉、黛玉二人一样"通灵"的，还有妙玉。

宝玉丢失了那玉，岫烟走到栊翠庵，见了妙玉，不及闲话，便求妙玉扶乩。

岫烟道："我也一时不忍。知你必是慈悲的。便是将来他人求你，愿不愿在你，谁敢相强？"妙玉笑了一笑，叫道婆焚香。在箱子里找出沙盘乩架，书了符，命岫烟行礼祝告毕，起来同妙玉扶着乩。不多时，只见那仙乩疾书道：

噫！来无迹，去无踪，青埂峰下倚古松。欲追寻，山万重，入我门来一笑逢。

书毕，停了乩，岫烟便问："请的是何仙？"妙玉道："请的是拐仙。"

岫烟录了出来，请教妙玉解识。妙玉道："这个可不能，连我也不懂。你快拿去，他们的聪明人多着哩。"

"拐仙"者，一僧一道，那僧则癞头跣脚，那道则跛足蓬头。二人如同神龙，金针暗度，忽隐忽现，指点迷津。道人"拐"走了甄士隐、贾瑞、柳湘莲。每当宝玉迷心犯病时，和尚便及时出现。

凤姐、宝玉被马道婆、赵姨娘的魔法魇住，看看三日的光阴，躺在床上，连气息都微了。合家都说没了指望了，忙将他二人的后事都治备下了。忽听见空中隐隐有木鱼声，原来是一个癞和尚同一个跛道士。

贾政道："有两个人中了邪，不知有何仙方可治？"那道人笑道："你家现有希世之宝，可治此病，何须问方！"

贾政心中便动了，因道："小儿生时虽带了一块玉来，上面刻着'能除凶邪'，然亦未见灵效。"

那僧道："长官有所不知。那宝玉原是灵的，只因为声色货利所迷，故此不灵了。今将此宝取出来，待我持诵持诵，自然依旧灵了。"

贾政便向宝玉项上取下那块玉来，递与他二人。那和尚擎在掌上，长叹一声，道："青埂峰下，别来十三载矣。人世光阴迅速，尘缘未断，奈何奈何！可羡你当日那段好处：

"天不拘兮地不羁，心头无喜亦无悲。只因锻炼通灵后，便向人间惹是非。

"可惜今日这番经历呵：

"粉渍脂痕污宝光，房栊日夜困鸳鸯。沉酣一梦终须醒，冤债偿清好散场。"

念毕，又摩弄了一回，说了些疯话，递与贾政道："此物已灵，不可亵渎，悬于卧室槛上，除自己亲人外，不可令阴人冲犯。三十三日之后，包管好了。"

凤姐、宝玉果一日好似一日，渐渐醒来，养过了三十三天之后，不但身体强壮，亦且连脸上疮痕平复。

第一百十五回，贾宝玉失玉病危。和尚再次上门，手里拿着这块玉。

　　和尚哈哈大笑，手拿着玉，在宝玉耳边叫道："宝玉，宝玉！你的'宝玉'回来了。"说了这一句，王夫人等见宝玉把眼一睁。袭人说道："好了！"

　　只见宝玉便问道："在那里呢？"那和尚把玉递给他手里。

　　宝玉先前紧紧的攥着，后来慢慢的回过手来，放在自己眼前，细细的一看，说："嗳呀！久违了。"

　　第一百十六回"得通灵幻境悟仙缘"，宝玉的魂魄出窍，跟了和尚，重游太虚幻境——真如福地。醒来后，听说和尚在院子里，赶忙迎请。

　　宝玉看见那僧的形状与他死去时所见的一般，心里早有些明白了，便上前施礼，连叫："师父，弟子迎侯来迟。"

　　那僧说："我不要你们接待，只要银子，拿了来，我就走。"

　　宝玉听来，又不像有道行的话，看他满头癞疮，浑身腌臜破烂，心里想道："自古说'真人不露相，露相不真人'，也不可当面错过。我且应了他谢银，并探探他的口气。"便说道："师父不必性急。现在家母料理，请师父坐下，略等片刻。弟子请问师父，可是从'太虚幻境'而来？"

　　那和尚道："什么'幻境'，不过是来处来，去处去罢了！我是送还你的玉来的。我且问你，那玉是从那里来的？"

宝玉一时对答不来。

那僧笑道："你自己的来路还不知，便来问我！"

宝玉本来颖悟，又经点化，早把红尘看破。只是自己的底里未知，一闻那僧问起玉来，好像当头一棒，便说道："你也不用银子了，我把那玉还你罢。"

那僧笑道："也该还我了。"

袭人、紫鹃听见宝玉要把玉给人，死命抱住不放，也难脱身，便走出去，求着那和尚带了他去。

王夫人便问道："和尚和二爷的话，你们不懂，难道学也学不来吗？"那小厮回道："我们只听见说什么'大荒山'，什么'青埂峰'，又说什么'太虚境''斩断尘缘'这些话。"王夫人听了也不懂。

宝钗听了，唬得两眼直瞪，半句话都没有了。

正要叫人出去拉宝玉进来，只见宝玉笑嘻嘻的进来说："好了，好了！"

归彼大荒

宝玉本是因为怨恨自己无材补天才堕入轮回的，对于宝钗所讲的古圣先贤"时刻以救民济世为心，所谓赤子之心"，自然不以为然，独听了"但能博得一第，便是从此而止，也不枉天恩祖德"，宝玉点了点头，叹了口气，说道："一第呢，其实也不是什么难事，倒是你这个'从此而止，不枉天恩祖德'，却还不离其宗。"

"不孝有三，无后为大"，宝玉娶妻生子，以全人伦。

宝玉认为古圣贤所谓的赤子之心不过是无知、无识、无贪、无忌。"我们生来已陷溺在贪、嗔、痴、爱中，犹如污泥一般，怎么能跳出这般尘网？"

《庄子》《参同契》《元命苞》《五灯会元》这些谈玄论道之类书，也弃若敝屣。

　　宝钗见他这番举动，甚为罕异，因欲试探他，便笑问道："不看他倒是正经，但又何必搬开呢？"宝玉道："如今才明白过来了，这些书都算不得什么。我还要一火焚之，方为干净。"宝钗听了，更欣喜异常。

　　只听宝玉口中微吟道："内典语中无佛性，金丹法外有仙舟。"

般若扫相，不立文字，直指人心。到了此时，"方知石兄下凡一次，磨出光明，修成圆觉"。

贾府众人送宝玉、贾兰前去赶考。

　　宝玉仰面大笑道："走了，走了！不用胡闹了，完了事了！"众人也都笑道："快走罢。"独有王夫人和宝钗娘儿两个倒像生离死别的一般，那眼泪也不知从那里来的，直流下来，几乎失声哭出。但见宝玉嘻天哈地，大有疯傻之状，遂从此出门走了。正是：

走来名利无双地，打出樊笼第一关。

　　宝玉中了第七名举人，贾兰中了一百三十名。出了考场，宝玉不见了。可怜荣府的人，个个死多活少。众人中只有惜春心里却明白了，只不好说出来，便问宝钗道："二哥哥带了玉去了没有？"宝钗道："这是随身的东西，怎么不带？"惜春听了，便不言语。

　　贾政扶贾母灵柩金陵安葬，回来道上，又闻得有恩赦的旨意，又接家书，果然赦罪复职，更是喜欢，便日夜趱行。

　　一日，行到毗陵驿地方，那天乍寒下雪，泊在一个清静去处。贾政打发众人上岸投帖，辞谢朋友，总说即刻开船，都不敢劳动。船中只留一个小厮伺候，自己在船中写家书，先要打发人起早到家。写到宝玉的事，便停笔。抬头忽见船头上微微的雪影里面一个人，光着头，赤着脚，身上披着一领大红猩猩毡的斗篷，向贾政倒身下拜。贾政尚未认清，急忙出船，欲待扶住问他是谁。那人已拜了四拜，站起来打了个问讯。贾政才要还揖，迎面一看，不是别人，却是宝玉。

　　贾政吃一大惊，忙问道："可是宝玉么？"

　　那人只不言语，似喜似悲。贾政又问道："你若是宝玉，如何这样打扮，跑到这里？"

　　宝玉未及回言，只见舡头上来了两人，一僧一道，夹住宝玉说道："俗缘已毕，还不快走！"说着，三个人飘然登岸而去。

　　贾政不顾地滑，疾忙来赶。见那三人在前，那里赶得上。只听见他们三人口中不知是那个作歌曰：

我所居兮，青埂之峰。我所游兮，鸿蒙太空。谁与我游兮，吾谁与从？渺渺茫茫兮，归彼大荒。

仙草归真，通灵复原，俗缘一毕，飘然登岸。宝玉回归本处真如福地，留下"兰桂齐芳""高魁子贵"，仍在幻境之中。正是：天外书传天外事，两番人作一番人。

石头记

后来，不知过了几世几劫，因有个空空道人访道求仙，从这大荒山无稽崖青埂峰下经过，忽见一大块石上字迹分明，编述历历。空空道人乃从头一看，原来就是无材补天，幻形入世，蒙茫茫大士、渺渺真人携入红尘，历尽离合悲欢、炎凉世态的一段故事。后面又有一首偈云：

无材可去补苍天，枉入红尘若许年。

此系身前身后事，倩谁记去作奇传？

诗后便是此石坠落之乡，投胎之处，亲自经历的一段陈迹故事。

那顽石本是人的妙明真心。石头上的"一段陈迹故事"，就是众生在轮回生死中，刻印在心头的重重魔障、历历情缘，故又名《石头记》。

《水浒传》的天机

一丈青为什么嫁给王矮虎

《水浒传》里面，有一个很大的问题：一丈青为什么要嫁给王矮虎？

一丈青与王矮虎，实际上，就是潘金莲与武大郎的翻版。

潘金莲是个大美人，自不用提。第二十四回，武松看那妇人时，但见：

> 眉似初春柳叶，常含着雨恨云愁；脸如三月桃花，暗藏着风情月意。纤腰袅娜，拘束的燕懒莺慵；檀口轻盈，勾引得蜂狂蝶乱。玉貌妖娆花解语，芳容窈窕玉生香。

与潘金莲相比，扈三娘不仅才貌双全，而且对丈夫忠贞不渝，对国家忠心不贰。第四十八回，宋江带了欧鹏、王矮虎，分一半人马前来迎敌。山坡下来有二三十骑马军，当中簇拥着一员女将。怎生结束，但见：

雾鬓云鬟娇女将，凤头鞋宝镫斜踏。黄金坚甲衬红纱，狮蛮带柳腰端跨。巨斧把雄兵乱砍，玉纤手将猛将生拿。天然美貌海棠花，一丈青当先出马。

武大郎和王英，简直就是双胞胎。

武大郎"身不满五尺，面目生得狰狞，头脑可笑"，诨名"三寸丁谷树皮"。

王矮虎五短身材，"形貌峥嵘性粗鲁，贪财好色最强梁"，江湖上叫他作"矮脚虎"。

武大郎忠厚老实，爱情专一，宽宏大量。

王矮虎见利忘义，重色轻友，花心成性，杀同伴当强盗，为刘高妻子与燕顺拼命。第三十二回：

五短身材，一双光眼。怎生打扮，但见：天青衲袄锦绣补，形貌峥嵘性粗鲁。贪财好色最强梁，放火杀人王矮虎。这个好汉，祖贯两淮人氏，姓王，名英，为他五短身材，江湖上叫他做矮脚虎。原是车家出身，为因半路里见财起意，就势劫了客人，事发到官，越狱走了，上清风山，和燕顺占住此山，打家劫舍。

第三十五回：

宋江便道："燕顺杀了这妇人也是。兄弟，你看我这等一力救了他下山，教他夫妻团圆完聚，尚兀自转过脸来，叫丈夫害我。贤弟，你留在身边，久后有损无益。宋江日后别娶一个好的，教贤弟满意。"燕顺道："兄弟便是这等寻思，不杀了，要他无用，久后必被他害了。"王矮虎被众人劝了，默默无言。

更为荒唐的是，娶了扈三娘，王矮虎仍是淫心不改，竟在两军阵前，当着妻子的面，调戏琼英。第九十八回：

> 矮脚虎王英看见是个美貌女子，骤马出阵，挺枪飞抢琼英。两军呐喊，那琼英拍马拈戟来战。二将斗到十数余合，王矮虎拴不住意马心猿，枪法都乱了。琼英想道："这厮可恶！"觑个破绽，只一戟，刺中王英左腿。王英两脚蹬空，头盔倒卓，撞下马来。扈三娘看见伤了丈夫，大骂："贼泼贱小淫妇儿，焉敢无礼！"飞马抢出，来救王英。

两对不相称的苦命鸳鸯。一对死于桃色事件，一对共同殉国。第一百十七回：

> 宋江听罢，便差王矮虎、一丈青两个出哨迎敌。夫妻二人带领三千马军，投清溪路上来，正迎着郑彪，首先出马，便与王矮虎交战。两个更不打话，排开阵势，交马便斗。才到八九合，只见郑彪口里念念有词，喝声道："疾！"就头盔顶上，流出一道黑气来。黑气之中，立着一个金甲天神，手持降魔宝杵，从半空里打将下来。王矮虎看见，吃了一惊，手忙脚乱，失了枪法，被郑魔君一枪戳下马去。一丈青看见戳了他丈夫落马，急舞双刀去救时，郑彪

便来交战。略战一合，郑彪回马便走。一丈青要报丈夫之仇，急赶将来。郑魔君歇住铁枪，舒手去身边锦袋内，摸出一块镀金铜砖，扭回身，看着一丈青面门上只一砖，打落下马而死。可怜能战佳人，到此一场春梦。有诗哀挽为证：

花朵容颜妙更新，捐躯报国竟亡身。老夫借得春秋笔，女辈忠良传此人。戈戟森严十里周，单枪独马雪夫仇。噫嗟食禄忘君者，展卷闻风岂不羞。

谁逼我上了梁山

如何表现这两个不相称的爱情故事，是现代影视导演的难题。

当代女权主义者和时髦文人想方设法作翻案文章，替潘金莲为代表的妇女同志鸣不平。其实，潘金莲并非默默承受性压抑的贤淑女子。第二十四回：

原来这妇人见武大身材短矮，人物猥獕，不会风流，这婆娘倒诸般好，为头的爱偷汉子。有诗为证：

金莲容貌更堪题，笑蹙春山八字眉。若遇风流清子弟，等闲云雨便偷期。

但是，一丈青为什么心安理得地嫁给王矮虎呢？

有理论家认为，在施耐庵的内心深处，有严重的封建礼教思想，男尊女卑，压迫女性。老版的电视剧，祝彪狂傲自大，扈三娘看不惯，宁愿爱上丑陋的矮脚虎。新版《水浒传》，绕的圈子更大，说因为扈太公不愿与宋江为敌，而被祝彪暗害，并嫁祸于梁山好汉，直到真相大白……其实，祝家庄"诚恐一丈青有失，慌忙放下吊桥，开了庄门。祝龙亲自引了三百余人，骤马提枪，来捉宋江"。

梁山泊除了使用反间计，破坏三个村庄之间的同盟之外，并无半点怜香惜玉之心。甚至扈成已经投降，黑旋风李逵仍然违背将令，烧了扈家庄，把扈太公一家都杀得干干净净。宋江并不治罪。一丈青似乎对未婚夫一家、自己一家的血仇大恨不以为然，投入了王矮虎的小怀抱。一丈青"见宋江义气深重，推却不得。两口儿只得拜谢了。晁盖等众人皆喜，都称贺宋公明真乃有德有义之士。当日尽皆筵宴饮酒庆贺"。

除了一丈青之外，直接被宋江害得家破人亡，而无怨无悔地走上梁山的还有玉麒麟卢俊义、霹雳火秦明、金枪手徐宁、扑天雕李应等。我们一直在用"逼上梁山"这个成语，想没想过，大多数弟兄逼上了梁山，其罪魁祸首，不是别人，正是"呼群保义"的哥哥宋公明？

第三十四回，清风山，宋江用计捉住秦明后，饮酒留宿一晚。次日放秦明回城：

秦明见了，心中自有八分疑忌，到得城外看时，原来旧有数百人家，却都被火烧做白地，一片瓦砾场上，横七竖八，杀死的男子妇人，不计其数。……

知府喝道："我如何不认的你这厮的马匹、衣甲、军器、头盔？城上众人明明地见你指拨红头子杀人放火，你如何赖得过？便做你输了被擒，如何五百军人没一个逃得回来报信？你如今指望赚开城门取老小，你的妻子，今早已都杀了。你若不信，与你头看。"军士把枪将秦明妻子首级挑起在枪上，教秦明看。秦明是个性急的人，看了浑家首级，气破胸脯，分说不得，只叫得苦屈。城上弩箭如雨点般射将下来，秦明只得回避，看见遍野处火焰，尚兀自未灭。……

宋江开话道："总管休怪，昨日因留总管在山，坚意不肯，却是宋江定出这条计来，叫小卒似总管模样的，却穿了足下的衣甲、头盔，骑着那马，横着狼牙棒，直奔青州城下，点拨红头子杀人。燕顺、王矮虎带领五十余人助战，只做总管去家中取老小。因此杀人放火，先绝了总管归路的念头。今日众人特地请罪。"秦明见说了，怒气于心，欲待要和宋江等厮并，却又自肚里寻思。一则是上界星辰契合。二乃被他们软困，以礼待之。三则又怕斗他们不过。

呼延灼被俘之后，"沉思了半晌。一者是天罡之数，自然意气相投。二者见宋江礼貌甚恭。叹了一口气，跪下在地"。

弟兄们之归顺宋公明，一丈青之嫁王矮虎，是因为他们都是"天上的星星"。

北斗初横

"一时豪侠欺黄屋，七宿光芒动紫微。"

水泊梁山的英雄事业，源自托塔天王晁盖的一梦："我昨夜梦见北斗七星，直坠在我屋脊上，斗柄上另有一颗小星，化道白光去了。"

郓城县都头雷横，在灵官殿里捉住了喝醉酒的刘唐，将刘唐押在晁盖的东溪村。听信晁、刘二人串通好了的谎言，雷横放了刘唐。刘唐却不甘罢休，便出房门，去枪架上拿了一条朴刀，便出庄门，大踏步投南赶来，追杀雷横（其实是为了引出智多星吴用）。此时天色已明。但见：

"北斗初横，东方渐白。天涯曙色才分，海角残星暂落。"

"北斗初横"，天罡地煞一百零八位星宿的大聚义拉开了序幕。《水浒传》第十五回，晁盖、吴用、公孙胜三人，加上刘唐、三阮，七条好汉。文中云：

> 众人道："今日此一会，应非偶然，须请保正哥哥正面而坐。"晁盖道："量小子是个穷主人，怎敢占上！"吴用道："保正哥哥年长，依着小生，且请坐了。"晁盖只得坐了第一位，吴用坐了第二位，公孙胜坐了第三位，刘唐坐了第四位，阮小二坐了第五位，阮小五坐第六位，阮小七坐第七位。却才聚义饮酒，重整杯盘，再备酒肴，众人饮酌。吴用道："保正梦见北斗七星坠在屋脊上，今日我等七人聚义举事，岂不应天垂象！"

又云：

> 晁盖道："黄泥冈东十里路，地名安乐村，有一个闲汉，叫做白日鼠白胜，也曾来投奔我，我曾赍助他盘缠。"吴用道："北斗上白光，莫不是应在这人？自有用他处。"刘唐道："此处黄泥冈较远，何处可以容身？"吴用道："只这个白胜家便是我们安身处，亦还要用了白胜。"

71

岂知白日鼠白胜是地耗星，大哥晁盖才是那一道一闪而过的白光。第十四回：

> 郓城县管下东门外有两个村坊，一个东溪村，一个西溪村，只隔着一条大溪。当初这西溪村常常有鬼，白日迷人下水，在溪里，无可奈何。忽一日，有个僧人经过，村中人备细说知此事，僧人指个去处，教用青石凿个宝塔，放于所在，镇住溪边。其时西溪村的鬼，都赶过东溪村来。那时晁盖得知了，大怒，从这里走将过去，把青石宝塔独自夺了过来东溪村放下，因此人皆称他做托塔天王。

晁盖，朝廷之盖，镇压这些私自下凡、蠢蠢欲动的星星的宝塔。宝塔托起，这群牛鬼蛇神就凑到了一起：赤发鬼、智多星、立地太岁、短命二郎、活阎罗、入云龙、白日鼠、青面兽、插翅虎……

一道白光

令"七星聚义"者，不是晁盖。晁者，朝也，从日从兆，远方的太阳。朱骏声《说文通训定声》云："此字当为朝之或体。"日出而星散，与北斗七星相克。

宋江才是真正的领袖。

金圣叹说："自吾观之，宋江之罪之浮于群盗也，吟反诗为小，而放晁盖为大。何则？放晁盖而倡聚群丑，祸连朝廷，自此始矣。宋江而诚忠义，是必不放晁盖者也。宋江而放晁盖，是必不能忠义者也。此入本传之始，而初无一事可书，为首便书私放晁盖。然则宋江通天之罪，作者真不能为之讳也。"

金圣叹之所罪宋江之处，正是我所明宋江之处。

六十八回，宋江要让第一把交椅，刘唐便道："我们起初七个上山，那时便有让哥哥为尊之意，今日却要让别人！"不仅直接否决了卢俊义，更越过了晁盖，并且，七个人——包括晁盖本人在内，都把宋江奉为主尊。

宋江上山后，从山寨大业，弟兄们的前途命运，到不断变动的兄弟座次（因常常有新的星宿凑泊梁山），从日常事务管理，到行军打仗，都是宋江一张蓝图绘到底。

不是宋江的权术与阴谋架空了晁盖，晁盖只是转瞬即逝的一道流星而已。

还道村

有一首诗《临江仙》赞宋江好处：

> 起自花村刀笔吏，英灵上应天星，疏财仗义更多能。事亲行孝敬，待士有声名。济弱扶倾心慷慨，高名水月双清。及时甘雨四方称，山东呼保义，豪杰宋公明。

宋江不仅上应天星，而且是星主。"呼保义"的含义有两层，一是"呼群"，二是"保义"。

呼群，就是把众弟兄集聚在一起，为了达到这个目的，可以说是不择手段，而且无所不用其极，譬如对扈三娘一家、卢俊义一家、秦明一家、李应一家，等。《水浒传》，从二十一回，宋江一出场，到梁山英雄排座次，都是沿着如何把散作百十道金光，望四面八方去的妖魔收拢在水泊梁山的主线递次推进的。

保义，就是改"聚义厅"为"忠义堂"，替天行道。

梁山好汉劫了江州法场，宋江终于上了梁山。说起江州蔡九知府捏造谣言一事，说与众人：

> 叵耐黄文炳那厮，事又不干他已，却在知府面前胡言乱道，解说道："耗国因家木"，耗散国家钱粮的人，必是家头着个"木"字，不是个"宋"字？"刀兵点水工"，兴动刀兵之人，必是三点水着个"工"字，不是个"江"字？这个正应宋江身上。那后两句道："纵横三十六，播乱在山东。"合主宋江造反在山东。

正在宋江要与朝廷真刀真枪大干一场的关键时刻，发生了一件大事。

> 再说晁盖教向山前山后各拨定房屋居住，山寨里再起造房舍，修理城垣。至第三日，酒席上宋江起身对众头领说道："宋江还有一件大事，正要禀众弟兄：小可今欲下山走一遭，乞假数日，未知众位肯否？"晁盖便问道："贤弟今欲要往何处，干甚么大事？"宋江不慌不忙，说出这个去处。有分教：枪刀林里，再逃一遍残生；山岭边傍，传授千年勋业。正是：只因玄女书三卷，留得清风史数篇。

宋江要回家搬取父亲上山。还没进入家门，就遭到赵得、赵能领着官军追杀。

远远望见一个去处，只顾走。少间风扫薄云，现出那轮明月，宋江方才认得仔细，叫声苦，不知高低。看了那个去处，有名唤做"还道村"。原来团团都是高山峻岭，山下一遭涧水，中间单单只一条路。入来这村，左来右去走，只是这条路，更没第二条路。宋江认的这个村口，欲待回身，却被背后赶来的人，已把住了路口，火把照耀如同白日。宋江只得奔入村里来，寻路躲避。抹过一座林子，早看见一所古庙。

宋江只得推开庙门，乘着月光，入进庙里来，寻个躲避处。前殿后殿，相了一回，安不得身，心里越慌。急没躲处，见这殿上一所神厨，宋江揭起帐幔，望里面探身便钻入神厨里，安了短棒，做一堆儿伏在厨内，气也不敢喘。

承蒙神仙保佑，吓跑了赵得、赵能。在青衣神童的引领下，宋江见到了九天玄女娘娘。

殿上法旨道："既是星主不能饮酒，可止。教取那三卷天书赐与星主。"青衣去屏风背后，玉盘中托出黄罗袱子，包着三卷天书，度与宋江。宋江看时，可长五寸，阔三寸，厚三寸，不敢开看，再拜祗受，藏于袖中。娘娘法旨道："宋星主！传汝三卷天书，汝可替天行道为主，全忠仗义为臣，辅国安民，去邪归正。他日功成果满，作为上卿。吾有四句天言，汝当记取，终身佩受，勿忘勿泄。"宋江再拜："愿受天言。"娘娘法旨道：

> "遇宿重重喜，逢高不是凶。北幽南至睦，两处
> 见奇功。"

宋江听毕，再拜谨受。

娘娘法旨道："玉帝因为星主魔心未断，道行未完，暂罚
下方，不久重登紫府，切不可分毫懈怠！若是他日罪下酆都，
吾亦不能救汝。此三卷之书，可以善观熟视，只可与天机星同
观，其他皆不可见。功成之后，便可焚之，勿留在世。所嘱之
言，汝当记取。目今天凡相隔，难以久留，汝当速回。"便令
童子急送星主回去，"他日琼楼金阙，再当重会"。

玄女娘娘向宋江亲授天书，可见星主下降到人间，所担负的
社会责任的重大。

"还道村"，就是由简单的打家劫舍、啸聚山林回归"替天
行道"。不仅宋江收心还道，整个梁山的思想、方针、路线，都
要走到"替天行道"的大道上来。

九天玄女娘娘为黄帝之师，圣母元君弟子，曾助黄帝战胜蚩
尤。《龙鱼河图》载：

> 黄帝摄政时，有蚩尤兄弟八十一人，并兽身人语，铜
> 头铁额，食砂石子，造立兵仗刀戟大弩，威震天下，诛杀无
> 道，不仁慈。万民欲令黄帝行天子事，黄帝仁义，不能禁止
> 蚩尤，遂不敌。黄帝仰天而叹。天遣玄女下授黄帝兵信神
> 符，制伏蚩尤。

后来，宋江率兵征辽，与兀颜统军对阵。怎生破得辽兵？百

般寻思，无计可施，寝食俱废，梦寐不安。

玄女娘娘再次出现，召见宋江曰："吾传天书与汝，不觉又早数年矣！汝能忠义坚守，未尝少怠。今宋天子令汝破辽，胜负如何？"宋江俯伏在地，拜奏曰："臣自得蒙娘娘赐与天书，未尝轻慢，泄漏于人。今奉天子诏命破辽，不期被兀颜统军，设此'混天象'阵，累败数次。臣无计可施，正在危急之际。"玄女娘娘曰："汝知'混天象'阵法否？"宋江再拜奏道："臣乃下士愚人，不晓其法，望乞娘娘赐教。"

玄女娘娘曰："此阵之法，聚阳象也。只此攻打，永不能破。若欲要破，须取相生相克之理……令公孙胜布起风雷天罡正法……"如此如此，这般这般，一鼓成功。

娘娘再三叮咛："吾之所言，汝当秘受。保国安民，勿生退悔。天凡有限，从此永别。他日琼楼金阙，别当重会。汝宜速还，不可久留。"

石　碣

"石碣"二字，是《水浒传》的"题眼"。金圣叹说："三个'石碣'字，是一部《水浒传》的大段落。"

第一个"石碣"，是洪太尉上龙虎山请张天师。"众人一齐都到殿内，黑暗暗不见一物。太尉教从人取十数个火把，点着将来，打一照时，四边并无别物，只中央一个石碑，约高五六尺，下面石龟趺坐，太半陷在泥里。照那碑碣上时，前面都是龙章凤篆，天书符箓，人皆不识。照那碑后时，却有四个真字大书，凿着：'遇洪而开'。"

洪太尉打开地穴，一道黑气直冲上半天里，空中散作百十道金光，望四面八方去了。道士说："此殿内镇锁着三十六员天罡星，七十二座地煞星，共是一百单八个魔君在里面。上立石碑，凿着龙章凤篆天符，镇住在此。"

第二个"石碣"，是阮氏三雄住的"石碣村"。从这里，一伙人反上了梁山。"不是何涛去石碣村去，有分教：大闹山东，鼎沸河北。天罡地煞，来寻际会风云；水浒山城，去聚纵横人马。直使三十六员豪杰聚，七十二位煞星临。"

第三个"石碣"，是梁山英雄排座次，一百零八个星君集聚。

　　宋江要求上天报应，特教公孙胜专拜青词，奏闻天帝，每日三朝。却好至第七日三更时分，公孙胜在虚皇坛第一层，众道士在第二层，宋江等众头领在第三层，众小头目并将校都在坛下。众皆恳求上苍，务要拜求报应是夜三更时候，只听得天上一声响，如裂帛相似，正是西北乾方天门上。众人看时，直竖金盘，两头尖，中间阔，又唤做天门开，又唤做天眼开。里面毫光射人眼目，霞彩缭绕，从中间卷出一块火来，如栲栳之形，直滚下虚皇坛来。那团火绕坛滚了一遭，竟攒入正南地下去了。此时天眼已合，众道士下坛来。宋江随即叫人将铁锹锄头，掘开泥土，根寻火块。那地下掘不到三尺深浅，只见一个石碣。正面两侧，各有天书文字。有诗为证：

　　蕊笈琼书定有无，天门开阖亦糊涂。滑稽谁造丰亨论？至理昭昭敢厚诬。

当下宋江且教化纸，满散平明斋。众道士各赠与金帛之物，以充衬资。方才取过石碣看时，上面乃是龙章凤篆，蝌蚪之书，人皆不识。众道士内有一人，姓何法讳玄通，对宋江说道："小道家间祖上，留下一册文书，专能辨验天书。那上面自古都是蝌蚪文字。以此贫道善能辨认。译将出来便知端的。"宋江听了大喜。连忙捧过石碣，教何道士看了。良久，说道："此石都是义士大名，镌在上面。侧首一边是替天行道四字，一边是忠义双全四字。顶上皆有星辰南北二斗，下面却是尊号。若不见责，当以从头一一敷宣。"宋江道："幸得高士指迷，拜谢不浅。若蒙先生见教，实感大德。唯恐上天见责之言，请勿藏匿，万望尽情剖露，休遗片言。"宋江唤过圣手书生萧让，用黄纸誊写。何道士乃言："前面有天书三十六行，皆是天罡星。背后也有天书七十二行，皆是地煞星。下面注着众义士的姓名。"

石碣前面，书梁山泊天罡星三十六员：
天魁星呼保义宋江，天罡星玉麒麟卢俊义，天机星智多星吴用，天闲星入云龙公孙胜……
石碣背面，书地煞星七十二员：
地魁星神机军师朱武，地煞星镇三山黄信，地勇星病尉迟孙立……

当时，何道士辨验天书，教萧让写录出来。读罢，众人看了，俱惊讶不已。宋江与众头领道："鄙猥小吏，原来上应星魁，众多弟兄也原来都是一会之人。上天显应，合当聚义。今已数足，上苍分定位数，为大小二等。天罡、地煞星辰，都已分定次序，众头领各守其位，各休争执，不可逆了天言。"众人皆道："天地之意，物理数定，谁敢违拗？"

有篇言语，单道梁山泊的好处，怎见得：

八方共域，异姓一家。天地显罡煞之精，人境合杰灵之美。千里面朝夕相见，一寸心死生可同。相貌语言，南北东西虽各别；心情肝胆，忠诚信义并无差。其人则有帝子神孙，富豪将吏，并三教九流，乃至猎户渔人，屠儿刽子，都一般儿哥弟称呼，不分贵贱；且又有同胞手足，捉对夫妻，与叔伯郎舅，以及跟随主仆，争斗冤仇，皆一样的酒筵欢乐，无问亲疏。或精灵，或粗鲁，或村朴，或风流，何尝相碍，果然认性同居；或笔舌，或刀枪，或奔驰，或偷骗，各有偏长，真是随才器使。可恨的是假文墨，没奈何着一个圣手书生，聊存风雅；最恼的是大头巾，幸喜得先杀却白衣秀士，洗尽酸悭。地方四五百里，英雄一百八人。昔时常说江湖上闻名，似古楼钟声声传播；今日始知星辰中列姓，如念珠子个个连牵。在晁盖恐托胆称王，归天及早；唯宋江肯呼群保义，把寨为头。休言啸聚山林，早愿瞻依廊庙。

天罡地煞

北极星，是对着地轴，靠近北天极的星星。从地球北半球看，其位置不变。

孔子云："为政以德，譬如北辰，居其所，而众星共之。"北极星又被称为帝星。《释天》云："北极谓之北辰。"《观象》云："北极星在紫微宫中，一曰北辰，天之最尊星也。其纽星天之枢也。天运无穷，而极星不移。故曰：'居其所而众星共之。'"

北斗星围绕北极旋转，斗柄所指，扫过整个天庭。北斗七星的运行，是天道的象征。

七星的形状，恰如一辆马车，故而《甘石星经》云："北斗星谓之七政，天之诸侯，亦为帝车。"《史记·天官书》说："北斗七星，所谓旋、玑、玉衡，以齐七政……斗为帝车，运于中央，临制四乡。分阴阳，建四时，均五行，移节度，定诸纪，皆系于斗。"

所谓七政，据《尚书大传》，指春、秋、冬、夏、天文、地理、人道。即是说，自然界天地的运转、四时的变化、五行的分布，以及人间世事吉凶否泰皆由北斗七星所决定。

天帝坐着北斗七星视察四方，定四时，分寒暑。北斗星斗柄方向的变化为判断季节的标志。《鹖冠子》记载："斗杓东指，天下皆春；斗杓南指，天下皆夏；斗杓西指，天下皆秋；斗杓北指，天下皆冬。"一年由春开始，而此时北斗在东，所以上帝从东方开始巡视，故《易传》云，"帝出乎震"。

北斗七星，依次为一天枢、二天璇、三天玑、四天权、五玉衡、六开阳、七摇光。天枢、天璇、天玑、天权前四颗星组成斗形，故名魁，或称魁星，又名璇玑。玉衡、开阳、摇光三星为斗柄，称为杓。

《律志》云："玉衡，杓，建天之纲（罡）也。"故斗柄又被称为"罡星"，系北极之权臣，执生杀之衡，握造化之柄，运五行，推四时，生万物，为列宿之领袖，运气之枢纽。

道教称"北斗七星"为七元解厄星君，居北斗七宫，即天枢宫贪狼星君、天璇宫巨门星君、天玑宫禄存星君、天权宫文曲星君、玉衡宫廉贞星君、开阳宫武曲星君、摇光宫破军星君。

在斗柄之中，隐藏着"三十六天罡，七十二地煞"，一百单八个小星星，随时准备辅佐七星的正常运行。

文曲武曲

在《水浒传》的引子中，说宋仁宗皇帝，乃是上界赤脚大仙。降生之时，昼夜啼哭不止，朝廷出给黄榜，召人医治。感动天庭，差遣太白金星下界，化作一老叟，前来揭了黄榜，自言能止太子啼哭。那老叟直至宫中，抱着太子，耳边低低说了八个字，太子便不啼哭。那老叟不言姓名，只见化一阵清风而去。耳边道八个甚字？道是"文有文曲，武有武曲"。端的是玉帝差遣紫微宫中两座星辰下来，辅佐这朝天子。文曲星乃是南衙开封府主龙图阁大学士包拯，武曲星乃是征西夏国大元帅狄青。

文曲星即是斗柄之中的天权星，武曲星即是开阳星。在他们的辅佐下，天下太平，五谷丰登，万民乐业，路不拾遗，户不夜闭。这九年谓之一登。自明道元年至皇祐三年，这九年亦是丰富，谓之二登。自皇四年至嘉祐二年，这九年田禾大熟，谓之三登。一连三九二十七年，号为三登之世。

谁道乐极悲生：

嘉祐三年春间，天下瘟疫盛行。自江南直至两京，无一处人民不染此症。天下各州各府，雪片也似申奏将来。东京城里城外军民死亡大半，开封府主持包待制亲自将惠民和济局方，自出俸资合药，救治万民。那里医治得住，瘟疫越

盛。文武百官商议，都向待漏院中聚会，伺候早朝奏闻天
子，专要祈祷，禳谢瘟疫。不因此事，如何教三十六员天罡
下临凡世，七十二座地煞降在人间，哄动宋国乾坤，闹遍赵
家社稷。有诗为证，诗曰：

> 万姓熙熙化育中，三登之世乐无穷。岂知礼乐笙镛
> 治，变作兵戈剑戟丛。水浒寨中屯节侠，梁山泊内聚英
> 雄。细推治乱兴亡数，尽属阴阳造化功。

龙虎山

因京师瘟疫盛行，天子特遣太尉洪信赍捧御书丹诏，亲奉龙
香，到龙虎山请张天师禳天灾，救济万民。

洪太尉来到龙虎山，住持真人禀告："天子要救万民，只除
是太尉办一点志诚心，斋戒沐浴，更换布衣，休带从人，自背诏
书，焚烧御香，步行上山礼拜，叩请天师，方许得见。如若心不
志诚，空走一遭，亦难得见。"

上山前，真人又禀道："太尉要救万民，休生退悔之心，只
顾志诚上去。"

可惜洪太尉并无志诚之心，不堪辛劳，心生怨恨，招来一虎
一蛇。

约莫走过了数个山头，三二里多路，看看脚酸腿软，
正走不动，口里不说，肚里踌躇，心中想道："我是朝廷贵
官，在京师时，重裀而卧，列鼎而食，尚兀自倦怠，何曾
穿草鞋，走这般山路！知他天师在那里，却教下官受这般

苦！"又行不到三五十步，搋着肩气喘，只见山凹里起一阵风。风过处，向那松树背后，奔雷也似吼了一声，扑地跳出一个吊睛白额锦毛大虫来，洪太尉吃了一惊，叫声："阿呀！"扑地望后便倒。

这个老虎，便是书中出现的第一个绿林好汉，少华山的跳涧虎陈达。

又行过三五十步，口里叹了数口气，怨道："皇帝御限差俺来这里，教我受这场惊恐。"说犹未了，只觉得那里又一阵风，吹得毒气直冲将来，太尉定晴看时，山边竹藤里簌簌地响，抢出一条吊桶大小雪花也似蛇来。太尉见了，又吃一惊，撒了手炉，叫一声："我今番死也！"往后便倒在盘陀石边。

这便是少华山的白花蛇杨春。

次日早膳以后，真人、道众并提点、执事人等，请太尉游山，来到伏魔殿。洪太尉要打开地穴，道士不肯。太尉大怒，指着道众说道："你等不开与我看，回到朝廷，先奏你们众道士阻当宣诏，违别圣旨，不令我见天师的罪犯；后奏你等私设此殿，假称锁镇魔王，煽惑军民百姓。把你都追了度牒，刺配远恶军州受苦。"

这一百零八个魔王出世，实乃朝廷大臣心无志诚、专横跋扈所导致。

浮浪子弟

徽宗时代，文无文曲，武无武曲，君臣擅长的都是浮浪子弟门风。

且说东京开封府汴梁宣武军，一个浮浪破落户子弟，姓高，排行第二，自小不成家业，只好刺枪使棒，最是踢得好脚气毬，京师人口顺，不叫高二，却都叫他做高毬。后来发迹，便将气毬那字去了毛傍，添作立人，便改作姓高，名俅。这人吹弹歌舞，刺枪使棒，相扑顽耍，亦胡乱学诗、书、词、赋。若论仁、义、礼、智、信、行、忠、良，却是不会，只在东京城里城外帮闲。因帮了一个生铁王员外儿子使钱，每日三瓦两舍，风花雪月，被他父亲开封府里告了一纸文状，府尹把高俅断了二十脊杖，迭配出界发放，东京城里人民不许容他在家宿食。高俅无计奈何，只得来淮西临淮州，投奔一个开赌坊的闲汉柳大郎，名唤柳世权。

后来天下大赦，高俅回到东京，先是被举荐给小苏学士，小苏学士引荐给小王都太尉，小王都太尉送给小舅端王，一路都是"小"人相助。

这端王乃是神宗天子第十一子，哲宗皇帝御弟，现掌东驾，排号九大王，是个聪明俊俏人物。这浮浪子弟门风帮闲之事，无一般不晓，无一般不会，更无一般不爱。即如琴、棋、书、画，无所不通，踢毬打弹，品竹调丝，吹弹歌舞，自不必说。

端王与高俅是天生的一对绝配。

　　且说端王自从索得高俅做伴之后，就留在宫中宿食。高俅自此遭际端王，每日跟随，寸步不离。未及两个月，哲宗皇帝晏驾，无有太子，文武百官商议，册立端王为天子，立帝号曰徽宗，便是玉清教主微妙道君皇帝。登基之后，一向无事，忽一日，与高俅道："朕欲要抬举你，但有边功，方可升迁，先教枢密院与你入名，只是做随驾迁转的人。"后来没半年之间，直抬举高俅做到殿帅府太尉职事。

小人得志，纲常大坏。首先是孝子逃难。

　　王进谢罪罢，起来抬头看了，认得是高俅。出得衙门，叹口气道："俺的性命，今番难保了。俺道是甚么高殿帅，却原来正是东京帮闲的'圆社'高二。比先时曾学使棒，被我父亲一棒打翻，三四个月将息不起，有此之仇。他今日发迹，得做殿帅府太尉，正待要报仇，我不想正属他管。自古道，不怕官，只怕管。俺如何与他争得？怎生奈何是好？"回到家中，闷闷不已。对娘说知此事，母子二人，抱头而哭。娘道："我儿，三十六着，走为上着。只恐没处走。"王进道："母亲说得是，儿子寻思，也是这般计较。只有延安府老种经略相公镇守边庭，他手下军官，多有曾到京师的，爱儿子使枪棒，何不逃去投奔他们？那里是用

...

人去处，足可安身立命。"

然后是忠良受害。林冲一路奔逃，来到梁山泊边上酒店。

又吃了几碗酒，闷上心来，蓦然想起："我先在京师做教头，每日六街三市游玩吃酒，谁想今日被高俅这贼坑陷了我这一场，文了面，直断送到这里，闪得我有家难奔，有国难投，受此寂寞！"因感伤怀抱，问酒保借笔砚来，乘着一时酒兴，向那白粉壁上写下八句道："仗义是林冲，为人最朴忠。江湖驰誉望，京国显英雄。身世悲浮梗，功名类转蓬。他年若得志，威镇泰山东。"

四正四不正

"罡"者，四正也。因朝廷上下，有四不正，就需要天罡星下凡，以正天道。

一不正，朝廷奸臣当道。小说开篇写王进逃难，林冲上梁山，杨志卖刀杀人，皆因高俅所起。七星聚义、白龙庙英雄小聚义，皆因蔡京而起。

二不正，民间恶霸横行。鲁智深拳打镇关西，武松斗杀西门庆、醉打蒋门神，行侠仗义，除暴安良，都是百姓所渴望的。

三不正，内乱，山东宋江、淮西王庆、河北田虎、江南方腊，四大寇。

四不正，外患，西夏，辽，金。

天罡地煞星们要忠义报国，替天行道，招安之前是反奸臣，打恶霸。招安之后是平北辽，征方腊。

罗真人

群星下凡之后，有一位穿针引线，把弟兄们网罗一起的召集人，入云龙公孙胜。

公孙胜出场是在第十五回，"吴学究说三阮撞筹，公孙胜应七星聚义"。

按说，"智取生辰纲"这个奠定梁山英雄基业的大事，报信是刘唐，领袖是晁盖，出谋策划是吴用，为什么是公孙胜"应"七星聚义？

吴用在石碣村说服了阮氏三雄，一起来到东溪村，与晁盖、刘唐六筹好汉，正在后堂散福饮酒。只见一个庄客报说："门前有个先生要见保正化斋粮。"晁盖道："你好不晓事！见我管待客人在此吃酒，你便与他三五升米便了，何须直来问我！"庄客道："小人化米与他，他又不要，只要面见保正。"

庄客去了没半个小时，只听得庄门外热闹，又见一个庄客飞也似来报道："那先生发怒，把十来个庄客都打倒了。"晁盖听得，吃了一惊，慌忙起身道："众位弟兄少坐，晁盖自去看一看。"

那先生答道："贫道复姓公孙，单讳一个胜字，道号一清先生。小道是蓟州人氏，自幼乡中好习枪棒，学成武艺多般，人但呼为公孙胜大郎。为因学得一家道术，亦能呼风唤雨，驾雾腾云，江湖上都称贫道做'入云龙'。贫道久闻郓城县东溪村晁保正大名，无缘不曾拜识，今有十万贯金珠宝贝，专送与保正，作进见之礼，未知义士肯纳受否？"

七位好汉入座饮酒，聚义议事。吴用烦请刘唐打探生辰纲行程。公孙胜道："这一事不须去了。贫道已打听，知他来的路数了，只是黄泥冈大路上来。"

公孙胜对整个事件的来龙去脉了如指掌。

历尽千难万险，宋江终于上了梁山，公孙胜却飘然而去。

因为，宋江已经进了还道村，在九天玄女娘娘的指引下，走上"替天行道"的道路，公孙胜第一阶段的任务已经大功告成，该向罗真人复命了。

第三日，晁盖又体己备个筵席，庆贺宋江父子完聚，忽然感动公孙胜一个念头："思忆老母在蓟州，离家日久，未知如何。"众人饮酒之时，只见公孙胜起身对众头领说道："感蒙众位豪杰相带贫道许多时，恩同骨肉。只是小道自从跟着晁头领到山，逐日宴乐，一向不曾还乡看视老母。亦恐我真人本师悬望，欲待回乡省视一遭，暂别众头领三五个月，再回来相见，以满小道之愿，免致老母挂念悬望。"

公孙胜回乡，一个是省视老母，二是恐"真人本师悬望"。

当年，眼睁睁看着洪太尉放走各位魔王的，是龙虎山的住持真人。

把散落在四面八方的星星们"罗"到水泊梁山里面的真人，是罗真人。

粉墨登场的是公孙胜，导演是罗真人，真正的老板是九天玄女娘娘。

宋江领兵攻打高唐州，因高廉精通法术，梁山屡战屡败。无奈，只好派戴宗、李逵到蓟州寻找公孙胜，出山助战。（此前曾派戴宗去了几次，全然打听不着。）

戴宗李逵设计，逼出了公孙胜。公孙胜带领二人向罗真人辞行出山。罗真人不允。李逵一怒之下，星夜斧劈罗真人，被罗真人陷入蓟州府狱中受苦。

戴宗每日磕头礼拜，求告真人，乞救李逵。罗真人留住戴宗在观里宿歇，动问山寨里事务。戴宗诉说晁天王、宋公明仗义疏财，专只替天行道，誓不损害忠臣烈士，孝子贤孙，义夫节妇，许多好处。罗真人听罢甚喜。

> 罗真人笑道："贫道已知这人是上界天杀星之数。为是下土众生作业太重，故罚他下来杀戮。吾亦安肯逆天，坏了此人？只是磨他一会，我叫取来还你。"
>
> 罗真人道："我本不教他去，今为汝大义为重，权教他去走一遭。我有片言，汝当记取。"公孙胜向前跪听真人指教。正是：满还济世安邦愿，来作乘鸾跨凤人。
>
> 话说当下罗真人道："弟子，你往日学的法术，却与高廉的一般。吾今传授与汝五雷'天罡'正法，依此而行，可救宋江，保国安民，替天行道。休被人欲所缚，误了大事，专精从前学道之心。你的老母，我自使人早晚看视，勿得忧念。汝应上界天闲星，以此容汝去助宋公明。吾有八个字，汝当记取，休得临期有误。"罗真人说那八个字，道是："逢幽而止，遇汴而还。"

天机星

九天玄女娘娘将三卷天书交付宋江时，曾言："只可与天机星同观，其他皆不可见。"

天机星，就是梁山上的军师吴用。

在攻打高唐州时，高廉指挥三百神兵，把林冲等军马杀得星落云散，七断八续，呼兄唤弟，觅子寻爷。

　　宋江、吴用听了大惊，与军师道："是何神术，如此利害？"吴学究道："想是妖法。若能回风返火，便可破敌。"宋江听罢，打开天书看时，第三卷上有"回风返火破阵"之法。宋江大喜，用心记了咒语并密诀，整点人马，五更造饭吃了，摇旗擂鼓，杀进城下来。

高廉再点得胜人马并三百神兵，开放城门，布下吊桥，出来摆成阵势。宋江带剑纵马出阵前，望见高廉军中一簇皂旗。

　　吴学究道："那阵内皂旗便是使神师计的军法。但恐又使此法，如何迎敌？"宋江道："军师放心，我自有破阵之法。诸军众将勿得疑，只顾向前杀去。"

宋江临时抱佛脚，学得一点皮毛并不管用，被杀得大败亏输。直等公孙胜到来，用"五雷天罡正法"，才破了高廉的神兵。

不过，可以看出，宋江却没有让天机星阅读天书。

吴用，表字学究，道号加亮先生。曾有一首《临江仙》，赞吴用的好处：

　　万卷经书曾读过，平生机巧心灵，六韬三略究来精。胸中藏战将，腹内隐雄兵。谋略敢欺诸葛亮，陈平岂敌才能，略施小计鬼神惊。名称吴学究，人号智多星。

细想起来，吴用这个"智多星"似乎名不副实。他每次用计，结果都是越弄越糟糕。

生辰纲被"智取"了，但是留下了太多的蛛丝马迹，竟被一个闲汉何清识破了。晁盖与吴用、公孙胜、刘唐还在家日日喝酒呢！若不是宋江报信，早被一网打尽了。

关键时刻，吴用也有一计："三十六计，走为上计。"

> 吴用道："我已寻思在肚里了。如今我们收拾五七担挑了，一齐都奔石碣村三阮家里去。今急遣一人先与他弟兄说知。"晁盖道："三阮是个打鱼人家，如何安得我等许多人？"吴用道："兄长，你好不精细！石碣村那里一步步近去便是梁山泊。如今山寨里好生兴旺，官军捕盗，不敢正眼儿看他。若是赶得紧，我们一发入了伙！"

又是吴用的妙策，令刘唐给宋江送去了黄金书信，导致宋江杀死阎婆惜，惹上生死官司，浪迹江湖。

宋江吟反诗，被打入江州大牢。晁盖一冲动，要下山劫狱。

> 吴用谏道："哥哥，不可造次。江州离此间路远，军马去时，诚恐因而惹祸。打草惊蛇，倒送了宋公明性命。此一件事，不可力敌，只可智取。吴用不才，略施小计，只在戴院长身上，定要救宋三郎性命。"晁盖道："愿闻军师妙计。"吴学究道："如今蔡九知府却差院长送书上东京去，讨太师回报，只这封书上，将计就计，写一封假回书，教院长回去。书上只说教把犯人宋江切不可施行；便须

密切差的当人员，解赴东京问了详细，定行处决示众，断绝童谣。等他解来此间经过，我这里自差人下山夺了。此计如何？"

吴用把圣手书生萧让、玉臂匠金大坚骗上梁山，修好书信，送戴宗带回江州。众人回到大寨筵席。

> 正饭酒间，只听吴学究叫声苦，不知高低。众头领问道："军师何故叫苦？"吴用便道："你众人不知，是我这封书倒送了戴宗和宋公明性命也！"众头领大惊，连忙问道："军师书上却是怎地差错？"吴学究道："是我一时只顾甚前，不顾其后。书中有个老大脱卯！"萧让便道："小生写得字体和蔡太师字体一般，语句又不曾差了，请问军师，不知那一处脱卯？"金大坚又道："小生雕的图书亦无纤毫差错，怎地见得有脱卯处？"吴学究叠两个指头，说出这个差错脱卯处，有分教众好汉：大闹江州城，鼎沸白龙庙。

吴用把朱全赚上梁山，却把柴进失陷高唐州。
吴用扮作算命先生，把卢俊义勾引到梁山，却差点让卢俊义斩首法场。
……

正是吴用的屡屡失算，才使列位弟兄三五成群，慢慢归拢一起。尤其是在梁山英雄排座次前的两次聚义：东溪村"七星聚义"，为梁山奠定了基业；"白龙庙英雄小聚义"，宋江成了梁山英雄的核心，为以后的发展指明了方向。这都是吴用的功劳。

宋江与吴用，一明一暗，左右着替天行道事业的进程和局面。宋江是星主，吴用是掌控"天机"的星星。

梁山上还有一位副军师被称为神机军师的朱武，位于地煞星之首，地魁星。地魁星朱武一直与天罡星卢俊义搭配，出谋划策，领兵征战。

正是这位神机军师，使史进与少华山上的一蛇一虎往来沟通，更是史进亡命江湖，这才陆陆续续引出了鲁智深、林冲、杨志……众多好汉。

钱塘潮信

晓知天机的还有两位高人。

一位是山中高士许贯中，乃燕青故交。征辽归来，二人偶遇，来到贯中草堂。数杯酒后，窗外月光如昼。燕青推窗看时，又是一般清致：云轻风静，月白溪清，水影山光，相映一室。燕青夸奖不已道："昔日在大名府，与兄长最为莫逆。自从兄长应武举后，便不得相见。却寻这个好去处，何等幽雅！像劣弟恁地东征西逐，怎得一日清闲？"贯忠笑道："宋公明及各位将军，英雄盖世，上应罡星，今又威服强虏。像许某蜗伏荒山，那里有分毫及得兄等。俺又有几分儿不合时宜处，每每见奸党专权，蒙蔽朝廷，因此无志进取，游荡江河，到几个去处，俺也颇留心。"说罢大笑。

贯中劝燕青："今奸邪当道，妒贤嫉能，如鬼如蜮的，都是峨冠博带；忠良正直的，尽被牢笼陷害。小弟的念头久灰。兄长到功成名就之日，也宜寻个退步。自古道：'雕鸟尽，良弓藏。'"燕青点头嗟叹。

一位是得道高僧，五台山文殊院的智真长老。

鲁达打死镇关西，无奈出家时，遭到首座众僧反对。智真长老焚起一炷信香，盘膝而坐，口诵咒语，入定去了。一炷香过，却好回来，对众僧说道："只顾剃度他。此人上应天星，心地刚直。虽然时下凶顽，命中驳杂，久后却得清净，正果非凡，汝等皆不及他。可记吾言，勿得推阻。"

首座呈将度牒上法座前，请长老赐法名。长老拿着空头度牒，而说偈曰："灵光一点，价值千金。佛法广大，赐名智深。"

宋江在九天玄女娘娘的帮助之下，破辽凯旋，路过五台山。鲁智深要上山拜谒师父，宋江领众兄弟陪同。

> 话说五台山这个智真长老，原来是故宋时一个当世的活佛，知得过去未来之事。数载之前，已知鲁智深是个了身达命之人，只是俗缘未尽，要还杀生之债，因此教他来尘世中走这一遭。本人宿根，还有道心，今日起这个念头，要来参禅投礼本师。宋公明亦是素有善心，因此要同鲁智深来参智真长老。

宋江向前拈香礼拜毕，合掌近前参禅道："某有一语，敢问吾师：浮世光阴有限，苦海无边，人身至微，生死最大。"

智真长老便答偈曰：

"六根束缚多年，四大牵缠已久。堪嗟石火光中，翻了几个筋斗。咦！阎浮世界诸众生，泥沙堆里频哮吼。"

至晚闲话间，宋江求问长老道："弟子与鲁智深本欲从师数日，指示愚迷，但以统领大军，不敢久恋。我师语录，实不省悟。今者拜辞还京，某等众弟兄此去前程如何，万望吾师明彰点化。"

智真长老命取纸笔，写出四句偈语：

> 当风雁影翩，东阙不团圆。只眼功劳足，双林福寿全。

写毕，递与宋江道："此是将军一生之事，可以秘藏，久而必应。"

长老唤过智深近前道："吾弟子此去，与汝前程永别，正果将临也！与汝四句偈去，收取终身受用。"偈曰："逢夏而擒，遇腊而执。听潮而圆，见信而寂。"

江南平定后，鲁智深与武松住在六合寺中。

是夜月白风清，水天共碧，二人正在僧房里，睡至半夜，忽听得江上潮声雷响。鲁智深是关西汉子，不曾省得浙江潮信，只道是战鼓响，贼人生发，跳将起来，摸了禅杖，大喝着，便抢出来。众僧吃了一惊，都来问道："师父何为如此？赶出何处去？"鲁智深道："洒家听得战鼓响，待要出去厮杀。"众僧都笑将起来道："师父错听了！不是战鼓响，乃是钱塘江潮信响。"鲁智深见说，吃了一惊，问道："师父，怎地唤做潮信响？"寺内众僧，推开窗，指着那潮头，叫鲁智深看，说道："这潮信日夜两番来，并不违时刻。今朝是八月十五日，合当三更子时潮来。因不失信，谓之潮信。"鲁智深看了，从此心中忽然大悟，拍掌笑道："俺师父智真长老，曾嘱付与洒家四句偈言，道是'逢夏而擒'，俺在万松林里厮杀，活捉了个夏侯成；'遇腊而执'，俺生擒方腊；今日正应了'听潮而圆，见信而寂'，俺想既逢潮信，合当圆寂。众和尚，俺家问你，如何唤做圆寂？"寺内众僧答道："你是出家人，还不省得佛门中圆寂便是死？"鲁智深笑道："既然死乃唤做圆寂，洒家今日必当圆寂。烦与俺烧桶汤来，洒家沐浴。"寺内众僧，都只道他说耍，又见他这般性格，不敢不依他，只得唤道人烧汤来，与鲁智深洗浴。换了一身御赐的僧衣，便叫部下军校："去报宋公明先锋哥哥，来看洒家。"又问寺内众僧处讨纸笔，写了一篇颂子，去法堂上捉把禅椅，当中坐了，焚起一炉好香，放了那张纸在禅床上，自叠起两只脚，左脚搭在右脚，自然天性腾空。比及宋公明见报，急引众头领来看时，鲁智深已自坐在禅椅上不动了。颂曰：

平生不修善果，只爱杀人放火。忽地顿开金绳，这里扯断玉锁。咦！钱塘江上潮信来，今日方知我是我。

宋江请径山大惠禅师住持烧化。大惠宗杲是历史上著名的得道高僧。

那径山大惠禅师手执火把，直来龛子前，指着鲁智深，道几句法语，是：

鲁智深，鲁智深，起身自绿林。两只放火眼，一片杀人心。忽地随潮归去，果然无处跟寻。咄！解使满空飞白玉，能令大地作黄金。

钱塘潮信，不仅是鲁智深脱出金绳玉锁，也是上天对一百零八个星宿的召唤。

及时雨

《易经》有"需"卦，云在天上为"需"。

"需"，降临到地上，便是雨。能解旱去枯救济万物者，为"及时雨"。宋公明哥哥正是一位在江湖上提起大名就五体投地的"及时雨"。不过，他的"及时雨"，可不简单是像金圣叹说的"一两银子买遍天下"。

"需"加上"人"，就是"儒"。并不是所有的读书人都可以称"儒"的。《说文解字》："儒，柔也，术士之称。从人，需声。"《扬子·法言》说："通天地人，曰儒。"《周礼·天官》："四曰儒，以道得民。"

孔子说："女为君子儒，无为小人儒。"何为君子儒？《三国演义》第四十三回"舌战群儒"。

> 孔明答曰："儒有君子小人之别。君子之儒，忠君爱国，守正恶邪，务使泽及当时，名留后世。若夫小人之儒，惟务雕虫，专工翰墨，青春作赋，皓首穷经；笔下虽有千言，胸中实无一策。且如扬雄以文章名世，而屈身事莽，不免投阁而死，此所谓小人之儒也；虽日赋万言，亦何取哉！"程德枢不能对。

在梁山上，王伦不值一提，吴用是江湖策士，能称为儒者的只有宋江，并且是一位一心一意护国安民的"君子儒"。

宋江吟诗填词，每有佳作，情景交融。且多作在最痛苦迷惘时。

> 自幼曾攻经史，长成亦有权谋。恰如猛虎卧荒丘，潜伏爪牙忍受。不幸刺文双颊，那堪配在江州。他年若得报冤仇，血染浔阳江口。

黄文炳读了不很理解："这厮报仇兀谁？"

如果回想一下阮氏三雄这样的草莽英雄的渔歌，便可明白端倪。

> 打鱼一世蓼儿洼，不种青苗不种麻。酷吏赃官都杀尽，忠心报答赵官家！

> 老爷生长石碣村，禀性生来要杀人。先斩何涛巡检首，京师献与赵王君！

这些星宿的"仇人"就是何涛这样的酷吏赃官，他们下凡的目的就是廓清玉宇，替天行道。

宋江又写道：

> 心在山东身在吴，飘蓬江海漫嗟吁。他时若遂凌云志，敢笑黄巢不丈夫！

黄巢只是一个冲州撞县、劫掠杀人的流寇，不懂天道，没有政治理想和社会抱负，哪里算得上一个大丈夫！

第七十一回，梁山泊英雄排座次。梁山泊一百零八壮士均已上应天象，排定位置，济济一堂。宋江与军师吴学究、朱武等计议，堂上要立一面牌额，大书"忠义堂"三字；山顶上立一面杏黄旗，上书"替天行道"四字。宋江拣了吉日良时，焚一炉香，鸣鼓聚众，都到堂上。

宋江对众道："今非昔比，我有片言。今日既是天星地曜相会，必须对天盟誓，各无异心，死生相托，患难相扶，一同保国安民。"众皆大喜。

各人拈香已罢，一齐跪在堂上。宋江为首誓曰："宋江鄙猥小吏，无学无能，荷天地之盖载，感日月之照临，聚弟兄于梁山，结英雄于水泊，共一百八人，上符天数，下合人心。自今已后，若是各人存心不仁，削绝大义，万望天地行诛，神人共戮，万世不得人身，亿载永沉末劫。但愿共存忠义于心，同著功勋于国，替天行道，保境安民。神天鉴察，报应昭彰。"

誓毕，众皆同声其愿，但愿生生相会，世世相逢，永无断阻。当日歃血誓盟，尽醉方散。

看官听说，这里方才是梁山泊大聚义处，有诗为证：

光耀飞离士窟闲，天罡地煞降尘寰。说时豪气侵肌冷，讲处英雄透胆寒。仗义疏财归水泊，报仇雪恨上梁山。堂前一卷天文字，休与诸公仔细看。

重阳节，忠义堂上遍插菊花，各依次坐，分头把盏。堂前两边筛锣击鼓，大吹大擂，语笑喧哗，觥筹交错，众头领开怀痛饮。马麟品箫，乐和唱曲，燕青弹筝，各取其乐。不觉日暮，宋江大醉，叫取纸笔来，一时趁着酒兴作《满江红》一词。写毕，令乐和单唱这首词，道是：

> 喜遇重阳，更佳酿今日新熟。见碧水丹山，黄芦苦竹。头上尽教添白发，鬓边不可无黄菊。愿樽前长叙弟兄情，如金玉。统豺虎，御边幅。号令明，军威肃。中心愿平虏，保民安国。日月常悬忠烈胆，风尘障却奸邪目。望天王降诏早招安，心方足。

这正是，"宋公明慷慨话夙愿"。宋江太天真了，他期盼皇帝会体察他的忠烈，早日招安，既能抵御外侮，建功立业，又能保持兄弟情义。可惜兄弟们对世道看得清楚，不领情。李逵把桌子踢得粉碎。

朝廷失信，奸臣弄权，闭塞贤路。没有办法，宋江甚至想到了走裙边路线。在李师师的小小阁里，宋江乘着酒兴，诉胸中郁结：

> 天南地北，问乾坤何处，可容狂客？借得山东烟水寨，来买凤城春色。翠袖围香，绛绡笼雪，一笑千金值。神仙体态，薄幸如何消得！想芦叶滩头，蓼花汀畔，皓月空凝碧。六六雁行连八九，只等金鸡消息。义胆包天，忠肝盖地，四海无人识。离愁万钟，醉乡一夜头白。

好一个"义胆包天，忠肝盖地，四海无人识"！真令人为大宋皇帝叹息惋惜！可是李师师"反复看了，不晓其意"。

招安之后又能如何？立了功勋又能怎样？社会黑暗依旧，弟兄们反心依旧，宋江苦恼依旧。征辽回来，宋江心中纳闷，叫取过纸笔，作词一首：

> 楚天空阔，雁离群万里，恍然惊散。自顾影，欲下寒塘，正草枯沙净，水平天远。写不成书，只寄得相思一点。暮日空濠，晓烟古堑，诉不尽许多哀怨！　拣尽芦花无处宿，叹何时玉关重见！嗷唳忧愁呜咽，恨江难留恋。请观他春昼归来，画梁双燕。

"拣尽芦花无处宿"，宋江一生，是彷徨、追求、幻灭的一生。良民当不成，罪犯当不成，强盗当不成，忠臣当不成，甚至连走狗也当不成……茫茫乾坤之大，问何处，可容狂客？只有死路一条。他死，拉扯兄弟们也死。至死也不肯坏"我等一世清名忠义之事"。

道君皇帝梦游蓼儿洼，得知宋江弟兄已为奸臣所害，不胜伤感。次日早朝，天子大怒，当百官前，责骂高俅、杨戬："败国奸臣，坏寡人天下！"二人俯伏在地，叩头谢罪。蔡京、童贯亦向前奏道："人之生死，皆由注定。省院未有来文，不敢妄奏。昨夜楚州才有申文到院，臣等正欲启奏。"

上皇终被四贼曲为掩饰，不加其罪，当即喝退高俅、杨戬，便教追要原御酒使臣。不期天使自离楚州回还，已死于路。

有道是："天罡尽已归天界，地煞还应入地中。"

史官有唐律二首哀挽，诗曰：

> 莫把行藏怨老天，韩彭赤族已堪怜。一心报国摧锋

日，百战擒辽破腊年。然曜罡星今已矣，谗臣贼子尚依然！早知鸩毒埋黄壤，学取鸱夷范蠡船。

又诗：

生当鼎食死封侯，男子生平志已酬。铁马夜嘶山月晓，玄猿秋啸暮云稠。不须出处求真迹，却喜忠良作话头。千古蓼洼埋玉地，落花啼鸟总关愁。

"替"天行道

诸葛亮《借东风》里面，有两句唱词："我料定了甲子日东风必降，南屏山设坛台足踏魁罡。"

"魁"者魁口，"罡"者斗柄，北斗七星的斗柄是随魁口旋转。在星君们的座次中，天魁星宋江为首，天罡星卢俊义却屈居第二。

宋江是反贪官而不反朝廷，乃天命使然，非金圣叹所说的"逆天而行"。

宋江不是不谙世道的愚忠，也不是几十年前批判过的投降派。他们来到人间的使命就是以正天道。去除内忧外患，国泰民安，也是中国老百姓的心愿。

他们的悲剧在于和七仙女一样，私自下凡。"洪太尉误走妖魔""王教头私走延安府""史进夜走华阴县""林冲雪夜上梁山"，等等，都有名不正言不顺的味道。不像文曲星包拯、武曲星狄青由玉皇大帝直接委派。一文一武两位星君，一个管理朝纲、黎民，一个负责平定内忧、外患，把大宋江山治理得三十年风调雨顺。这三十六个天罡星和七十二个地煞星，尽管一心忠义，为国为民，却因为是"替"天行道，没有带来什么好的结果，反道：

> 自来无事多生事，本为禳灾却惹灾。社稷从今云扰扰，兵戈到处闹垓垓。

《三国演义》，演的什么义

武圣人

"文夫子，武夫子两个夫子；作《春秋》读《春秋》一部春秋。"

民间把关羽奉为"武圣人"，庶几与孔子相提并论。

华容道

关羽的确雅好《春秋》。《三国志·蜀书六·关张马黄赵传》："评曰：关羽、张飞皆称万人之敌，为世虎臣。羽报效曹公，飞义释严颜，并有国士之风。"裴松之注云："江表传曰：'羽好《左氏传》，讽诵略皆上口。'"

一手捧书，一手绰髯，凝眉读《春秋》，是关圣的标准造型之一。《三国演义》第二十七回：

却说王植密唤从事胡班听令曰："关某背丞相而逃，

又于路杀太守并守关将校，死罪不轻！此人武勇难敌。汝今晚点一千军围住馆驿，一人一个火把，待三更时分，一齐放火；不问是谁，尽皆烧死！吾亦自引军接应。"胡班领命，便点起军士，密将干柴引火之物，搬于馆驿门首，约时举事。

胡班寻思："我久闻关云长之名，不识如何模样，试往窥之。"乃至驿中，问驿吏曰："关将军在何处？"答曰："正厅上观书者是也。"胡班潜至厅前，见关公左手绰髯，于灯下凭几看书。班见了，失声叹曰："真天人也！"

第七十一回，曹操赤壁大败，带着残兵败将，一路奔逃，来到华容道：

一声炮响，两边五百校刀手摆开，为首大将关云长，提青龙刀，跨赤兔马，截住去路。操军见了，亡魂丧胆，面面相觑。操曰："既到此处，只得决一死战！"众将曰："人纵然不怯，马力已乏，安能复战？"程昱曰："某素知云长傲上而不忍下，欺强而不凌弱；恩怨分明，信义素著。丞相旧日有恩于彼，今只亲自告之，可脱此难。"操从其说，即纵马向前，欠身谓云长曰："将军别来无恙！"云长亦欠身答曰："关某奉军师将令，等候丞相多时。"操曰："曹操兵败势危，到此无路，望将军以昔日之情为重。"云长曰："昔日关某虽蒙丞相厚恩，然已斩颜良，诛文丑，解白马之围，以奉报矣。今日之事，岂敢以私废公？"操曰："五关斩将之时，还能记否？大丈夫以信义

为重。将军深明《春秋》，岂不知庾公之斯追子濯孺子之
事乎？"

"庾公之斯追子濯孺子之事"，是讲郑国的子濯孺子侵犯
卫国。卫国派庾公之斯迎战。子濯孺子战败逃命，庾公之斯穷
追不舍。子濯孺子说："今天，我的病发作了，不能拿弓，必死
无疑。"问驾车人："追我的人是谁？"驾车人说："是庾公之
斯。"子濯孺子说："我们能逃得一命！"驾车人不相信："庾
公之斯是卫国有名的神箭手，焉能活命？"子濯孺子说："庾
公之斯是尹公之他的弟子，尹公之他的箭术是跟我学的。尹公之
他是正人君子，他的弟子一定也是一位君子。"庾公之斯追到跟
前，说："先生为什么不拿弓应战？"子濯孺子说："今天病
了，无法拿弓。"庾公之斯说："我向尹公之他学射箭，尹公之
他是向您学射箭，我不忍心用您传授的技术反过来伤害您。话是
这么说，可今天这是国家大事，我不敢违抗国君的命令。"说完
便抽出箭来，在车轮上敲掉箭头，射了四箭之后反身回去了。

曹操的处境与当年子濯孺子的遭遇相仿。在至高无上、亘古
不变的"春秋大义"面前，军法乃至国法都是微不足道的。关羽
尽管冒着斩首的危险，却不会受到良心的谴责。

春秋大义

《三国演义》中的其他重要人物，也都常以"春秋大义"作
为行为的准则。

第十七回，曹操统大军讨伐张绣：

行军之次，见一路麦已熟；民因兵至，逃避在外，不敢刈麦。操使人远近遍谕村人父老，及各处守境官吏曰："吾奉天子明诏，出兵讨逆，与民除害。方今麦熟之时，不得已而起兵，大小将校，凡过麦田，但有践踏者，并皆斩首。军法甚严，尔民勿得惊疑。"百姓闻谕，无不欢喜称颂，望尘遮道而拜。官军经过麦田，皆下马以手扶麦，递相传送而过，并不敢践踏。操乘马正行，忽田中惊起一鸠。那马眼生，窜入麦中，践坏了一大块麦田。操随呼行军主簿，拟议自己践麦之罪。主簿曰："丞相岂可议罪？"操曰："吾自制法，吾自犯之，何以服众？"即掣所佩之剑欲自刎。众急救住。郭嘉曰："古者《春秋》之义，'法不加于尊'。丞相总统大军，岂可自戕？"操沉吟良久，乃曰："既《春秋》有'法不加于尊'之义，吾姑免死。"乃以剑割自己之发，掷于地曰："割发权代首。"使人以发传示三军曰："丞相践麦，本当斩首号令，今割发以代。"于是三军悚然，无不懔遵军令。

曹操以"春秋大义"免去一死，刘备以"春秋大义"再婚。第七十七回：

却说汉中王自东川回成都，法正奏曰："王上先夫人去世，孙夫人又南归，未必再来。人伦之道，不可废也，必纳王妃，以襄内政。"汉中王从之，法正复奏曰："吴懿有一妹，美而且贤。尝闻有相者，相此女后必大贵。先曾许刘焉之子刘瑁，瑁早夭。其女至今寡居，大王可纳之为妃。"汉中王曰："刘瑁与我同宗，于理不可。"法正曰："论其亲疏，何异晋文之与怀嬴乎？"

"晋文之与怀嬴"，讲的是"春秋五霸"之首的晋文公与侄媳妇的故事，比较复杂。

晋献公的宠幸骊姬，为了立自己的儿子奚齐当太子，就陷害太子申生，申生自尽；又陷害重耳和夷吾，二人逃亡。

晋献公去世后，晋国大夫里克到梁国迎接夷吾继位，是为晋惠公。

晋惠公与秦穆公和谈，将十一岁的儿子圉作为人质派驻秦国。秦穆公把公族之女怀嬴嫁给了圉。五年后，圉逃归晋国，是为晋怀公。

怀公的不辞而别，令秦国十分生气。晋惠公十四年（前637），重耳流亡到了秦国。《左传》云："秦伯纳女五人，怀嬴与焉。"秦穆公一次嫁给重耳五位宗族美女，其中就包括圉的妻子怀嬴。重耳很难为情。按辈分，怀嬴是他侄媳妇啊。胥臣说："圉的国家我们都要去攻打了，何况是迎娶他的妻子呢！而且你接受此女为的是与秦国结成姻亲以便返回晋国，你这样岂不拘泥于小节，忘了大的羞耻！"次年，重耳回国即位，驱逐并杀死晋怀公。

刘备依照重耳故事，遂纳吴氏为王妃，还生了两个儿子：长刘永，字公寿；次刘理，字奉孝。

对于《春秋》中的微言大义，诸葛亮更是烂熟于胸，运用自如。第九十六回，马谡失了街亭，依法当斩：

参军蒋琬自成都至，见武士欲斩马谡，大惊，高叫："留人！"入见孔明曰："昔楚杀得臣而文公喜。今天下未定，而戮智谋之臣，岂不可惜乎？"孔明流涕而答曰："昔孙武所以能制胜于天下者，用法明也。今四方分争，兵戈方始，若复废法，何以讨贼耶？合当斩之。"

文公，还是晋文公重耳。得臣，楚令尹成得臣。楚成王三十八年（前634），得臣率楚军灭夔，征宋；次年冬，与救宋之晋、齐、秦联军战于城濮，楚军溃败，他引咎自杀于归途中。

斩马谡时，诸葛亮没有按"春秋大义"行事，自受处罚时，可是遵循"春秋大义"：

> 于是孔明自作表文，令蒋琬申奏后主，请自贬丞相之职。琬回成都，入见后主，进上孔明表章。后主拆视之。表曰："臣本庸才，叨窃非据，亲秉旄钺，以励三军。不能训章明法，临事而惧，至有街亭违命之阙，箕谷不戒之失。咎皆在臣，授任无方。臣明不知人，恤事多暗。《春秋》责帅，臣职是当。请自贬三等，以督厥咎。臣不胜惭愧，俯伏待命！"

素　王

一朝新王兴起，要想长治久安，必有一圣王为之创法定制。商代有汤、伊尹，周朝有文王、武王、周公等圣人建立制度。董仲舒云："圣王之继乱世也，扫除其迹而悉去之，复修教化而崇起之。教化已明，习俗已成，子孙循之，行五六百岁尚未败也。"（《汉书·董仲舒传》）

秦从兴起到吞并天下，全在权术霸术，故二世而绝。

汉高祖又何尝不自认为受命天子？却没有圣人创立制度，只好沿袭秦制，史称"汉承秦弊"。

汉初，需要无为而治，以休养生息，一门心思解决全国人民的吃饭、穿衣等现实问题。危险期一过，就要考虑形而上的事情了。

汉武帝广延四方之豪俊，郡国诸侯公选贤良修洁博习之士，欲闻大道之要，至论之极："夫五百年之间，守文之君，当涂之士，欲则先王之法以戴翼其世者甚众，然犹不能反，日以仆灭，至后王而后止，岂其所持操或缪而失其统与？固天降命不查复反，必推之于大衰而后息与？乌乎！凡所为屑屑，夙兴夜寐，务法上古者，又将无补与？三代受命，其符安在？灾异之变，何缘而起？"（《汉书·董仲舒传》）

董仲舒帮汉武帝找到了大道之所在："夫古之天下亦今之天下，今之天下亦古之天下，共是天下，古以大治，上下和睦，习俗美盛，不令而行，不禁而止，吏亡（无）奸邪，民亡（无）盗贼，囹圄空虚，德润草木，泽被四海，凤皇来集，麒麟来游。以古准今，一何不相逮之远也！"

要想天下太平，就要法古圣人之道。

孔子是古圣人之法的集大成者。在孔子的著述中，《诗》《书》《易》《礼》皆属前王之经，《春秋》是唯一的孔子本人的著作。

用现代的话说，《春秋》并非简单的史书，而是一部政治哲学著作，往古圣人的治国之道就贯穿在具体的历史事件之中。孔子说："我欲载之空言，不如见之于行事之深切著明也。"董仲舒说："孔子知言之不用，道之不行也，是非二百四十二年之中，以为天下仪表，贬天子，退诸侯，讨大夫，以达王事而已矣。"（《史记·太史公自序》）

孔子是一介布衣，何以能行天子之事，为万世立法？因为孔子是一代素王。

何为素王？素王为"明于天，通于圣，六通四辟于帝王之德"，而未高居帝王天子之位者。《庄子·天道》云："夫虚静恬淡寂漠无为者，万物之本也。明此以南乡，尧之为君也；明此以北面，舜之为臣也。以此处上，帝王天子之德也；以此处下，玄圣素王之道也。以此退居而闲游江海，山林之士服；以此进为而抚世，则功大名显而天下一也。"

商汤时的伊尹即为一位素王。《史记·殷本纪》："伊尹处士，汤使人聘迎之，五反然后肯往从汤，言素王及九主之事。"司马贞索隐："素王者，太素上皇，其道质素，故称素王。"

孔子也是一位"玄圣素王"，以其有"圣人之心，以畜天下也"，所立的是天地之道。

董仲舒说，《春秋》是新王之法，也是千秋万代之法："《春秋》大一统者，天地之常经，古今之通谊也。"

春秋决狱

《春秋》中的微言大义，是立国之本，也是道德规范的准则，社会安定的基础。

司马迁借用壶遂的话说："孔子之时，上无明君，下不得其用，故作《春秋》，垂空文以断礼仪，当一王之法。"他认为，自天子以至于庶民，全国人民都要深明"春秋大义"。《史记·太史公自序》云：

> 故有国者不可以不知《春秋》，前有谗而弗见，后有贼而不知。为人臣者不可以不知《春秋》，守经事而不知其

宜，遭变事而不知其权。为人君父而不通于《春秋》之义者，必蒙首恶之名。为人臣子而不通于《春秋》之义者，必陷篡弑之诛，死罪之名。其实皆以为善，为之不知其义，被之空言而不敢辞。夫不通礼义之旨，至于君不君，臣不臣，父不父，子不子。夫君不君则犯，臣不臣则诛，父不父则无道，子不子则不孝。此四行者，天下之大过也。以天下之大过予之，则受而弗敢辞。故《春秋》者，礼义之大宗也。

依照《春秋》，可治国理民，可安身立命。上至国家大事，下至日常生活，行得行不得，是对是错，都要以《春秋》的"微言大义"为依据。

赵翼在《二十二史札记》中云："汉初法制未备，每有大事，朝臣得援经义以折衷是非。如张汤为廷尉，每决大狱，欲傅古义，乃请博士弟子治《尚书》《春秋》者，补廷尉史，亭疑奏谳（汤传）；儿宽为廷尉掾，以古义决疑狱，奏辄报可（宽传）；张敞为京兆尹，每朝廷大议，敞引古今处便宜，公卿皆服是也（敞传）。"

在汉代，以"春秋大义"来应付处理现实中的具体问题。《汉书·萧望之传》中言及汉宣帝五凤年间，匈奴内乱。汉朝大臣多数认为，匈奴为害日久，正好趁火打劫，灭了匈奴："诏遣中朝大司马车骑将军韩增、诸吏富平侯张延寿、光禄勋杨恽、太仆戴长乐问望之计策，望之对曰：'《春秋》晋士匄帅师侵齐，闻齐侯卒，引师而还。君子大其不伐丧，以为恩足以服孝子，谊足以动诸侯。'"

这里，萧望之援引的就是《春秋》中襄公十九年的故事：

"晋士匄帅师侵齐，至谷，闻齐侯卒，乃还。"

这句话听起来很中性，没有什么褒贬，其关键在这个"还"字上。《公羊传》解经说：

"晋士匄帅师侵齐，至谷，闻齐侯卒，乃还。还者何？善辞也。何善尔？大其不伐丧也。此受命乎君而伐齐，则何大乎其不伐丧？大夫以君命出，进退在大夫也。"

萧望之说，不仅不能打，还应遣使吊问，"辅其微弱，救其灾患，四夷闻之，咸贵中国之仁义。如遂蒙恩得复其位，必称臣服从，此德之盛也"。汉宣帝"从其议，后竟遣兵护辅呼韩邪单于定其国"。

精通《春秋》的董仲舒，成了朝廷的高级顾问。《后汉书·应劭传》云："故胶西相董仲舒老病致仕，朝廷每有政议，数遣廷尉张汤亲至陋巷，问其得失。于是作《春秋决狱》二百三十二事，动以经对，言之详矣。"

灾　异

了解了这样的思想背景，便可明白，《三国演义》，演的不是江湖义气，乃是"春秋大义"。

小说开篇云："话说天下大势，分久必合，合久必分。"结尾时又云："自此三国归于晋帝司马炎，为一统之基矣。此所谓'天下大势，合久必分，分久必合'者也。"

这里面，包含的正是《春秋》中"大一统"的观念。

《春秋》的开篇是："元年春，王正月。"《公羊传》解云："元年者何？君之始年也。春者何？岁之始也。王者孰谓？谓文王也。曷为先言王而后言正月？王正月也。何言乎王正月？

大一统也。"

刘向《说苑》云："本立而道生。《春秋》之意，有正春者无乱秋，有正君者无乱国。《易》曰：'建其本而万物理。失之毫厘，差之千里。'"

《三国演义》也是从"春天"开始。不过，"失之毫厘"者，《三国演义》的春天，不是元年正月，而是二年四月和四年二月；"差之千里"者，由"大一统"走向分崩离析：

> 建宁二年四月望日，帝御温德殿。方升座，殿角狂风骤起。只见一条大青蛇，从梁上飞将下来，蟠于椅上。帝惊倒，左右急救入宫，百官俱奔避。须臾，蛇不见了。忽然大雷大雨，加以冰雹，落到半夜方止，坏却房屋无数。

> 建宁四年二月，洛阳地震；又海水泛溢，沿海居民，尽被大浪卷入海中。光和元年，雌鸡化雄。六月朔，黑气十余丈，飞入温德殿中。秋七月，有虹现于玉堂；五原山岸，尽皆崩裂。种种不祥，非止一端。

这些灾异，我们往往视为无稽之谈，却是整个小说的点睛之笔。

汉代的经学理论的一个重要支撑点，就是天人感应。

《周易》曰："天垂象，圣人则之。"孔子说："唯天为大，唯尧则之。"天道规范着人道，人道要遵从天道。董仲舒说："孔子作《春秋》，上揆之天道，下质诸人情，参之于古，考之于今。故《春秋》之所讥，灾害之所加也；《春秋》之所恶，怪异之所施也。"（《汉书·董仲舒传》）又云："屈民而伸君，屈君而伸天，《春秋》之大义也。"（《春秋繁

露·玉杯》）

汉儒借《春秋》而言阴阳灾异的目的是匡正其主。董仲舒说："灾者，天之谴也；异者，天之威也。谴之而不知，乃畏之以威。《诗》曰：'畏天之威。'殆此谓也。凡灾异之本，尽生于国家之失。国家之失乃始萌芽，而天出灾害以谴告之；谴告之而不知变，乃见怪异以惊骇之；惊骇之尚不知畏恐，其殃咎乃至。以此见天意之仁而不欲陷人也。"（《春秋繁露·必仁且知》）

天子者，天之子也，要经常以身度天，扪心自问，是不是做错了什么事。"今切以为其当与不当，可内反于心而定也。尧谓舜曰：'天之历数在尔躬。'言察身以知天也。"（《春秋繁露·郊语》）

汉灵帝心中自然恐惧，"下诏问群臣以灾异之由，议郎蔡邕上疏，以为蜺堕、鸡化，乃妇寺干政之所致，言颇切直。帝览奏叹息，因起更衣。曹节在后窃视，悉宣告左右；遂以他事陷邕于罪，放归田里。后张让、赵忠、封谞、段珪、曹节、侯览、蹇硕、程旷、夏恽、郭胜十人朋比为奸，号为'十常侍'。帝尊信张让，呼为'阿父'。朝政日非，以致天下人心思乱，盗贼蜂起"。

宦官乱政，是天下大乱的根源。

汉朝自高祖斩白蛇而起义，一统天下，后来光武中兴，传至献帝，遂分为三国。推其致乱之由，殆始于桓、灵二帝。桓帝禁锢善类，崇信宦官。及桓帝崩，灵帝即位，大将军窦武、太傅陈蕃共相辅佐。时有宦官曹节等弄权，窦武、陈蕃谋诛之，机事不密，反为所害，中涓自此愈横。

宦官横行，开两次"党锢"之祸，以陈蕃、李膺为代表的"清流"士大夫被诛杀殆尽。士人灭，"春秋大义"乃绝。"其后黄巾遂盛，朝野崩离，纲纪文章荡然矣。"（《后汉书·党锢列传》）

与之相呼应，蜀汉、东吴之灭，也是由于宦官当政。第一百二十回：

> 王濬等奉了晋主之命，水陆并进，风雷鼓动，吴人望旗而降。吴主皓闻之，大惊失色。诸臣告曰："北兵日近，江南军民不战而降，将如之何？"皓曰："何故不战？"众对曰："今日之祸，皆岑昏之罪，请陛下诛之。臣等出城决一死战。"皓曰："量一中贵，何能误国？"众大叫曰："陛下岂不见蜀之黄皓乎！"遂不待吴主之命，一齐拥入官中，碎割岑昏，生啖其肉。

碎割生啖了宦官，三分天下乃重归于一统。

祥　瑞

有灾异就有祥瑞。每一个有实力的军阀，都认为自己是被上天眷顾的真龙天子。

董卓如此。第八回，王允设美人连环计，媚惑董卓：

> 允曰："太师盛德巍巍，伊、周不能及也。"卓大喜。进酒作乐，允极其致敬。天晚酒酣，允请卓入后堂。

卓叱退甲士。允捧觞称贺曰："允自幼颇习天文，夜观乾象，汉家气数已尽。太师功德振于天下，若舜之受尧，禹之继舜，正合天心人意。"卓曰："安敢望此！"允曰："自古有道伐无道，无德让有德，岂过分乎！"卓笑曰："若果天命归我，司徒当为元勋。"

王允布置好刺杀董卓的方案，派李肃请董卓受禅当皇帝："卓大喜曰：'吾夜梦一龙罩身，今日果得此喜信。时哉不可失！'""母时年九十余矣，问曰：'吾儿何往？'卓曰：'儿将往受汉禅，母亲早晚为太后也！'母曰：'吾近日肉颤心惊，恐非吉兆。'卓曰：'将为国母，岂不预有惊报！'"

袁术如此。第十七回：

却说袁术在淮南，地广粮多，又有孙策所质玉玺，遂思僭称帝号；大会群下议曰："昔汉高祖不过泗上一亭长，而有天下；今历年四百，气数已尽，海内鼎沸。吾家四世三公，百姓所归；吾效应天顺人，正位九五。尔众人以为何如？"主簿阁象曰："不可。昔周后稷积德累功，至于文王，三分天下有其二，犹以服事殷。明公家世虽贵，未若有周之盛；汉室虽微，未若殷纣之暴也。此事决不可行。"术怒曰："吾袁姓出于陈。陈乃大舜之后。以土承火，正应其运。又谶云：代汉者，当涂高也。吾字公路，正应其谶。又有传国玉玺。若不为君，背天道也。吾意已决，多言者斩！"

曹丕篡汉时，众大臣以祥瑞说服汉献帝让位，振振有词，雄辩有力。第八十回：

　　却说华歆等一班文武，入见献帝。歆奏曰："伏睹
魏王，自登位以来，德布四方，仁及万物，越古超今，虽
唐、虞无以过此。群臣会议，言汉祚已终，望陛下效尧、舜
之道，以山川社稷，禅与魏王，上合天心，下合民意，则
陛下安享清闲之福，祖宗幸甚！生灵幸甚！臣等议定，特来
奏请。"帝闻奏大惊，半晌无言，觑百官而哭曰："朕想
高祖提三尺剑，斩蛇起义，平秦灭楚，创造基业，世统相
传，四百年矣。朕虽不才，初无过恶，安忍将祖宗大业，等
闲弃了？汝百官再从公计议。"华歆引李伏、许芝近前奏
曰："陛下若不信，可问此二人。"李伏奏曰："自魏王
即位以来，麒麟降生，凤凰来仪，黄龙出现，嘉禾蔚生，
甘露下降。此是上天示瑞，魏当代汉之象也。"许芝又奏
曰："臣等职掌司天，夜观乾象，见炎汉气数已终，陛下
帝星隐匿不明；魏国乾象，极天际地，言之难尽。更兼上
应图谶，其谶曰：鬼在边，委相连；当代汉，无可言。言
在东，午在西；两日并光上下移。以此论之，陛下可早禅
位。鬼在边，委相连，是魏字也；言在东，午在西，乃许字
也；两日并光上下移，乃昌字也：此是魏在许昌应受汉禅
也。愿陛下察之。"帝曰："祥瑞图谶，皆虚妄之事；奈
何以虚妄之事，而遽欲朕舍祖宗之基业乎？"王朗奏曰：
"自古以来，有兴必有废，有盛必有衰，岂有不亡之国、不
败之家乎？汉室相传四百余年，延至陛下，气数已尽，宜早
退避，不可迟疑；迟则生变矣。"帝大哭，入后殿去了。百
官哂笑而退。

刘备登基时亦有祥瑞：

> 早有人到成都，报说曹丕自立为大魏皇帝，于洛阳盖造宫殿；且传言汉帝已遇害。汉中王闻知，痛哭终日，下令百官挂孝，遥望设祭，上尊谥曰"孝愍皇帝"。玄德因此忧虑，致染成疾，不能理事，政务皆托与孔明。孔明与太傅许靖、光禄大夫谯周商议，言天下不可一日无君，欲尊汉中王为帝。谯周曰："近有祥风庆云之瑞；成都西北角有黄气数十丈，冲霄而起；帝星见于毕、胃、昴之分，煌煌如月。此正应汉中王当即帝位，以继汉统，更复何疑？"于是孔明与许靖，引大小官像上表，请汉中王即皇帝位。

等到司马炎篡魏时，干脆什么都不说了，直接抢夺。第一百十九回：

> 炎笑曰："吾观陛下，文不能论道，武不能经邦。何不让有才德者主之？"奂大惊，口噤不能言。傍有黄门侍郎张节大喝曰："晋王之言差矣！昔日魏武祖皇帝，东荡西除，南征北讨，非容易得此天下；今天子有德无罪，何故让与人耶？"炎大怒曰："此社稷乃大汉之社稷也。曹操挟天子以令诸侯，自立魏王，篡夺汉室。吾祖父三世辅魏，得天下者，非曹氏之能，实司马氏之力也：四海咸知。吾今日岂不堪绍魏之天下乎？"节又曰："欲行此事，是篡国之贼也！"炎大怒曰："吾与汉家报仇，有何不可！"叱武士将张节乱瓜打死于殿下。奂泣泪跪告。炎起身下殿而去。

奂谓贾充、裴秀曰："事已急矣，如之奈何？"充曰："天数尽矣，陛下不可逆天，当照汉献帝故事，重修受禅坛，具大礼，禅位与晋王：上合天心，下顺民情，陛下可保无虞矣。"奂从之，遂令贾充筑受禅坛。以十二月甲子日，奂亲捧传国玺，立于坛上……

正义的标杆

孔子之所以作《春秋》，就是这些乱臣贼子太多。《史记·太史公自序》云："春秋之中，弑君三十六，亡国五十二，诸侯奔走不得保其社稷者不可胜数。"孟子云："世道衰微，邪说暴行有作，臣弑其君者有之，子弑其父者有之。孔子惧，作《春秋》。"（《孟子·滕文公下》）

孔子之《春秋》，字字微言大义，对于弑君弑父，尤其视为人伦之大变，天理所不容。齐国的陈氏，晋国的赵盾，虽然有恩惠于民，有功劳于国，也不因其小善，而纵容其大恶，一概书"弑"，不使乱臣贼子有丝毫借口。

《春秋》固然不能杜绝历史上的谋篡，但是树立了一根正义的标杆，那些乱臣贼子不敢肆无忌惮。孟子把孔子作《春秋》与大禹治水、周公平天下相提并论。又云："昔者，禹抑洪水而天下平，周公兼夷狄驱猛兽而百姓宁，孔子成《春秋》而乱臣贼子惧。"（《孟子·滕文公下》）

《三国演义》中的野心家们，无不以"忠义"为招牌。即便残暴如董卓者，行废立之时，也要"依伊尹、霍光故事"。

人心之中自有天理。曹操讨伐董卓，"召集义兵，竖起招兵白旗一面，上书'忠义'二字。不数日间，应募之士，如雨骈集"。又作"檄文以达诸郡。檄文曰：'操等谨以大义布告天下：董卓欺天罔地，灭国弑君；秽乱宫禁，残害生灵；狼戾不仁，罪恶充积！今奉天子密诏，大集义兵，誓欲扫清华夏，剿戮群凶。望兴义师，共泄公愤；扶持王室，拯救黎民。檄文到日，可速奉行！'操发檄文去后，各镇诸侯皆起兵相应"。

裹在外面的糖衣一旦融化，人心马上离散。第六回：

> 操叹曰："吾始兴大义，为国除贼。诸公既仗义而来，操之初意，欲烦本初引河内之众，临孟津；酸枣诸将固守成皋，据敖仓，塞轘辕、太谷，制其险要；公路率南阳之军，驻丹、析，入武关，以震三辅。皆深沟高垒，勿与战，益为疑兵，示天下形势。以顺诛逆，可立定也。今迟疑不进，大失天下之望。操窃耻之！"绍等无言可对。
>
> 既而席散，操见绍等各怀异心，料不能成事，自引军投扬州去了。

可笑的是，公孙瓒骂袁绍："昔日以汝为忠义，推为盟主；今之所为，真狼心狗行之徒，有何面目立于世间！"

赵云一腔忠义报国之心，先是看错了袁绍，转而投奔公孙瓒。第七回，文丑追杀公孙瓒，被一位少年将军救下。那少年欠身答曰："某乃常山真定人也，姓赵，名云，字子龙。本袁绍辖下之人。因见绍无忠君救民之心，故特弃彼而投麾下，不期于此处相见。"

谁知公孙瓒竟然又与董卓、袁绍同流合污。

> 玄德与赵云分别，执手垂泪，不忍相离。云叹曰：

"某曩日误认公孙瓒为英雄；今观所为，亦袁绍等辈耳！"玄德曰："公且屈身事之，相见有日。"洒泪而别。

直到二十八回。赵云与刘、关、张兄弟在古城相会，终于有了归宿："云奔走四方，择主而事，未有如使君者。今得相随，大称平生。虽肝脑涂地，无恨矣。"

孝为本

《三国演义》以桃园兄弟结义为基，以孝为本。第一回：

且说张角一军，前犯幽州界分。幽州太守刘焉，乃江夏竟陵人氏，汉鲁恭王之后也。当时闻得贼兵将至，召校尉邹靖计议。靖曰："贼兵众，我兵寡，明公宜作速招军应敌。"刘焉然其说，随即出榜招募义兵。榜文行到涿县，引出涿县中一个英雄。

刘备是第一位登场的英雄，为救乱世应运而生，并且是受刘氏皇亲的召唤。

那人不甚好读书；性宽和，寡言语，喜怒不形于色；素有大志，专好结交天下豪杰；生得身长七尺五寸，两耳垂肩，双手过膝，目能自顾其耳，面如冠玉，唇若涂脂；中山靖王刘胜之后，汉景帝阁下玄孙，姓刘名备，字玄德。

"不甚好读书""性宽和""素有大志，专好结交天下豪杰"，有乃祖刘邦之风；"两耳垂肩，双手过膝"，乃是天子异相；"中山靖王刘胜之后，汉景帝阁下玄孙"，和光武帝刘秀一样，预示着有当皇帝的资格。

"玄德幼孤，事母至孝。"这句话很重要。

《论语》云："其为人也孝弟，而好犯上者鲜矣。不好犯上而好作乱者，未之有也。君子务本，本立而道生。孝弟也者，其为仁之本与？"

然后是"弟"。既生来幼孤，那就是四海兄弟了。

次日，于桃园中，备下乌牛白马祭礼等项，三人焚香再拜而说誓曰："念刘备、关羽、张飞，虽然异姓，既结为兄弟，则同心协力，救困扶危；上报国家，下安黎庶。不求同年同月同日生，只愿同年同月同日死。皇天后土，实鉴此心，背义忘恩，天人共戮！"

"同心协力，救困扶危；上报国家，下安黎庶"，乃是兄弟所结的大义。在此基础上，才能谈兄弟情义。二十五回，关羽被困土山。张辽前来劝降，只有以"忠义"二字，才能打动关公：

关公怒曰："此言特说我也。吾今虽处绝地，视死如归。汝当速去，吾即下山迎战。"张辽大笑曰："兄此言岂不为天下笑乎？"公曰："吾仗忠义而死，安得为天下笑？"辽曰："兄今即死，其罪有三。"公曰："汝且说我那三罪？"辽曰："当初刘使君与兄结义之时，誓同生死。今使君方败，而兄即战死，倘使君复出，欲求兄相助，而不可复得，岂不负当年之盟誓乎？其罪一也。刘使君以家眷付托于兄，兄今战死，二夫人无所依赖，负却使君依托之重。其罪二也。兄武艺超群，兼通经史，不思共使君匡扶汉室，徒欲赴汤蹈火，以成匹夫之勇，安得为义？其罪三也。兄有此三罪，弟不得不告。"

关公有自己的底线：

公曰："一者，吾与皇叔设誓，共扶汉室，吾今只降汉帝，不降曹操；二者，二嫂处请给皇叔俸禄养赡，一应上下人等，皆不许到门；三者，但知刘皇叔去向，不管千里万里，便当辞去：三者缺一，断不肯降。望文远急急回报。"张辽应诺，遂上马，回见曹操，先说降汉不降曹之事。操笑曰："吾为汉相，汉即吾也。此可从之。"

"背义忘恩，天人共戮。"如果失去了忠义，兄弟的情义也就不存在了。第二十八回，古城相会时：

> 关公望见张飞到来，喜不自胜，付刀与周仓接了，拍马来迎。只见张飞圆睁环眼，倒竖虎须，吼声如雷，挥矛向关公便搠。关公大惊，连忙闪过，便叫："贤弟何故如此？岂忘了桃园结义耶？"飞喝曰："你既无义，有何面目来与我相见！"关公曰："我如何无义？"飞曰："你背了兄长，降了曹操，封侯赐爵。今又来赚我！我今与你拼个死活！"

孝、悌、仁、义，本是一体，均根植于心。孟子说："君子所性，仁、义、礼、智根于心。其生色也，睟然见于面，盎于背，施于四体。四体不言而喻。"此之谓也。

奸　雄

曹操的登场形象刚好相反。第一回：

> 杀到天明，张梁、张宝引败残军士，夺路而走。忽见一彪军马，尽打红旗，当头来到，截住去路。为首闪出一将，身长七尺，细眼长髯，官拜骑都尉，沛国谯郡人也，姓曹名操字孟德。操父曹嵩，本姓夏侯氏，因为中常侍曹腾之养子，故冒姓曹。曹嵩生操，小字阿瞒，一名吉利。

父亲为宦官养子，根不正，苗不红。

> 操幼时，好游猎，喜歌舞，有权谋，多机变。操有叔父，见操游荡无度，尝怒之，言于曹嵩。嵩责操。操忽心生一计，见叔父来，诈倒于地，作中风之状。叔父惊告嵩，嵩急视之。操故无恙。嵩曰："叔言汝中风，今已愈乎？"操曰："儿自来无此病；因失爱于叔父，故见罔耳。"嵩信其言。后叔父但言操过，嵩并不听。因此，操得恣意放荡。

欺骗叔父，欺骗父亲，既无孝，又无悌。

> 时人有桥玄者，谓操曰："天下将乱，非命世之才不能济。能安之者，其在君乎？"南阳何颙见操，言："汉室将亡，安天下者，必此人也。"汝南许劭，有知人之名。

操往见之，问曰："我何如人？"劭不答。又问，劭曰："子治世之能臣，乱世之奸雄也。"操闻言大喜。

闻此言反而大喜，真奸雄也。

曹操挟天子以令诸侯，也是自比于伊尹、周公。第五十六回，曹孟德大宴铜雀台。时有王朗、钟繇、王粲、陈琳一班文官，进献诗章。诗中多有称颂曹操功德巍巍、合当受命之意。曹操逐一览毕，笑称自己"专欲为国家讨贼立功，图死后得题墓道曰：汉故征西将军曹侯之墓。平生愿足矣"。众皆起拜曰："虽伊尹、周公，不及丞相矣。"后人有诗曰："周公恐惧流言日，王莽谦恭下士时；向使当初身便死，一生真伪有谁知！"

正如卢植骂董卓时所言："圣人云：'有伊尹之志则可，无伊尹之志则篡也。'"曹操远比董卓、袁术之辈冷静，他知道汉代气数未尽，人心未归，亲自当皇帝生前死后的风险都太大。这句话倒流露出了他的心思："孤常念孔子称文王之至德，此言耿耿在心。"

第七十八回：

却说曹操自杀华佗之后，病势愈重，又忧吴、蜀之事。正虑间，近臣忽奏东吴遣使上书。操取书拆视之，略曰："臣孙权久知天命已归王上，伏望早正大位，遣将剿灭刘备，扫平两川，臣即率群下纳土归降矣。"操观毕大笑，出示群臣曰："是儿欲使吾居炉火上耶！"侍中陈群等奏曰："汉室久已衰微，殿下功德巍巍，生灵仰望。今孙权称臣归命，此天人之应，异气齐声。殿下宜应天顺人，早正大位。"操笑曰："吾事汉多年，虽有功德及民，然位至于王，名爵已极，何敢更有他望？苟天命在孤，孤为周文王矣。"

周文王恪守臣子之道，周武王得了天下。两位都被儒家奉为圣王。曹操想"钻"个空子，即儿子得了天下，自己又不落骂名。

忠　魂

秉承"春秋大义"，对汉室赤胆忠心的是关羽。有关公在，曹操、孙权，包括刘备就当不成皇帝。

对于曹操自不用说。第二十回，在许田打猎时：

> 帝连射三箭不中，顾谓操曰："卿射之。"操就讨天子宝雕弓、金鈚箭，扣满一射，正中鹿背，倒于草中。群臣将校，见了金鈚箭，只道天子射中，都踊跃向帝呼"万岁"。曹操纵马直出，遮于天子之前以迎受之。众皆失色。玄德背后云长大怒，剔起卧蚕眉，睁开丹凤眼，提刀拍马便出，要斩曹操。

如果不是刘备，关羽一刀就把曹操劈了。

无论在战场上，还是在密谋中，吕布、马超、周瑜、董承、伏完、马腾、黄奎，包括刘备，都杀不了曹操。最后，曹操还是死于关羽不散的忠魂。

诸葛亮联合东吴、北抗曹操，以成鼎立之势的战略格局，关羽不是不知道，而是做不到。在他心中，孙权割据江东，就是乱

臣贼子。所以，当孙权向他请求联姻时，云长勃然大怒曰："吾
虎女安肯嫁犬子乎！"曹操为大汉丞相，他可以降，也可以放，
与孙权则不共戴天。第七十七回：

> 少时，马忠簇拥关公至前。权曰："孤久慕将军盛
> 德，欲结秦晋之好，何相弃耶？公平昔自以为天下无敌，
> 今日何由被吾所擒？将军今日还服孙权否？"关公厉声骂
> 曰："碧眼小儿，紫髯鼠辈！吾与刘皇叔桃园结义，誓扶汉
> 室，岂与汝叛汉之贼为伍耶！我今误中奸计，有死而已，何
> 必多言！"

不过，在关羽的心目中，曹操处于朝廷腹心，乃是头号敌
人，孙权不过是身上的毒瘤罢了。他的决策是防备孙权，讨伐
曹操。众人以后方不稳、准备仓促相劝阻，关羽决心已定，慷慨
悲壮：

"吾大丈夫，年近六旬，即死何憾！"

一句话，足足抵得住诸葛亮的一篇《出师表》矣！

刘备刚好相反，即皇帝位后，首先进攻东吴。在大义面前，
刘备远远不如赵云。

> 却说先主欲起兵东征，赵云谏曰："国贼乃曹操，非
> 孙权也。今曹丕篡汉，神人共怒。陛下可早图关中，屯兵渭
> 河上流，以讨凶逆，则关东义士，必裹粮策马以迎王师；若
> 舍魏以伐吴，兵势一交，岂能骤解。愿陛下察之。"先主
> 曰："孙权害了朕弟；又兼傅士仁、糜芳、潘璋、马忠皆
> 有切齿之仇：啖其肉而灭其族，方雪朕恨！卿何阻耶？"

云曰："汉贼之仇，公也；兄弟之仇，私也。愿以天下
为重。"

可惜赵云只知其一，不知其二。刘备之一意孤行，心事实在
难以启齿：他只能伐吴，不能伐曹。汉献帝还没有死呢！假使灭
了曹魏，皇位谁来坐？

托　孤

《三国演义》的上半部演对手戏的是关羽与曹操，下半场则
是诸葛亮和司马懿。

诸葛亮与司马懿的对立，不是战场上的斗智斗勇，而是代表
了两种截然相反的道德取向。

第八十五回，刘备向诸葛亮托孤：

先主命内侍扶起孔明，一手掩泪，一手执其手，
曰："朕今死矣，有心腹之言相告！"孔明曰："有何
圣谕！"先主泣曰："君才十倍曹丕，必能安邦定国，终
定大事。若嗣子可辅，则辅之；如其不才，君可自为成都
之主。"孔明听毕，汗流遍体，手足失措，泣拜于地曰：
"臣安敢不竭股肱之力，尽忠贞之节，继之以死乎！"言
讫，叩头流血。

第一百〇六回，曹睿向司马懿托孤：

睿执司马懿之手曰："昔刘玄德在白帝城病危，以幼

子刘禅托孤于诸葛孔明。孔明因此竭尽忠诚，至死方休。偏邦尚然如此，何况大国乎？朕幼子曹芳，年才八岁，不堪掌理社稷。幸太尉及宗兄元勋旧臣，竭力相辅，无负朕心！"又唤芳曰："仲达与朕一体，尔宜敬礼之。"遂命懿携芳近前。芳抱懿颈不放。睿曰："太尉勿忘幼子今日相恋之情！"言讫，潸然泪下。懿顿首流涕。魏主昏沉，口不能言，只以手指太子，须臾而卒。

刘备临终，担心诸葛亮像曹丕。曹睿临终，希望司马懿像孔明。担心者不必，希望者落空。

曹操只知道文王之后有革命的武王，不知道武王之后，还有个集孝悌忠信于一身、出将入相、大智大勇的完美的周公。周公之所志，周公之所行，才是"春秋大义"的基石。

诸葛亮对后主，简直是周公再世，鞠躬尽瘁，死而后已。姜维也是肝脑涂地，死而后已。

曹操何尝不希望下属也对自己忠诚呢？第六十六回：

> 此时曹操威势日甚。会大臣商议收吴灭蜀之事。贾诩曰："须召夏侯惇、曹仁二人回，商议此事。"操即时发使，星夜唤回。夏侯惇未至，曹仁先到，连夜便入府中见操。操方被酒而卧，许褚仗剑立于堂门之内，曹仁欲入，被许褚当住。曹仁大怒曰："吾乃曹氏宗族，汝何敢阻当耶？"许褚曰："将军虽亲，乃外藩镇守之官；许褚虽疏，现充内侍。主公醉卧堂上，不敢放入。"仁乃不敢入。曹操闻之，叹曰："许褚真忠臣也！"

而此事，就发生在曹操杀死伏皇后和两个皇子，又强迫汉献帝立曹操之女曹贵人为正宫皇后之时。

上行下效。

司马懿是曹操最杰出的弟子，司马昭是曹操最杰出的再传弟子。一百一十四回：

> 贾充等劝司马昭受魏禅，即天子位。昭曰："昔文王三分天下有其二，以服事殷，故圣人称为至德。魏武帝不肯受禅于汉，犹吾之不肯受禅于魏也。"贾充等闻言，已知司马昭留意于子司马炎矣，遂不复劝进。

司马昭师从曹操，司马炎师从曹丕。曹氏父子如何对待老刘家，司马氏祖孙就如何对待老曹家。有诗为证：

> 昔日曹瞒相汉时，欺他寡妇与孤儿。谁知四十余年后，寡妇孤儿亦被欺。

一纸空文

没有孝，就没有了悌，也就没有了忠，没有了义。"春秋大义"成了一纸空文，天下太平就成了一个梦想。

"本是同根生，相煎何太急！"与曹氏兄弟相比，司马氏家族简直就是一窝蛇蝎豺狼。西晋一统天下才十一年，就爆发了"八王之乱"。汝南王司马亮、楚王司马玮、赵王司马伦、齐王司马冏、长沙王司马乂、成都王司马颖、河间王司马颙、东海王司马越等攻伐混战，自相残杀。孙惠《谏齐王冏》中云："人不

见德，惟戮是闻。公族构篡夺之祸，骨肉遭枭夷之刑，群王被囚
槛之困，妃主有离绝之哀。历观前代，国家之祸，至亲之乱，未
有今日之甚者也。"

　　"八王之乱"导致了西晋的快速分崩离析，继而五胡踵起祸
乱中华。这一乱，就是三百年。

孙子是个军事家吗

1

人们往往把孙武当成一个伟大的军事家。

我们先看看历史上的记载。

孙武，字长卿，春秋末年人。大约与孔子同时。

《史记·孙子吴起列传》记载，孙子以兵书十三篇投靠吴王阖闾。用吴王宫中美女操演兵法，选王之二宠姬为队长。因女兵们嬉笑儿戏，欲斩二队长。吴王讲情，不许。孙武说："将在外，君命有所不受。"将二人斩首。

队伍操练成功了。孙子请吴王下来观看。吴王说："将军回房间里休息吧！寡人不愿看。"

孙子说："王徒好其言，不能用其实。"

但阖庐知道孙子能用兵，还是让他当了将军。后来楚国"西破强楚，入郢，北威齐晋，显名诸侯，孙子与有力焉"。

《史记·吴太伯世家》中记载：

"三年，吴王阖庐与子胥、伯嚭将兵伐楚，拔舒，杀吴亡将二公子。光谋欲入郢，将军孙武曰：'民牢，未可，待之。'"

"四年，伐楚……五年伐越……六年，大败楚军于豫章。"

"九年，吴王阖庐谓伍子胥、孙武曰：'始子之言郢未可入，今果如何？'二子对曰：'楚将子常贪，而唐、蔡皆怨之。王必欲大伐，必得唐、蔡乃可。'阖庐从之，悉与师，与唐、蔡西伐楚，至于汉水。楚亦发兵拒吴，夹水陈。吴王弟夫概欲战，阖庐弗许。夫概曰：'王已属臣兵，兵以利为上，尚何待焉？'遂以其部五千人袭冒楚，楚兵大败，走。于是吴王遂纵身追之。比至郢，五战，楚五败。"

《史记·伍子胥列传》记载："吴以伍子胥、孙武之谋，西破强楚，北威齐晋，南服越人。"

《史记·楚世家》记载："十年冬，吴王阖庐、伍子胥、伯嚭与唐、蔡俱伐楚，吴兵遂入郢。"没有提孙武。

《国语》记载有伍子胥辅佐阖庐子夫差事，不见孙武。

我们再看看《左传》有关吴楚争霸的内容。

昭公三十年。"吴子问于伍员曰：'初而言伐楚，余知其可也，而恐其使余往也，又恶人之有余之功也。今余将自有之矣，伐楚何如？'对曰：'楚执政众而乖，莫适任患。若为三师以肆焉，一师至，彼必皆出。彼出则归，彼归则出，楚必道敝。亟肆以罢之，多方以误之，既罢而后以三军继之，必大克之。'阖庐从之。楚于是始乎病。"

昭公三十一年。"秋，吴人侵楚。伐夷。侵潜、六。楚沈尹戌帅师救潜，吴师还。楚师迁潜于南冈而还。吴师围弦。左司马戌、右司马稽帅师救弦，及豫章。吴师还。始用子胥之谋也。"

定公二年。"桐叛楚，吴子使舒鸠氏诱楚人，曰：'以师临我，我伐桐，为我使之无忌。'秋，楚囊瓦伐吴，师于豫章，败之。遂围巢，克之，获楚公子繁。"

定公四年。即《史记》所录的吴王请教伍子胥、孙武的那一次吴楚战役。"伍员以吴行人以谋楚……伯州犁之孙嚭，为吴太宰以谋楚。楚自昭王即位，无岁不有吴师。"

当年冬天，蔡侯、吴子、唐侯伐楚……吴楚从小别山到大别山，打了三仗。十一月十八日，吴楚在柏举摆开阵势。"阖庐之弟夫概王，晨请于阖庐曰：'楚瓦不仁，其臣莫有死志，先伐之，其卒必奔。而后大师健之，必克。'弗许。夫概王曰：'所谓臣义而行，不待命者，其此之谓也。今日我死，楚可入也。'以其属五千，先击子常之卒。子常之卒奔，楚师乱。吴师大败之……吴从楚师，及清发，将击之。夫概王曰：'困兽犹斗，况人乎？若知不免而致死，必败我。若使先济者知免，后者慕之，蔑有斗心矣。半济而后可击也。'从之。又败之。楚人为食，吴人及之，奔，食而从之。败诸雍澨，五战及郢。"

后来发生的事，大致如下：

楚人申包胥到秦国搬救兵，哭了七天七夜。秦哀公大为感动，派出了军队，打败了吴军。阖庐弟弟夫概被打败后，回国自立为王。同时，越国又侵入了吴国。阖庐只好领兵回去，打跑了夫概。在一次与越国的战斗中，阖庐手指受伤而死。

整个《左传》不见孙武的记载。

《资治通鉴》有关于吴起、孙膑的记录，没有关于孙武的记录。

《春秋公羊传》有关于伍子胥的记录，没有关于孙武的记录。

银雀山出土的汉简，残缺不全，记载与《史记》基本相同。

有关《孙子兵法》的介绍文章中，也没有提供更多的史料。

2

好了。

我们看出，孙武虽然名义上是个将军，其实只是个参谋人员。正史记载中，除了操练了一次女兵以外，没有指挥一仗，没有任何英雄事迹。

吴国"西破强楚，入郢，北威齐晋，显名诸侯，孙子与有力焉"。孙子只是"与"有力焉，有一份参与的功劳。

吴楚争霸，功劳大的应该是伍子胥。阖庐听取了伍子胥的骚扰战术，"楚于是始乎病""始用子胥之谋也""伍员以吴行人以谋楚……伯州犁之孙嚭，为吴太宰以谋楚"。孙武的重要性，显然还不如后来给吴国带来灾难的伯嚭。

在战斗中，显得有勇有谋的，是阖庐弟弟夫概。在柏举战役中，夫概以五千名奋勇发起进攻，打败楚兵。在清发战役中，夫概向吴王献计，待敌半渡而击，又一次打败楚军。

吴王阖庐也是一位很有谋略的军事指挥家。

昭公十七年，吴楚两军在长岸作战。阖庐还没有称王，还是"公子光"。吴军败。楚军缴获了一条叫作"余皇"的大船。公子光说："丢掉先王的坐船，难道是我一人的罪？请大家帮我。"就派三个壮汉，潜伏在船边。公子光喊三次"余皇"，三个壮汉交替回答。楚军混乱起来。吴军趁机进攻，大败楚军，夺回大船。

昭公二十三年，楚国率诸侯国联军与吴在州来交战。楚令尹子瑕死。公子光向吴王分析说，追随楚国的，都是小国。同役而不同心。楚令尹死后，元帅地位低贱，只是受宠，政令不一。提出分兵进攻，各个击破战略。并提出先头部队引诱敌人的战术。吴王听从公子光的建议。派三千罪犯先攻胡国、沈国和陈国。吴王和公子光、公子掩余各带一军精兵紧随于后。吴国的罪犯部队有的战斗，有的乱跑。三国军队争着俘虏吴军，阵脚大乱。吴军突然进攻，大败三国，活捉了胡沈二国国君和陈国大夫。吴军释放三国的俘虏，让他们奔逃到其他国的军队中乱喊："我们的国君死了！"吴军摇旗呐喊，冲了上去。楚兵拼命逃跑。联军土崩瓦解。吴王阖庐的用兵之术颇合《孙子兵法》，而这是在孙武谒见阖庐之前发生的事。

从史料上来看，孙子参与了定公四年与蔡、唐联合伐楚的战役。吴军占领了楚国的国都郢，伍子胥还鞭挞了楚平王的尸体报了仇。

但是，苏老泉认为这次战役吴国是以彻底失败而告终。楚国从秦国搬来了兵，赶走了吴军。越国借机侵吴报仇。吴王的弟弟也凑热闹称王作乱。弄得吴王等奔走不暇。老苏把失败的责任归咎于孙武。孙武在兵书上说得头头是道，天花乱坠，在实战中却不知运用。苏老泉便以子之矛陷子之盾，"若按武之书以责武之失，凡有三焉。《九地》曰：'威加于敌，则交不得合。'而武使秦得听包胥之言，出兵救楚，无忌吴之心。斯不威之甚，其失一也。《作战》曰：'久暴师则钝兵挫锐，屈力殚货，则诸侯乘其弊而起。'且武以九年冬伐楚，至十年秋始还，可谓久暴矣，越人能无乘间入国乎？其失二也。又曰：'杀敌者，怒也。'今武纵子胥、伯嚭鞭平王尸，复一夫之私愤以激怒敌，此司马戌、子西、子期所以必死仇吴也。勾践不颊旧冢而吴服，田单谲燕掘墓而齐奋，知谋与武远矣。武不达此者，其失三也。然始吴能以入郢，乃因胥、嚭、唐、蔡之怒，及乘楚瓦之不仁，武之功盖以鲜耳。夫以武自为书，尚不能自用以取败北，况区区祖其故智余论者。而能将乎？"

苏老泉认为，吴起虽然兵书没有孙武写得好，名气没有孙武大，然而，"吴起始用了鲁，破齐；及入魏，又能制秦兵；入楚，楚复霸。而武之所为反如是"。结论是"书之不足信也，固矣"。

平心而论，的确，孙武是一个不称职的将军。"武殊无一谋以弭斯乱"，连个谋士也不够格。但苏老泉把过失归咎到孙武和《孙子兵法》是不对的。原因是在这次战役中，孙武并没有起太大的作用。正如不能把首功归于孙武名下一样，按过错，孙武只能负连带责任，而不是主犯。

<h1 style="text-align:center">3</h1>

《孙子兵法》确实写得很好，孙武也似乎是个知兵之人，吴王阖庐又是一个雄才大略的国君，为什么没有重用孙武？有两点原因。

第一，孙武的出身不如伍子胥和伯嚭。伍、伯二人都是楚国贵族，先后遭灭族之祸，逃楚投吴，对楚的情况很了解，当时吴的主要敌人正是楚国。

第二，孙武是一个纸上谈兵，不通世务的书呆子。这是最重要的一点。孙武操演女兵，斩了吴王二宠姬。吴王已经说过："好了，我知道先生能用兵了。"演兵目的已达到，他断然拒绝吴王的讲情，理由是："将在外，君命有所不受。"同样是违背吴王命令。"兵以利为上"，夫概的话说出来就不一样。斩了心爱的女人，吴王还哪有心情再看操练？"去宾馆休息吧！知道你有本事了。"这句话应该不是赞赏,而是失望和生气。孙武反而埋怨阖庐言不副实。阖庐能把大权交给孙武吗?让孙武继续留下来,并让他当了将军,听从他的建议,也算是一个明君了。

为大将者,朝中必须有坚强的后盾。

乐毅,深得燕昭王喜爱。乐毅伐齐,昭王把倾国兵力都交给了他。"于斯时也,乐生之志,千载一遇也,亦将行千载一隆之道,岂其局迹当时,止于兼并而已哉?"(夏侯玄《乐毅论》)乐毅一鼓作气,连下齐城七十余座。不幸的是,燕昭王死了,燕惠王立。惠王与乐毅的关系本身不太融洽,又中了田单的反间计,担心乐毅在齐国自立为王,以骑劫取代了他。乐毅只好投降了赵国。结果田单很快就打败了骑劫,失陷的齐城一一收复。邵康节叹云:"自古君与臣,际会非容易。重惜千万年,英雄为流涕。"

《孙子兵法》面面俱到,唯独没有认识到如何处理好将帅与君主的关系。

《始计第一》:"将听吾计,用之必胜,留之;将不听吾计,用之必败,去之。"

《谋攻第三》:"故君之所以患于军者三:不知军之不可以进,而谓之进;不知军之不可以退,而谓之退;是谓縻军。不知三军之事,而同三军之政者,则军士惑矣。不知三军之权,而同三军之任,则军士疑矣。""将能,而君不御者胜。"

《九变第八》:"凡用兵之法,将受命于君……君命有所不受。"

领导不放权当然不行,瞎指挥更不行。疑人不用,用人不疑,理当如此。

然而,如何才能使君主放心呢?孙武把信任关系建立在将军自身的道德感和责任感上。

《作战第二》："故知兵之将，生民之司命，国家安危之主也。"

《谋攻第三》："夫将者，国之辅也，辅周则国必强，辅隙则国必弱。"

《地形第十》："故战道必胜，主曰无战，必战可也；战道不胜，主曰必战，无战可也。故进不求名，退不避罪，唯人是保，而利合于主，国之宝也。"

《用间第十三》："以争一日之胜，而受爵禄百金，不知敌之情者，不仁之至也，非人之将也，非主之佐也，非胜之主也。"

为将要凭良心为国为民为君，你不信任我就是你的错。此处不留爷，自有留爷处。孙武弄错了主从关系，把将军的位置放在首位，把国君放在第二位。在战场上没错，在理论上也没错。但在现实中呢？

刘邦率兵出征，萧何留守后方，故意让儿子当刘邦的随从，为人质。然后刘邦才能放心打仗。周亚夫在细柳营，摆起将军在前线打仗的架子。门卫也喝道："军中闻将军之令，不闻天子之诏。"文帝当时称赞，心中恐怕不会没有阴影。洪迈在《容斋随笔》中就对周亚夫的做派不以为然："文帝称其不可得而犯。今乃有军中夜惊相攻之事，安在其能持重乎？"周亚夫尽管忠心耿耿，屡立大功，景帝还是说："此鞅鞅者非少主臣也！"最后以莫须有的谋反罪呕血而死。这种例子多得很。

功臣大多骄矜。就连苏老泉推崇的吴起也不行。吴起听说田文为魏相，就质问田文，论谁功高有本事，有资格当丞相。"你确实比我强。但是现在，"田文说，"主少国疑，大臣未附，百姓不信，方是之时，属之于子乎？属之于我乎？"吴起沉默良久，说："属之子矣。"

司马迁《孙子吴起列传》云："能行之者未必能言，能言之者未必能行。"孙武只能称为一个军事理论家。后人因《孙子兵法》写得好而把孙子本人也封神了。

4

那么，孙子的军事思想的精髓是什么？

是"道"，是老子的"道"在军事中的运用。

毛主席说《老子》是一部兵书。《汉书·艺文志》说《老子》："君人南面之术也。"西汉军事谋略家陈平说："我多阴谋，是道家之所禁。"司马迁也说："陈丞相平少时，本好黄帝老子之术……常出奇计，救纷纠之难，振国家之患……非知谋孰能当此者乎？"近代学者也多注意《老子》与《孙子》的关系。如南怀瑾讲"老子"先讲"孙子"。李泽厚将"孙子、老子、韩非子"合说。方东美却批评陈平蓟通对《老子》歪曲。等等，看法不一。

《老子》的第一句话是："道，可道，非常道。"

《孙子兵法》开篇云："兵者，国之大事，死生之也，存亡之道，不可不察也。故经之以五事，校之以计，而索其情：一曰道，二曰天……道者，令民与上同意也，故可以与之死，可以与之生，而不畏危。"又云："兵者，诡道也。"

老子的道有两层意义。一是本体，是万物之母；二是万物生有与归无的规律。二者又是一体的，是无，也是有，是母，也是子，是超越的，也是内在的，是不生之生。

孙子的道，也有两层意义。一是王道的道，是儒家意义的道德的道；二是兵道的道，是兵法，是用兵的窍门。

中国的哲学本身就是实践的哲学。司马谈说："道家使人精神专一，动合无形，赡足万物。其为术也……与时推移，应物变化。立俗施事，无所不宜。指约而易操，事少而功多。"老子的哲学思想是体、是根、是本。孙子的军事科学是用、是花、是果。

孙武的兵法与老子的哲学相通之处在哪里呢？

老子的名言是"无为而无不为"。"无为"不是不动，而是空明的心，就是去掉一切外在的形式，以独立的精神、灵活的心境来面对世间万物。无为才能致虚守静，洞彻世间万象，妙用无穷。牟宗三说："显这个无的境界的目的是要你应世，所以'无为'一定连着'无不为'。有无限的妙用才能应付这千差万别的世界，所以道家的学问在以前叫作'帝王之学'。"（《中国哲学十九讲·第五讲》）

《孙子兵法》首先讲的不是如何用兵，而是不战而胜。"是故百战百胜，非善之善者也，不战而屈人之兵，善之善者也。"知雄守雌，知白守黑，知荣守辱，自己先立于不败之地，而又不失去打败敌人的战机，"故能自保而全胜也"。

能使人立于不败之地的是"道"，因此必须修炼自己，以合于道。老子说："是以圣人抱'一'为天下式。不自见故明，不自是故彰，不自伐故有功，不自矜故长。夫唯不争，故天下莫能与之争"；"道常无为，而无不为。侯王若能守，万物将自化"。运用在兵法上，就是孙子说的："故善战者之胜也，无智名，无勇功"；"善用兵者，修道而保法，故能为胜败之政"。

李泽厚论《老子》和《孙子兵法》时说贯穿在这条线索中对

待人生世事的一种极端的"清醒冷静的理知态度",一切以现实利害为依据。这句话不错。老子说:"致虚极,守静笃,万物并作,吾以观复";"知人者智,自知者明。胜人者有力,自胜者强";"善为士者不武,善战者不怒,善胜敌者不争,善用人者为之下"。孙子说得更多:"兵者,国之大事,死生之地,存亡之道,不可不察也";"多算胜,少算不胜,而况于无算乎";"故不尽知用兵之害者,则不能尽知用兵之利也";"知己知彼,百战不殆;不知彼而知己,一胜一负;不知彼,不知己,每战必殆";"主不可以怒而兴师,将不可以愠而致战;合于利而动,不合于利而止"。

但是,老子和孙子讲的是"虚静",而不仅是李泽厚的"冷静",不仅是计以利害,"知得失之计",而是"知动静之理"。老子说:"夫物芸芸,各复归其根,归根曰静,是谓复命。复命曰常,知常曰明。不知常,妄作,凶。知常,容。容乃公,公乃王。"孙子说:"始如处女,敌人开户,后如脱兔,敌不及拒";"故其疾如风,其徐如林,侵掠如火,不动如山,难知如阴,动如雷震"。

李泽厚继续说下去就更不正确了。他认为老子的"天地不仁,以万物为刍狗;圣人不仁,以百姓为刍狗",说明了"兵家、道家重客观实际而不讲情感"。他忘记了孙子的冷静理智、不动情感只是一种思考问题时,透过现象,把握本质,虚静观复的心境。支持这一理智的是"怒可以复喜,愠可以复悦,亡国不可以复存,死者不可以复生",以"人"为上的博大情怀。

李泽厚先生也忘记了老子哲学"正言若反"的思辨特点。其不仁正是至仁。老子说:"天下有道,却走马以粪,天下无道,戎马生于郊。罪莫大于可欲,祸莫大于不知足,咎莫大于欲得"；"以道佐人主者，不以兵强天下。其事好还。师之所处，荆棘生焉；大兵之后，必有凶年"；"兵者，不祥之器。非君子之器，不得已而用之……胜而不美，而美之者，是乐杀人……杀人者多，以悲哀泣之。战胜，以丧礼处之"。老子认为老百姓的一切灾难，来自人们（国君）的好勇斗狠、争王争霸以及穷奢极侈假仁假义，所以说："以智治国，国之贼，不以智治国，国之福"；"天道无亲，常与善人"；"圣人无心，以百姓之心为心"；"故圣人云：'我无为，而民自化；我好静，而民自正；我无事，而民自富；我无欲，而民自朴。'"

他的圣人是能使老百姓安居乐业的圣人。

孙子的"不战而胜"，老子的"无为无不为"正是一种大仁大义，大智大勇。

5

老子、孙子思想，就是一个字——"水"。

水之性，去高就下，不嫌卑污。涓涓细流，不自以为大，不与万物争，而天下没有能与之抗衡的。正是老子理想中的"道"。老子曰："上善若水。水善万物而不争，处众人之所恶，故几于道"；"江海所以能为百谷王者，以其善下之，故能为百谷王"；然而，"天下莫柔弱于水，而攻坚强者莫之能胜，以其无以易之。弱之胜强，柔之胜刚，天下莫不知，莫能行"。

水本无形，其静为积水幽潭，其动为千仞之溪。水本柔弱，一旦汇成洪流，借诸山川之势，就有排山倒海之力。水之用，正如孙子心目中的用兵之道。孙子曰："胜者之战民也，若决积水于千仞之溪者，形也"；"激水之疾，至于漂石者，势也"；"夫兵形象水，水之形，避高而趋下；兵之形，避实之击虚。水因地而制流，兵因敌而制胜。故兵无常形，水无常形；能因敌变化而取胜者，谓之神"；"势者，因利而制权也"。

兵无常势，水无常形，因势利导，避实击虚。无形之形，千变万化。对水的不同层次的理解，正好形象地说明了"道"在老子哲学与孙子兵法上的"体"与"用"的关系。

6

《老子》的哲学体系，有与无，为与无为，实与虚，动与静等一组组矛盾，以无、无为、虚、静为本，对立双方相互转化。"天下之物生于有，有生于无"；"大曰逝，逝曰远，远曰返"；"反者，道之动；弱者，道之用"。仍归之于虚、静、无、玄。牟宗三把"玄"叫作转圆圈，无中生有，有返为无。"玄之又玄，众妙之门。"这个玄，真是妙不可言！你看不见，摸不着。迎接它，不见其首；追随它，又不见其后。"玄牝之门，是谓天地根。绵绵若存，用之不勤。"

《孙子兵法》，同样讲一个"玄"字。"兵者，诡道也。故能示之不能，用而示之不用，近而示之远，远而示之近"；"乱生于治，怯生于勇，弱生于强"，是讲战争中矛盾双方的相互转化。老子说："以正治国，以奇用兵。"孙子说："战势不过奇正，奇正之变，不可胜穷也。奇正相生，如循环之无端，孰能穷之"；"凡战者，以正合，以奇胜。故善出奇者，无穷如天地，不竭如江河"，又是一个转圆圈，转化循环，变幻无穷，神出鬼没，深不可测。"纷纷纭纭，斗乱而不可乱也；混混沌沌，形圆而不可败也"；"微乎！微乎！至于无形，神乎！神乎！至于无声，故能为敌之司命"。玄妙莫识，才能把握战争的主动权，才能立于不败之地。"善攻者，敌不知其所守，善守者，敌不知其所攻"；"故其战胜不复，而应形于无穷"。

唐人王真说《老子》五千之言，都是兵法，虽然牵强附会，但这本书确有很多地方直接言兵，好像是《孙子兵法》中的原话。老子说："将负歙之，必固张之；将欲弱之，必先强之；将欲废之，必固兴之；将欲夺之，必固与之。"孙子说："利而诱之，乱而取之，实而奋之，强而避之，怒而挠之，卑而骄之，佚而劳之，亲而离之。"老子说："善摄生者，陆行不遇兕虎，入军不被甲兵。则兕无所投其角，虎无所措其爪，兵无所容其刃。夫何故？以其无死地。"孙子说："出其所不趋，趋其所不意。行千而不劳者，行于无人之地也。"老子说："祸莫大于轻敌，轻敌几丧吾宝。"孙子说："夫惟无虑而易敌者，必擒于人。"二人的话，如出一辙。

7

话到这里，就有一个危险，就是老子的崇高地位的坍塌。

老子和孙子，二人孰先孰后？《道德经》与《孙子兵法》谁先问世？到底谁受了谁的影响？

历史的记载均很含糊，学术界争议很大。即便是老子的《道德经》在先，老子往西北远走避世，孙子向东南谋取功业，按照当时的信息传递渠道，马上到了孙子那里并且付诸应用，是不可能的事。牟宗三先生说："社会上浅妄之辈专门说这种话，这个都不知道学问的自发性、共通性。人类的学问心灵自然有共通的，只要你存在地用心地思想，你也可以发出来。"（《中国

哲学十九讲》）

不过，牟先生的这段话同样肤浅。他在读《庄子》的时候，没有注意到庄子曾经反复论述的一个问题，就是包括老子、孙子、孔子、墨子等在内，均来源于一个更久远的学术系统，那就是对"天道"的体悟。

《庄子·天下篇》："神何由降？明何由出？圣有所生，王有所成，皆原于一。不离于宗，谓之天人；不离于精，谓之神人；不离于真，谓之至人；以天为宗，以德为本，以道为门，兆于变化，谓之圣人。"

我们所津津乐道的"百家争鸣"，实际上已经沦为"道术将为天下裂"的悲惨境地。

> 天下大乱，贤圣不明，道德不一。天下多得一察焉以自好。譬如耳目鼻口，皆有所明，不能相通。犹百家众技也，皆有所长，时有所用。虽然，不该不遍，一曲之士也。判天地之美，析万物之理，察古人之全，寡能备于天地之美，称神明之容。是故内圣外王之道，暗而不明，郁而不发，天下之人各为其所欲焉以自为方。悲夫！

老子只是众多的"得道"者之一，庄子赞之为"古之博大真人"者。

"以本为精，以物为粗，以有积为不足，淡然独与神明居。古之道术有在于是者，关尹、老聃闻其风而说之，建之以常无有，主之以太一，以濡弱谦下为表，以空虚不毁万物为实。"

在老子之前，有很多至人、神人、圣人，如黄帝之师广成子、牧马小童，尧之师曰许由、许由之师曰啮缺、啮缺之师曰王倪、王倪之师曰被衣等。

现代学者多读不懂《庄子》，视其为荒诞之言，正所谓"瞽者无以与乎文章之观，聋者无以与乎钟鼓之声。岂唯形骸有聋盲哉？夫知亦有之"。

上古文献，所谓"三坟五典、八索九丘"者，早不得而知。然而，经过孔子整理而流传下来的《易经》《尚书》《诗经》等著作中，都贯穿着同一个"天道"思想。

有的直接就是讲用兵之道的。譬如《易经》的"地水"《师》卦，苏东坡云："言兵当如水，行于地中，而人不可知也。""初六：师出以律。否，臧凶。"失律则凶，故孙武子演女兵，必斩二姬。又如"地山"《谦》卦，为大将者，要谦逊到像大山隐藏在大地之内，这就是《孙子兵法》里说的："善守者，藏于九地之下，善攻者，动于九天之上。"从"初六""谦谦"开始，"鸣谦""劳谦""撝谦"，到了"六五"，则"利用侵伐，无不利"，"上六"更是"鸣谦，利用行师，征邑国"。此周文王所以"地方百里，可得天下"者也。

8

《孙子兵法》就是一套太极图式。孙武仅用在了军事，而没有用在政治。

孙子还好一点，伍子胥对吴王夫差赤胆忠心，还曾不遗余力地帮助过伯嚭，最终却死在二人手里。后世一些立下了盖世功勋的名将，如韩信、狄青、王韶等，下场都很悲惨。他们一门心思都在"业务"上，对所谓的"世间法"都不精通。这是社会的悲剧，还是人性的悲剧，很难说。

个人的悲剧，往往转化为整个国家的灾难。譬如总结出《三十六计》的檀道济。

檀道济任江州刺史时，去探望陶渊明，见"环堵萧然，不蔽风日；短褐穿结，箪瓢屡空"，劝老友："贤者在世，天下无道则隐，有道则至。今子生文明之世，奈何自苦如此？"

朝廷担心檀道济谋反，要除掉他。妻子提醒，他天真地说："我率师抵御外寇，镇守边境，从没有辜负国家，国家又怎么会辜负我心呢？"

临终，留下了千古一叹："乃复坏汝万里之长城！"

北魏的将军们却在饮酒作乐，弹冠相庆："道济死喽！那些江南小儿还有什么可以害怕的？"

下　卷

国学即心学^①

关于国学，谈几个问题。

一、何为国学

国学者，圣贤之学也。

圣贤之学者，成圣成贤之学也。

自天子以至于庶人，皆以修身为本。

可以八个字来概括：内圣、外王、天理、良心。

亦可一言以蔽之，曰："心"。

二、何为"心"

每个人都有两个心。一个"心"用来做事，一个"心"用来省察。就连小孩子做错了事，也会不由自主地脸红。因为我们的

---

①此题目原为《国学史纲》序言的题。

心中，还有另外一个心，就是老百姓说的"良心"。

问题是，讲天理，讲良心，大都只是要求别人的，或者做给别人看的。更为恶劣的是，如我们小时候所批判的"满口仁义道德，一肚子男盗女娼"，的的确确存在。

庄子说："是故内圣外王之道，暗而不明，郁而不发，天下之人各为其所欲焉以自为方。"

因为漫无边际的私欲，把这颗"心"给蒙蔽了，遗忘了，甚至坏掉了。

国学即心学。无论是儒，是释，是道，讲的都是反求诸己，找到自己的心。

找回自己之心者，就是圣人、佛、真人。

三、圣人

中华文明，以圣人为中心。

圣人是道的化身，人性的化身，真善美的化身。和西方的圣人一样，乃"道成肉身"者。

不同之处，在中国，人人都可以成为圣人，人人都可以成佛。程伊川说："君子之学，必至于圣人而后已也。"

四、国学史

国学"史"，这个提法是有问题的。

千古圣人，唯此一心。不仅仅是圣人，大凡人类，容貌各异，性情各异，思想各异，唯有此清净本心是同此一心。此"心"，无古无今，不生不灭，无方无隔，蕴含宇宙。

古之圣人所得，是此心；今之圣人所得，亦是此心；将来圣人所得，仍是此心。没有变异，何来历史？

"国学史，非国学史，是名国学史。"就像登泰山，泰山极顶是永恒的，"会当凌绝顶，一览众山小"时的襟抱是相同的，所能言为史者，只有"登山"史。

"一切贤圣，皆以无为法而有差别。"

贤圣也是凡人，不失赤子之心而已。

每个时代，都有无数的圣贤生活在我们中间，和光同尘，不求闻达。每当到了社会黑暗、人心沦丧的关键时刻，他们就会站出来，点亮人们心中的良心之灯。

只要有人存在，良心就不会泯灭，国学就不会断绝。

国学史，是圣贤们对"心"的呼唤史、发明史和自净其意的修行史。

国学史，是"心"的历史，是"空"的历史。

五、面对国学

对国学，我们诵读也好，研究也好，膜拜也好，遗忘也好，批判也好，打倒也好，其实与国学都没有关系。

就像站在镜子面前，我们自赏也好，沮丧也好，欢喜也好，愤怒也好，甚至把镜子砸碎也好，与镜子一点关系都没有。

圣人的境界是大海。我们可以选择走向荒漠，也可以选择走向大海。

我们在大海里游泳，有的游得快，有的游得远，有的潜得深，有的花样多，这些其实都与大海没有关系。

面对圣人，也许我们唯一要做的，不是游泳，而是融化自己，变成大海里的一滴水，一朵小小的浪花。

果如此，就拥有了整个海洋，拥有了大地蓝天、日月星辰。

六、"观"与"化"

中国圣人的学问是"坐"出来的。有两个字最为关键，一个是"观"，一个是"化"。

"观"者，外观天地万物，内观自心。观天地万物，以道观；观自心，以空观；其实则一。心在观，心在说，心在听。观到了多少，听到了多少，就懂得了多少。

"化"者，先是心灵的转化，最终是身体的转化。

七、国学与现代化

很多人在争论国学的现代化问题。其实这是一个伪命题。

我们买了一套新房，第一件事就是把房子打扫干净。至于用作卧室、客厅或者工作室，至于摆设的家具是欧式还是中式、古典的或是现代的，与房间的清洁有什么矛盾？

国学，无论是儒，是释，还是道，都是要把我们的心灵清扫干净。我们是什么人，官员还是平民，过什么样式的生活，都市的还是山野的，用的手机是苹果还是华为，与拥有一片空明洞达的心灵毫无矛盾。

让我们把心灵的房间打扫得干干净净吧！

我观故我在①

1

很荣幸能认识各位老师，在一起做关于宗教与哲学问题的交流。

说句心里话，我是研究佛教、研究佛学的哲学博士，但并不认为佛教是宗教，佛学是哲学，它是用来"洗心"的。

有一次，一位法师很不友好地问我："你们研究佛教，是不是像不会打球的观众，评论场上的运动员？"

我说："打球人也是看球人，看球人也是打球人。"

孔子说过："女为君子儒，无为小人儒。"小人儒是功名利禄之学，君子儒是圣贤之学。读书的目的就是见贤思齐，乃至内证圣智。黄庭坚说："三日不读书，面目可憎。""书"指的是圣贤之书，"面目"指的是心。

---

① 根据2016年8月在白马寺举办的"宗教与哲学"对话会议上的演讲稿整理。

我观故我在

还有一次，回武汉大学，参加哲学学院与归元寺举办的
"《坛经》与科学哲学"的对话会。会上对于什么是"如来藏"
争论得很厉害。武大的一位教授说，"如来藏"就是宇宙能量，
开悟就是把自己的能量与宇宙能量融为一体。台湾的一位法师
气得不行，用《大乘起信论》的"始觉、本觉、究竟觉"跟他
辩论。

过了一段时间，院长带队访问白马寺，晚上又聊到了那个辩
论。我说，大家都把问题复杂化了。

一只碗，吃饭前把它洗干净，吃过饭，再把它洗干净。人心
就是这个碗，让它保持干净。就这么简单。《金刚经》上，佛陀
就是这么做的，"饭食讫，收衣钵，洗足已，敷座而坐"。

不过，佛陀的碗是自己洗的。我们的碗都是母亲洗的、夫人
洗的。

碗可以让别人去洗，自己的心只能自己去洗。

"诸恶莫作，诸善奉行。自净其意，是诸佛教。"

其他宗教也都劝人弃恶从善。只有佛教讲"自净其意"，因
为任何人都有一个干干净净的"心"，老百姓称之为"良心"，
道家称之为"道心"，佛家称之为"本心""自性清净心"，也
就是"如来藏"。

"是诸佛教"，不是"佛教"，是"诸佛"教，诸佛的
教导。

把自己的心洗干净，是做人的基本要求。

前几天，我在深圳，印乐方丈给我打了一个电话，说让我讲
"宗教与哲学"，我还以为是给佛教文化研究会的工作人员讲。
前天下午回白马寺，一问才知道是与哲学家们交流。

好多年没有读哲学的书了。就连很多著名哲学家的最基本的

观点也都回忆不上来了。好在去年冬天，与郑州的几位大学老师一起吃饭，谈论过笛卡儿的"我思故我在"。

既然是谈哲学与宗教的问题，我就从笛卡儿谈起。

既然是与哲学家交流，我就给自己的发言起一个"哲学"一点的名字：

"我观故我在。"

说得不对的地方，请各位老师多提宝贵意见。

2

为什么拿笛卡儿来说事呢？

第一，笛卡儿所谈的问题，是哲学又是宗教。他的《第一哲学沉思录》，主要是："用哲学而非神学的理由来论证上帝存在和灵魂不灭这两个主要问题。"对于信教的人来说，是不需要理由的。但对于不信仰宗教，甚至不相信道德的人，只能通过哲学论证来说服他们。

同样的道理，佛教既可以说是宗教，又可以说是哲学。用《金刚经》的语言说："是宗教，非宗教，是名宗教。是哲学，非哲学，是名哲学。"

第二，笛卡儿说："长久以来，我一直认为，自己要想在科学上建立可靠不变的东西，必须对自幼年时期起就接受的一大堆信以为真的见解进行总清算，以便从根本上重新开始。"这与佛家的破我执、法执一样，必须彻底清除蒙在心头的尘埃，本心才会显现出来。

第三，当时笛卡儿正处于一种恬静的隐居生活中，对上帝等问题进行沉思。这种状态与禅观有几分相似。

笛卡儿说："一切迄今我以为最接近于'真实'的东西都来自感觉和对感觉的传达。但是，我发现，这些东西常常欺骗我们。因此，唯一明智的是：再也不完全信眼睛所看到的东西。"

《金刚经》："一切有为法，如梦幻泡影，如露亦如电，应作如是观。"

笛卡儿怀疑，是否有一个全能的上帝把我创造出来，让他相信虚幻的事物？"答案是否定的，因为上帝是至善的，他不会这么做。"

笛卡儿假定："一个（和上帝）同样狡猾、同样有法力的恶魔，施尽全身的解数，要将我引上歧途。我愿假定，天空、空气、土地、形状、色彩、声音和一切外在事物都不过是那欺人的梦境的呈现，而那个恶魔就是要利用这些来换取我的轻信。我要这样来观察自己：好像我既没有双手，也没有双眼，也没有肉体，也没有血液，也没有一切的器官，而仅仅是糊涂地相信这些的存在。"

佛教讲心魔。

笛卡儿继续假定："我看见的和我记忆中的东西都是不存在的，我也没有感官，这样物体、形状、广延、运动和地点都成为虚构出来的东西，那么还能找到什么真实可靠的东西吗？"

最后发现："我们完全不必有这样的顾虑，因为我的存在不需要依靠感官和身体的存在来证明。只要我曾经相信过或想过什么东西，也就是说我曾经思维过，那么就可以确认我的存在，因为如果我不存在，就不可能进行各种各样的思维活动。"

笛卡儿说："因为我确实在怀疑、了解和希望，即使我了解的对象是假的，但我的思维确实具有了解这种能力，这是不容怀疑的。这样我比以前更清楚明白地认识了我自身。"

"我知道了自己是一个思维的实体，而这一认识之所以为真，是因为我清楚明白地认识到了它。"

"我思，故我在。"

不是身体，不是感官，而是"那个正在思维的我"，才是最真实的存在。

"我只能清楚明白地领会到自己是一个在思维的东西，那么我或灵魂的本质就是思维。"

纯粹的思想的"我"，是不死的心灵，灵魂。

笛卡儿发现，心中有一个"无限的、永恒的、无所不能的、一切东西由它创造和产生的实体"的观念。这个观念，是如此卓越，如此完美，如此真实，它不可能来源于一个有限的、有缺陷的、不完满的"我"，那它来源于什么呢？它一定是来自在我之外的一个确实绝对完善的东西，这个确实绝对完善的东西就是上帝。

"这个观念就像一个标记，是上帝在创造我的时候放在我心里的。"

"我觉得我们最好在某些时候停下来去深思一下上帝，用我们全部的精神能力，景仰其至美属性。虽然我们的沉思不够完满，但却能借此体验到来世至高无上的上帝，这也是今生之最大满足。"

3

观自在菩萨，行深般若波罗蜜多时，照见五蕴皆空，度一切苦厄。

舍利子，色不异空，空不异色，色即是空，空即是色。

受、想、行、识，亦复如是。

舍利子，是诸法空相，不生不灭，不垢不净，不增不减。

是故，空中无色，无受、想、行、识，无眼、耳、鼻、舌、身、意，无色、声、香、味、触、法，无眼界乃至无意识界。

无无明，亦无无明尽。乃至无老死，亦无老死尽。

无苦、集、灭、道。无智亦无得。

以无所得故，菩提萨埵，依般若波罗蜜多故，心无挂碍。无挂碍故，无有恐怖，远离颠倒梦想，究竟涅槃。三世诸佛，依般若波罗蜜多故，得阿耨多罗三藐三菩提。

故知，般若波罗蜜多是大神咒，是大明咒，是无上咒，是无等等咒，能除一切苦，真实不虚。

故说般若波罗蜜多咒。即说咒曰：

揭谛揭谛，波罗揭谛，波罗僧揭谛，菩提萨婆诃。

《心经》是字数最少、流行最广的一部佛经。

像所有的佛经一样，它是对大彻大悟后的禅观境界的描述，也是一种禅法，它的第一个字就是"观"。

观自在菩萨，就是观世音菩萨。所有的菩萨都有自觉、觉他两种含义。深入禅观就是"观自在"，觉悟他人就是"观世音"。

对于笛卡儿而言，自在就是上帝。笛卡儿说："上帝是产生包括我在内的一切实体的造物主，而他自己则是无限永恒、独立自存的"；"只有上帝的本质是必然属于其存在的，而且只有上帝在时间中永恒存在"。

对佛教来说，"自在"，就是本心。人的一生，什么都可以变化，唯有本心不会变。世上的人，从古到今，没有任何两个人是完全相同的。但是所有人都有一个共同的主体——心。陆象山说："东海有圣人出焉，此心同也，此理同也。西海有圣人出焉，此心同也，此理同也。千百世之上至千百世之下，有圣人出焉，此心此理，亦莫不同也。"

"行深般若波罗蜜多时"。

"般若波罗蜜多"，扫除感觉的假象，印证空性，获得菩提的智慧。

在笛卡儿沉思时，只有纯粹的思维才是存在的。

此时存在的，只有能观的心，与所观的境。

"照见五蕴皆空"。

五蕴，色、受、想、行、识，覆盖在我们心头的五种尘埃。

譬如，我们的一天，睁开眼，心就会被所看见的东西，被"色"所左右；钻出被窝，天冷天热，有无生病，心被"受"所左右；坐下来，心被"想"所左右；被"行"所左右，"行"包括心相应行，心不相应行；被"识"所左右，"识"就是各种妄念。色、受、想、行、识，覆盖在心头，就是五蕴。照见了五蕴皆空，清净本心就会显现出来。

"度一切苦厄"。

所有的苦恼和灾厄，都是因为心中的妄念带来的。心清净，苦厄自灭。

"舍利子"，舍利弗，佛陀弟子，《心经》的发问者。其实，舍利子，指每一位学佛的人，每一位读经的人。

"色不异空，空不异色，色即是空，空即是色。"

这四句话好像绕口令，其实可以作为非常好的观法。如天台宗智者大师的"一心三观"义：色不异空，从假入空观；空不亦色，从空入假观；色即是空，空即是色，空假平等观。华严宗也有会色归空观、明空即色观，最终达到空色无碍观与泯绝无寄观。

"受、想、行、识，亦复如是。"

"舍利子，是诸法空相，不生不灭，不垢不净，不增不减。"

心由相显。洗净五蕴，空相自现。空相既是本心，既是"上帝"的境界，永恒，圆满，完美。

下面继续扫除"心"上的种种污染。

"是故，空中无色，无受、想、行、识，无眼、耳、鼻、舌、身、意，无色、声、香、味、触、法，无眼界乃至无意识界。"

"眼、耳、鼻、舌、身、意"为六根，为认识功能；"色、声、香、味、触、法"，为六尘，为认识的客观对象；"眼界乃至无意识界"，为"六识"，合称"十八界"。

"眼、耳、鼻、舌、身、意"，被称为"六贼"。《首楞严经》中说："眼、耳、鼻、舌、及与身、心，六为贼媒，自劫家宝。"

我们都看过《西游记》。孙悟空就是我们的心，心猿意马，躁动不已。美猴王学艺之地，"灵台方寸山，斜月三星洞"，"灵台""方寸"都是"心"的别称，"斜月"带上"三个小星星"是个"心"字。《西游记》第十四回《心猿归正　六贼无踪》，孙悟空从两界山出来，皈依唐僧后，遇到六个毛贼。六个毛贼，就是《心经》说的，"眼、耳、鼻、舌、身、意"。

那人说："你是不知，我说与你听：一个唤作眼看喜，一个唤作耳听怒，一个唤作鼻嗅爱，一个唤作舌尝思，一个唤作意见欲，一个唤作身本忧。"悟空笑道："原来是六个毛贼！你却不认得我这出家人是你的主人公。"

"无眼、耳、鼻、舌、身、意"，不是说没有眼、耳、鼻、舌、身、意，而是不让六贼把你的心搅乱了，让心做你的主人公。

《西游记》中，孙悟空常常称自己是外公。人一旦把"心"赶出家门，便是妖魔。

在笛卡儿的哲学中，心灵和物质二者都是实体，二者独立存在。心灵的根本特性是思维，物质的根本特性是广延。二者互不决定，互不派生，永远并列存在。这就是笛卡儿的典型的二元论观点。

而在《心经》中，"眼、耳、鼻、舌、身、意"六根是空，"色、声、香、味、触、法"六尘也是空，相互交融作用而形成的"眼界、耳界、鼻界、舌界、身界、意界"，也是空。

所以，在华严宗的哲学中，有客观现象的"事法界"，精神世界的"理法界"，悟入空性之后，理事圆融，可以进入"理事无碍法界"，进而形成广大和谐的"事事无碍法界"。

下面继续洗心。

洗去与生俱来的"无明"，即可脱离生死轮回，进入永恒，甚至成菩萨或佛。

因小乘而得解脱，要抛弃小乘佛法；因大乘而得解脱，要抛弃大乘佛法；甚至心中成菩萨而无菩萨，成佛而无佛。

笛卡儿与上帝之间的鸿沟是不可跨越的。"也许我拥有比自己所想象的更多的完满性，也许我的心中也潜藏着上帝那样的完满性，实际上我也发现自己的认识处于不断完满的过程中，那么随着它的不断完满，我是否能取得和上帝一样的完满性，以使自己成为自身的原因，并能使我自己产生完满性的观念？但只要仔细观察，就会发现这是不可能的。"

并且，"我的认识能力无法探究上帝潜能中所蕴含的无穷尽的东西的原因，所以去探究上帝是一件不理性的事"。

而佛经的目的很明确，就是要引导众生成佛，乃至人人成佛。

4

每个人都长着两只眼睛，两只向外看的眼睛。我们常说"眼见为实"，都很自信自己的眼光，但是你看到的真实吗？

情人眼中出西施。陷入恋爱的人的眼睛是盲目的。在你的眼中，她是世界上独一无二的，在别人眼中未必。庄子说："毛嫱丽姬，人之所美也；鱼见之深入，鸟见之高飞，麋鹿见之决骤，四者孰知天下之正色哉？"动物看不见她们的美貌，只看见潜在的生命危险。即使西施本人来到你的面前，你也未必爱她。爱情有很多的附加因素，性格、心地、生活的层面、社会审美与伦理，甚至当时所感受到的气场甚至气息，都会影响你对她的正常判断。

如何才能看见真实的世界？

就像一面镜子，想要得到准确的影像，要保证这块玻璃，一是平，二是净。我们的心也是如此，一是定，二是空。如如不动，虚空灵明，才能作"如是"观。佛经中常说的"如来""如是"，讲的都是诸法实相，即世界的真相。

所谓"攘外必先安内"，要想"观外"，必先"观内"。

《心经》中说"观自在菩萨，行深般若波罗蜜多时"，就是一个向内观心的修炼过程，"照见五蕴皆空"，把蒙在心头的一切尘埃全部打扫干净。什么"色、受、想、行、识""眼、耳、鼻、舌、身、意"及"色、声、香、味、触、法"，"眼界乃至意识界"全部清理掉；包括打扫心灵卫生的小大佛法、般若智慧也清理掉；"无智亦无得"，心头没有任何挂碍。"无挂碍故，无有恐怖，远离颠倒梦想，究竟涅槃。""究竟涅槃"即为如来、三世诸佛，一颗干干净净的心，一面干干净净的镜子。

仅如此，还不够。

《金刚经》中第十八分"一体同观分"：

> "须菩提，于意云何？如来有肉眼不？""如是，世尊，如来有肉眼。""须菩提，于意云何？如来有天眼不？""如是，世尊，如来有天眼。""须菩提，于意云何？如来有慧眼不？""如是，世尊，如来有慧眼。""须菩提，于意云何？如来有法眼不？""如是，世尊，如来有法眼。""须菩提，于意云何？如来有佛眼不？""如是，世尊，如来有佛眼。"

肉眼，是指普通人的眼睛，常常受到自己喜、怒、哀、乐、爱、恨、欲等各种情绪和心结，以及先入之见的干扰作用。修行人到了一定境地，就会开天眼。天眼，指天界众生所得之眼。阿罗汉向内反观，断除贪、嗔、痴，得慧眼。菩萨内观我空，外观法空，通一切佛法，通一切世间法，通一切众生因果，能够随时、随地、随缘、随机度人，故名法眼。佛眼者，智无不极，照无不圆。唯佛有之，故名佛眼。

佛陀一步一步，从肉眼修到佛眼。看世界，"一体同观"，不仅洞察人生种种差别境界，而且悉知悉见无量宇宙中的一切现象。在佛陀的眼中，三千大千世界，一粒细沙，一粒微尘，都历历分明。

《华严经·如来出现品》中云："于一念中悉知三世一切诸法。佛子！譬如大海普能印现四天下中一切众生色身形像，是故共说以为大海；诸佛菩提亦复如是，普现一切众生心念、根性乐欲而无所现，是故说名诸佛菩提。"

5

《华严经》讲的就是佛陀在顿悟时的所"观"：

"尔时，如来以无障碍清净智眼，普观法界一切众生而作是言：'奇哉！奇哉！此诸众生云何具有如来智慧，愚痴迷惑，不知不见？我当教以圣道，令其永离妄想执着，自于身中得见如来广大智慧与佛无异。'"[1]

《华严经》是佛陀成道后，宣讲的第一部经书。环绕佛陀的所有听众，都是三千大千世界中那些开悟的诸佛、大菩萨、神、龙王等，唯独我们这个娑婆世界众生，心被无明覆盖，既看不到佛陀的精神世界，更看不见自己身上的佛性。

佛陀看见，整个宇宙，所有十方上下、三千大千世界，全部都是佛性的显现，一切色皆佛色，一切声皆佛声，称之为"一真法界"，又叫"华藏世界海"。

只有大彻大悟之人才能体悟得到这种无差别的境界。

中国的《易经》讲的却是这种境界。

---

[1]《大方广佛华严经》卷第五十一《如来出现品》第三十七之二。

如何得来的？"观"。

《系辞》云："古者包羲氏之王天下也，仰则观象于天，俯则观法于地，观鸟兽之文，与地之宜，近取诸身，远取诸物，于是始作八卦，以通神明之德，以类万物之情。"

远古圣人，观察天地、万物、自身，看见整个宇宙就是"至善"的流布。"元"，分为"乾元"和"坤元"，分别代表天地之道。"大哉乾元，万物资始，乃统天。云行雨施，品物流形"；"至哉坤元，万物资生，乃顺承天。坤厚载物，德合无疆。含弘光大，品物咸亨"。

"天地之大德曰生"。天、地之道，是生命的运行，是生命的圆满与相续。"生生之为易"，生而再生，永不停歇。整个宇宙为生命之洪流所弥漫贯注，一脉周流，生机勃勃，和谐共进。

中国圣人所看到的，和佛陀所看到的一模一样。

佛教诸佛境界为究竟，以菩萨为核心，提倡发大心，行菩萨道。中国文化以天道为究竟，以圣人为核心。"士希贤，贤希圣，圣希天。"

"天行健，君子以自强不息。"就是《华严经》中菩萨的上回向，勇猛精进。"地势坤，君子以厚德载物。"就是菩萨的下回向，济世度人。

佛教的历史从佛陀睹明星而悟道开始。中国的历史从三皇五帝这些得天道的圣人开始。他们都有极其纯净的"心"，所悟所观，是宇宙间最高的精神境界，是后世之人观心悟道的终极目标和衡量的标杆。

何休云："德合元者称皇"，"合天者称帝"。三皇五帝，都是"得天道者"，内圣而外王，以至善的天道来教化人民，管理国家。

譬如《尚书》，从尧、舜、禹开始讲起。

第一位圣王，尧的出世，一如《华严经》中佛陀的出世，光芒四射。"钦、明、文、思、安安，允恭克让，光被四表，格于上下。克明俊德，以亲九族。九族既睦，平章百姓。百姓昭明，协和万邦。黎民于变时雍。"

尧敬奉天命，以德服众。修身，齐家，治国，平天下——从九族，到百姓，到万邦，整个社会形成一个大一统而协和的整体。

尧的最重要的美德是"让"。

华夏以"礼仪之邦"而著称。礼，为人与禽兽之区别、文明与野蛮之分野。野蛮民族所崇尚的是"弱肉强食，适者生存"的丛林法则，文明社会则以"礼"节之。"礼"的起源很简单，一是食，一是性。

《礼记·礼运》云："夫礼之初，始诸饮食。"燧人氏发现了火，不仅仅是让人避免了野兽，吃上了熟食，更重要的意义在于家族共同用餐秩序的建立，尊老爱幼，按需分配。以炮以燔，以亨以炙，陈其牺牲，备其鼎俎，修其祝嘏，以降上神与其先祖。在神圣的仪式中，"以正君臣，以笃父子，以睦兄弟，以齐上下，夫妇有所。是谓承天之祜"。

礼之至者为"让"，小则让梨，大则让国。孔子编删《尚书》，断自唐虞，以《尧典》为首，开篇即称赞尧"允恭克让"，乃廓然大公之圣人。孔子说："唯天为大，唯尧则之。"

舜的故事告诉我们"圣王是怎样炼成的"。如同《华严经》中的经过五十三参最终成佛的善财童子。

虞舜出身卑微，是个普普通通的山野农夫，因为美好的品行而继尧为帝，受到万世景仰。

舜的父亲是个糊涂的盲人，继母骄横嚣张，弟弟象冥顽凶狠，三个人时刻密谋除掉舜。舜天性善良，完美地践行"孝悌"之道。

"君子之道，肇端乎夫妇"，尧帝又将自己的两个女儿下嫁虞舜，零距离进行考察。周敦颐说："家人离，必起于妇人，故《睽》次《家人》，以二女同居，而志不同行也。尧所以厘降二女于妫汭，舜可禅乎？吾兹试矣。是治天下观于家，治家观身而已矣。"

"慎徽五典，五典克从。"舜完善了"父义、母慈、兄友、弟恭、子孝"的人伦五典，成为华夏子孙的伦理准则和行为规范。

第三位圣王大禹则如普贤菩萨，是践行的典范，历经磨难，平定洪水，遍走华夏，初分九州。孔子赞叹："禹，吾无间然矣。菲饮食而致孝乎鬼神，恶衣服而致美乎黻冕，卑宫室而尽力乎沟洫。禹，吾无间然矣。"

6

和佛陀一样，中国的圣人也是通过反观自身，觉悟先天善良的本心本性而成就的。

杨简说："大道简易，人心即道。人不自明其心，不明其心而外求焉故失之。"《易经》的每一卦每一爻，都是修心。故《系辞》云："圣人以此洗心，退藏于密，吉凶与民同患。"

《论语》开篇说道："学而时习之，不亦说乎！有朋自远方来，不亦乐乎！人不知而不愠，不亦君子乎！"

很多人望文生义，把"学而时习之"理解为复习功课，或者理论与实践相结合。《白虎通》："学者，觉也，觉悟所未知也。"

觉悟什么？觉悟人之初的性本善，觉悟宇宙之至善。"大学之道，在明明德，在亲民，在止于至善。"先觉觉后觉，先知觉后知。朱子云："人性皆善，而觉有先后，后觉者必效先觉之所为，乃可以明善而复其初也。"

"时习"，不是有时学习，而是像谢良佐说的，"无时而不习"。孔子说："君子无终食之间违仁，造次必于是，颠沛必于是。"

"不亦说乎"，仁者常乐。孔子说："不仁者不可以久处约，不可以长处乐。仁者安仁，知者利仁。"

"有朋自远方来，不亦乐乎！"德不孤，必有邻。《易传》云："君子居其室，出其言善，则千里之外应之。"

"君子以文会友，以友辅仁。"相互砥砺，切磋琢磨。

自己内心喜悦叫"说"，表现在外叫"乐"。待客之道，要让朋友感受到主人真诚的热情。

"人不知而不愠，不亦君子乎！"君子只关注自己的内心，独立不惧，遁世无闷，用之则行，舍之则藏。

这是一个君子的日常生活状态，也是一个禅者的日常生活状态。

孟子说，人有来自先天的本心。"君子所性，仁、义、礼、智，根于心。"人的种种愚蠢可笑的行为都是因为失其本心。"仁，人心也。义，人路也。舍其路而弗由，放其心而不知求，哀哉！人有鸡犬放，则知求之，有放心，而不知求。学问之道无他，求其放心而已矣。"老太太丢失了鸡犬，知道寻找，仁义之心丢失了，却不知道寻找，"学问之道无他，求其放心而已矣"。

君子之道，在于存其本心，孟子说："君子所以异于人者，以其存心也。君子以仁存心，以礼存心。仁者爱人，有礼者敬人。爱人者人恒爱之，敬人者人恒敬之。"圣人与众人没有什么区别，"圣人先得我心之所同然耳"。

荀子说，有一种人生境界，叫作"大清明"。臻此境界者，"坐于室而见四海，处于今而论久远。疏观万物而知其情，参稽治乱而通其度，经纬天地而材官万物，制割大理而宇宙里矣"。

然而，"凡人之患，蔽于一曲，而暗于大理"。"故为蔽：欲为蔽，恶为蔽，始为蔽，终为蔽，远为蔽，近为蔽，博为蔽，浅为蔽，古为蔽，今为蔽。凡万物异则莫不相为蔽，此心术之公患也。"圣人之所以能做到无蔽，是"无欲、无恶、无始、无终、无近、无远、无博、无浅、无古、无今，兼陈万物而中县衡焉"。

"何谓衡？曰：道。人何以知道？曰：心。心何以知？曰：虚壹而静。"

"心者，形之君也，而神明之主也。"人心如曲水，清静勿动，则湛浊在下，而清明在上，则足以见鬓眉而察理。"虚壹而静，谓之大清明"，这是一个大禅师的定镜。

得道之人，明参日月，大满八极。"仁者之行道也，无为也；圣人之行道也，无强也。仁者之思也恭，圣者之思也乐。此治心之道也。"

荀子的修行似神秀，"时时勤拂拭，勿使惹尘埃"。孟子似慧能，直指人心，所以更受后儒的喜爱。

老子更讲"观"了。《道德经》开门见山："道可道，非常

道。名可名，非常名。无名天地之始，有名万物之母。故常无，
欲以观其妙；常有，欲以观其徼。此两者，同出而异名，同谓之
玄。玄之又玄，众妙之门。"

他观的是"道"，万物生死出入的"众妙之门"。

我的眼睛向外看、向前看。老子则刚好相反，向内看、向
后看："万物并作，吾以观复。夫物芸芸，各复归其根。归根曰
静，静曰复命。复命曰常，知常曰明。"

老子虚空了自己，让世界的真相自己在圣人的心中呈现出
来。"故以身观身，以家观家，以乡观乡，以邦观邦，以天下观
天下。吾何以知天下然哉？以此。"这个，就是《金刚经》中，
看透了"一切有为法，如梦幻泡影，如露亦如电"之后的"应作
如是观"。

"鲲鹏展翅，九万里，翻动扶摇羊角。背负青天朝下看，都
是人间城郭。"

这是毛泽东的《念奴娇·鸟儿问答》。他注意到了庄子的鲲
化为鹏，是一种视角的转换。不是在寒冷的北冰洋下面，用一双
圆鼓鼓的"鱼"眼看黑暗的溟水，而是抟扶摇而上九万里，背着
青天白云往下看。

我们眼中的真实世界，被虚空粉碎了，"野马也，尘埃
也，生物之以息相吹也"——天地造化万物的一团气而已。

从天上朝下看，和我们仰观无际的宇宙是一样的，太阳比地
球小，千万亿颗比太阳还要大无数倍的恒星，不过是在空气中飘
浮的尘埃而已。"天之苍苍，其正色邪？其远而无所至极邪？其
视下也，亦若是则已矣。"

中国人特别注重观察考虑问题的制高点。"欲穷千里目，更
上一层楼"，"会当凌绝顶，一览众山小"。到庄子这里，我们

的心灵彻底解放了。不仅居高临下，而且是边飞边看，有点像现在高空无人机的航拍。

庄子说，"是以圣人不由，照之于天"，而且要"开天之天"，就是彻底清空自己，绝对的超越，绝对的空灵。

庄子说："圣人者，原天地之美，而达万物之理。是故，至人无为，大圣不作，观于天地之谓也。"圣人什么事都不干，整天就是坐观而已。庄子说："至人之用心若镜，不将不迎，应而不藏。"

修行的方法，如同禅宗，就是"观心"。不过，庄子称"禅定"为"心斋""坐忘"，称"顿悟"为"朝彻"。

在《大宗师》中，颜回向孔子描述了自己悟道的心路历程：

"吾犹守而告之，三日而后能外天下；已外天下矣，吾又守之，七日而后能外物；已外物矣，吾又守之，九日而后能外生；已外生矣，而后能朝彻；朝彻，而后能见独；见独，而后能无古今；无古今，而后能入于不死不生。"

7

佛教传入中国后，迅速与庄、老合流。尤其是东晋时代的僧肇，少年时代即爱好玄理，常以《老》《庄》为心要，但又不满足："美则美矣，然栖神冥累之方，犹未尽善也。"后来出家，投在鸠摩罗什门下，修习大乘佛法。

僧肇以"般若"为心镜，深化和明晰了庄子所描述的心灵境界。

般若是精神的灵光，宁静而常照，"寂而能照，应而恒寂"，"用即寂，寂即用，用寂体一"。不只是在沉思时才能感觉到思维主体的存在。时时在观，时时存在。故，"圣人虚其心而实其照，终日知而未尝知也"，"以圣心无知，故无所不知，不知之知，乃得一切知"。

到了隋唐，形成了中国大乘佛学。三论宗以中观立宗；唯识宗的万法唯识；天台宗的止观双运，一心三观；华严宗的海印三昧，妄尽心澄，万象齐现；禅宗更是讲本心圆满具足，顿悟即可成佛，都是真如本觉的境界。

唐宋后儒家，不管口头上是怎么说，一般都有学佛习禅的经历，并且极其重视"观"。

邵康节著《观物内外篇》。他说："夫所以谓之观物者，非以目观之也。非观之以目，而观之以心也。非观之以心，而观之以理也。圣人之所以能一万物之情者，谓其能反观也。所以谓之反观者，不以我观物也。不以我观物者，以物观物之谓也。既能以物观物，又安有我于其间哉！"

周敦颐主"静"，程颢主"敬"，程伊川每见门人静坐，则叹其善学。程颢诗云："万物静观皆自得，四时佳兴与人同。"

朱熹常批评陆九渊之学为禅学。自述其年十五六时，"亦尝留心于此（禅）"，且"理会得个昭昭灵灵底禅"。他讲格物致知："然格物是梦觉关，格得来是觉，格不得只是梦。""梦觉关"，三字非常关键。"今学者之病，所患在于未有洒然冰解冻释处。纵有力持守，不过只是苟免显然尤悔而已。似此，皆不足道也。"

王阳明龙岗开悟，欢呼雀跃。以默记《五经》之言证之，莫不吻合。将自己所居山洞，称为"玩易窝"。并作诗云：

"闲观物态皆生意，静悟天机入窅冥。道在险夷随地乐，心忘鱼鸟自流行。"

某种程度上说，中国的学问是"观"出来的。

心学眼目

1

这本书，原不在写作计划之列。

春节前，写完《西游悟空》，大病一场。每完成一部作品，都要生一场病，已是习惯，这次尤其厉害。

古人云："三更不眠，血不归肝。"无奈白天应酬多，只能半夜爬起来。彼时平旦之气，清明之际，"本心虚明，体段忽然微露"，灵感泉涌，如有神助。可是肝却被损伤了。

酝酿已久的有四本书，打算休养一年再下手。

《禅诗鉴赏辞典》。历代高僧留下的诗偈有十三万首，而《全唐诗》才四万八千九百余首，《全宋词》仅有二万首。王维被尊为"诗佛"，其境界，与开悟的大禅师写的诗偈相比，还只能算个"野狐禅"。这些禅诗被遗忘了，是一个时代的灵魂的缺憾。

《君子易》。看一眼《周易》"象曰"后面的文字，不难明白这个书名的含义。这几年，在郑州、洛阳、汝州等地，没少讲《易》，写出来不是难事，无非加上一番逐字考证、逐句疏解的工夫。迟迟没动笔，另一个原因是越讲越灰心。《易经》本是"为己"之学，"以此洗心，退藏于密"；是自得自乐，来"把玩"的："居则观其象而玩其辞，动则观其变而玩其占"。

《孔子的诗经》。如何读《诗》，历来聚讼纷纭。写诗是一回事，编诗是一回事，读诗又是一回事。欲会《诗经》风雅之意，先求圣人弦歌之心。从夫子"天理烂熟的理蕴"出发，方可与言诗。熊十力云："原来，三百篇都是人生的自然的表现，贞淫美刺的各方面，称情流露，不参一毫矫揉造作，合而观之，毕竟见得人性本来清净。"①

近年来，诗人朋友们聚会，常谈起存在主义哲学，大都被海德格尔的术语和句式搞得晕头转向，甚至连话也不会说了。哲学面对的是人的困境，只有追问，没有答案。立足于生死之瞬、有无之际，就能够神会、分享存在主义大师们的操心、恐惧与自由了。中国的文化，原本是没有存在主义哲学的"存在"土壤的。苏东坡说："此心安处是故乡。"王阳明临终遗言："此心光明，夫复何言。"倘若把存在主义哲学放在心学的底板上，如观掌中纹，如拂镜上尘。雅斯贝尔斯评价其好友："海德格尔是在同代人中最令人激动的思想家，精彩，有说服力，深奥莫测。但是，最后空无结果。"②诚然也。

朋友们希望我写一本关于存在主义的书，特意给我买了一大箱《海德格尔文集》。也不知道老天爷赐不赐予我足够的时间。

---

① 萧萐父主编：《熊十力全集》第二卷，湖北教育出版社，2001，第328页。

② 《来自德国的大师》，吕迪格尔·萨弗兰斯基：《来自德国的大师》，靳希平译，商务印书馆，2008，第133页。

《西游悟空》在公众号上的连载，说完就完了。《文论》这个栏目，还得有内容填充上去。这四本书，都是要再呕一次心、沥一次血的，暂不敢碰。忽然想起，汝州的朋友们曾邀我在风穴书院开一期"心学夏令营"，因为疫情泡汤了，心中还是有点眉目，就挑个轻松一点的，漫谈心学吧。

眼目者，本心发窍作用之处。

佛家称《圆觉经》为"十二部经清净眼目"。《略疏》云："良以推穷迷本，照彻觉源，是以理贯群经，义无不尽，于此若解，诸教焕然，若不了了之，何知正道，故云眼目。"

张岱说："阳明先生创良知之说，为暗室一炬。"黄宗羲说："王阳明可谓'震霆启寐，烈耀破迷'，自孔孟以来，未有若此深切著明者也。"

今以阳明心学，明天地之心，通圣贤之教，故名《心学眼目》。

2

心学，是讲给立志成为圣人的人听的。

就像《金刚经》，"如来为发大乘者说，为发最上乘者说"。乐小法者，"心即狂乱，狐疑不信"，听了也没用。

张载说，程氏兄弟十四五岁，便锐然欲学圣人。明道云："宁学圣人而未至，不欲以一善成名。"[1]伊川云："有求为圣人之志，然后可与共学。"[2]能传圣人之道于失传千载之后，岂偶然哉？

---

[1]程颢、程颐：《二程遗书》，上海古籍出版社，2000，第395页。
[2]同上书，第379页。

　　曾国藩说："不为圣贤，便为禽兽。"听上去惊世骇俗，其实道理很简单。《礼记》云："鹦鹉能言，不离飞鸟。猩猩能言，不离禽兽。今人而无礼，虽能言，不亦禽兽之心乎？夫唯禽兽无礼，故父子聚麀。是故圣人作，为礼以教人，使人以有礼，知自别于禽兽。"①人类的文明史，就是在圣人的导引下告别禽兽的历史。

　　孟子说："人之所以异于禽兽者几希。"人与禽兽的差别，就那么一点点，存不存良知而已。良知很容易被人遗忘。熊十力曾感叹："天下滔滔，日趋于禽兽而不知，可无痛乎！"②

　　熊十力又云："曾见一译本，述罗素语，哲学不能为禽兽讲，亦不能为一般人讲。此可谓如语者，实语者。"③

　　中外古今，贤哲之心同也。

　　王阳明十一岁时，尝问塾师："何为第一等事？"

　　塾师说："唯读书登第耳。"

　　王阳明疑云："登第恐未为第一等事，或读书学圣贤耳。"

　　父亲龙山公听了，笑道："汝欲做圣贤耶？"

　　想做圣人很简单。孔子说："仁远乎哉？我欲仁，斯仁至矣。"④只在你愿不愿、敢不敢、肯不肯。孔子又说："有能一日用其力于仁矣乎？我未见力不足者。"⑤

---

①王梦鸥：《礼记今译今注》，新世纪出版社，2011，第4页。
②萧萐父主编：《熊十力全集》（第一卷），湖北教育出版社，2001，第586页。
③萧萐父主编：《熊十力全集》（第二卷），湖北教育出版社，2001，第223页。
④朱熹：《四书章句集注》，中华书局，1983，第100页。
⑤同上书，第100页。

王阳明《示弟立志说》云：

"夫学，莫先于立志。志之不立，犹不种其根而徒事培拥灌溉，劳苦无成矣。世之所以因循苟且，随俗习非，而卒归于污下者，凡以志之弗立也。"

又云：

"夫立志亦不易矣。孔子，圣人也，犹曰：'吾十有五而志于学，三十而立。'立者，志立也，虽至于不逾矩，亦志之不逾矩也，志岂可易而视哉！夫志，气之帅也，人之命也，木之根也，水之源也。源不浚则流息，根不植则木枯，命不续则人死，志不立则气昏。是以君子之学，无时无处而不以立志为事。"

又云：

"夫道，一而已。道同则心同，心同则学同。其卒不同者，皆邪说也。后世大患，尤在无志。故今以立志为说，中间字字句句，莫非立志，盖终身问学之功，只是立得志而已。"[1]

《传习录》载：

"诸公在此，务要立个必为圣人之心。时时刻刻须是一棒一条痕，一掴一掌血，方能听吾说话，句句得力。若茫茫荡荡度日，譬如一块死肉，打也不知得痛痒，恐终不济事。回家只寻得旧时伎俩而已，岂不惜哉？"[2]

《传习录》另有云：

> 何廷仁、黄正之、李侯璧、汝中、德洪侍坐。

---

①王守仁：《王阳明全集》，中央编译出版社，2014，第239页。
②陈荣捷：《王阳明传习录详注集评》，华东师范大学出版社，2009，第226页。

先生顾而言曰："汝辈学问不得长进，只是未立志。"

侯璧起而对曰："珙亦愿立志。"

先生曰："难说不立，未是必为圣人之志耳。"

对曰："愿立必为圣人之志。"

先生曰："你真有圣人之志，良知上更无不尽。良知上留得些子别念挂带，便非必为圣人之志矣。"

洪初闻时心若未服，听说到不觉悚汗。①

志在成圣，为学就简单多了。《答刘内重》云："夫学者既立有必为圣人之志，只消就自己良知明觉处，朴实头致了去，自然循循日有所至，原无许多门面折数也。"②

弟子季明德来信云："圣无有余，我无不足，此以知圣人之必可学也。然非有求为圣人之志，则亦不能以有成。"

王阳明十分高兴，大加鼓励："只如此论，自是亲切简易。以此开喻来学，足以兴起之矣。"③

3

圣人所讲，都是心学。

正德十六年（1521年），王阳明刻《象山文集》，序中

①王阳明：《传习录注疏》，邓艾民注，上海古籍出版社，2015，第221页。
②王守仁：《王阳明全集》，中央编译出版社，2014，第181页。
③同上，第196页。

云："圣人之学，心学也。"①

四年后，王阳明在《重修山阴县学记》中，重申此义："夫圣人之学，心学也。学以求尽其心而已。"②

"尧、舜、禹之相授受曰：'人心惟危，道心惟微，惟精惟一，允执厥中。'此心学之源也。"③

心学之源在尧，尧得之于天，"惟天为大，惟尧则之"。

孔子"祖述尧舜，宪章文武"，删《诗》《书》，定《礼》《乐》，述《周易》，作《春秋》，都是在讲心学。王阳明《稽山书院尊经阁记》云：

"经，常道也。其在于天谓之命，其赋于人谓之性，其主于身谓之心。心也，性也，命也，一也。通人物，达四海，塞天地，亘古今，无有乎弗具，无有乎弗同，无有乎或变者也，是常道也。"

又云：

"'六经'者非他，吾心之常道也。是故《易》也者，志吾心之阴阳消息者也；《书》也者，志吾心之纪纲政事者也；《诗》也者，志吾心之歌咏性情者也；《礼》也者，志吾心之条理节文者也；《乐》也者，志吾心之欣喜和平者也；《春秋》也者，志吾心之诚伪邪正者也。"

"四书""五经"，都是孔孟心法。《传习录》云：

"盖'四书''五经'，不过说这心体。这心体即所谓道

---

① 王守仁：《王阳明全集》，中央编译出版社，2014，第225页。
② 同上书，第236页。
③ 同上书，第225页、第236页。

心，体明即是道明，更无二。此是为学头脑处。"①

"故凡致知者，致其本然之良知而已。《大学》谓之'致知格物'，在《书》谓之'精一'，在《中庸》谓之'慎独'，在《孟子》谓之'集义'，其工夫一也。"②

4

心学乃成圣之学。

理学也一样。无论程、朱理学，还是陆、王心学，都是通过《五经》《四书》，讲习成圣成贤之道。"此格、致、诚、正之说，所以阐尧舜之正传，而为孔氏之心印也。"③

心即理，理学即心学。王阳明说："夫心之本体，即天理也。天理之昭明灵觉，所谓良知也。"④

他又说："吾说与晦庵时有不同者，为入门下手处有毫厘千里之分，不得不辩。然吾之心与晦庵之心，未尝异也。"⑤

朱熹以为事事物物皆有定理，教人格物穷理。

王阳明直指人心，简洁明快："我拈出'良知'两字，是是非非，自有天则，乃千圣秘藏，虽昏蔽之极，一念自反，即得本

---

①王阳明：《传习录注疏》，邓艾民注，上海古籍出版社，2015，第33页。
②王守仁：《王阳明全集》，中央编译出版社，2014，第888页。
③同上书，第850页。
④同上书，第175页。
⑤王阳明：《传习录注疏》，邓艾民注，上海古籍出版社，2015，第62页。

心，可以立跻圣地。"①

钱德洪父亲心存疑惑："固知心学可以触类而通，然朱说亦须理会否？"

魏良政说："以吾良知求晦翁之说，譬之打蛇得七寸矣，又何忧不得耶？"

钱父仍未释然，问王阳明。

王阳明道："岂特无妨？乃大益耳！"

朱熹教人之穷究工夫，是觉悟前事。悟后，与阳明心学并无二致。朱子云："今日明日积累既多，则胸中自然贯通。如此，则心即理，理即心，动容周旋，无不中理矣。"②

从朱子之学，同样可以抵达"众理之精粗无不到""吾心之光明照察无不周""全体大用无不明，随所诣而无不尽"的境界。

王阳明不遗余力批判朱子，除了着眼点不同外，主要是理学走向了自己的反面，成了圣贤之路上的绊脚石。

《别三子序》云："自程、朱诸大儒没，而师友之道遂亡。'六经'分裂于训诂，支离芜蔓于辞章业举之习，圣学几乎息矣！"③

5

王阳明以"吾心"为旨归，魔挡杀魔，佛挡杀佛。

① 王畿：《王畿集》，吴震编校，凤凰出版社，2009，第470页。
② 黎靖德编：《朱子语类》（一），岳麓书社，1997，第366页。
③ 王守仁：《王阳明全集》，中央编译出版社，2014，第209页。

阳明学一出，即被时人视为异端，"获罪于圣门，获罪于朱子，是邪说诬民，叛道乱正"。

大儒罗钦顺来信质疑。阳明答道：

"夫学贵得之心。求之于心而非也，虽其言之出于孔子，不敢以为是也，而况其未及孔子者乎？求之于心而是也，虽其言之出于庸常，不敢以为非也，而况其出于孔子者乎？"

又云：

"夫道，天下之公道也，学，天下之公学也，非朱子可得而私也，非孔子可得而私也，天下之公也，公言之而已矣。"[①]

在《稽山书院尊经阁记》中，王阳明说：

"故'六经'者，吾心之记籍也，而'六经'之实则具于吾心。"[②]

世之学者，不知于"吾心"中求经，考索于影响之间，牵制于文本之末，实乃是乱经、侮经、贼经！

王阳明坚信"吾心"所证，与圣人之心不违："我此'良知'二字，实千古圣贤相传一点骨血也。"[③]

嘉靖六年（1527），王阳明踏上最后的征程，赴广西平叛。途中写《长生》诗，结尾云：

> 乾坤由我在，安用求他为？
> 千圣皆过影，良知乃吾师。

---

①王阳明：《传习录注疏》，邓艾民注，上海古籍出版社，2015，第151、第154页。

②王守仁：《王阳明全集》，中央编译出版社，2014，第235页。

③陈荣捷：《王阳明传习录详注集评》，华东师范大学出版社，2009，第247页。

6

释、道两家同样是心学，禅宗更是明心见性之捷径。

王阳明"少之时，驰骋于辞章；已而出入二氏；继乃居夷处困，豁然有得于圣贤之旨：是三变而至道也"。早年参禅，实为龙场悟道之增上缘。

朱子之学同样"半杂禅门"。朱熹不认账，还喜欢骂他人是禅学。王阳明则很客观。《寄邹谦之》中云：

"道一而已，仁者见之谓之仁，知者见之谓之知。释氏之所以为释，老氏之所以为老，百姓日用而不知，皆是道也，宁有二乎？"[①]

有弟子问二氏作用，可否"兼取"？

王阳明说："说兼取便不是。圣人尽性至命，何物不具？何待兼取？二氏之用，皆我之用。即吾尽性至命中完养此身，谓之仙；即吾尽性至命中不染世累，谓之佛。但后世儒者不见圣学之全，故与二氏成二见耳。譬之厅堂，三间共为一厅。儒者不知皆我所用，见佛氏则割左边一间与之，见老氏则割右边一间与之，而己则自处中间，皆举一而废百也。圣人与天地民物同体，儒、佛、老、庄皆吾之用，是之谓大道。二氏自私其身，是之谓小道。"[②]

三家殊途同归。只是学佛、修道者多自了汉，指望自己超生

①王守仁：《王阳明全集》，中央编译出版社，2014，第189页。
②陈荣捷：《王阳明传习录详注集评》，华东师范大学出版社，2009，第248页。

脱死，自私自利，自小其道。

有人询问仙家所谓的元气、元神、元精。王阳明是过来人，自然明白这些说法，听起来玄乎，无非良知的作用而已。

"只是一件，流行为气，凝聚为精，妙用为神。"[1]

7

写作《心学眼目》，忽然跳出"心眼"二字。

老百姓把"心"叫作"心眼儿"，盖《国语》所云"夫耳目，心之枢机也"[2]；又叫"心肝眼儿"，盖《淮南子》所云"夫孔窍者，精神之户牖也；而气志者，五藏之使候也"[3]。

人之身躯，从内到外，一体通透，无非是心。"无心则无身，无身则无心。但指其充塞处言之谓之身，指其主宰处言之谓之心，指心之发动处谓之意，指意之灵明处谓之知，指意之涉着处谓之物，只是一件。"[4]

良知是心的昭明灵觉。

一点灵明放光，通心彻身俱为良知。"盖吾之耳而非良知，则不能以听矣，又何有于聪？目而非良知，则不能以视矣，又何有于明？心而非良知，则不能以思与觉矣，又何有于睿知？然则，又何有于宽裕温柔乎？又何有于发强刚毅乎？又何有于齐

---

[1]陈荣捷：《王阳明传习录详注集评》，华东师范大学出版社，2009，第54页。
[2]徐元诰：《国语集解》，中华书局，2002，第109页。
[3]何宁：《淮南子集释》（中），中华书局，1998，第512页。
[4]陈荣捷：《王阳明传习录详注集评》，华东师范大学出版社，2009，第168页。

庄中正文理密察乎？又何有于溥博渊泉而时出之乎？"

想起了一个公案。

道吾问云岩昙晟禅师："大悲菩萨千手千眼，哪个是正眼？"云岩说："就像人睡到半夜，背后摸枕头。"

道吾说："我明白了。"云岩说："怎么说？"

道吾说："遍身是手眼。"

云岩说："说得也挺好，但是只说到了八成。"

道吾问："师兄怎么说？"

云岩说："通身是手眼。"

8

良知是宇宙万物之心。

"天地间活泼泼地无非此理，便是吾良知的流行不息。"[1]

"夫惟有道之士，真有以见其良知之昭明灵觉，圆融洞澈，廓然与太虚而同体。"[2]

朱本思问："人有虚灵，方有良知。若草木瓦石之类，亦有良知否？"

王阳明说："人的良知，就是草木瓦石的良知。若草木瓦石无人的良知，不可以为草木瓦石矣。岂惟草木瓦石为然？天地无人的良知，亦不可为天地矣。盖天地万物，与人原是一体。其发窍之最精处，是人心一点灵明。风雨露雷，日月星辰，禽兽草

---

[1] 陈荣捷：《王阳明传习录详注集评》，华东师范大学出版社，2009，第226页。
[2] 王守仁：《王阳明全集》，中央编译出版社，2014，第194页。

木，山川土石，与人原只一体。故五谷禽兽之类，皆可以养人。药石之类，皆可以疗疾。只为同此一气，故能相通耳。"①

良知就像天上的太阳。

太阳亘古遍在，物或照或不照，不在太阳。良知亘古遍在，人知与不知，只在于人。

王阳明游南镇。

一友指岩中花树问曰："天下无心外之物。如此花树，在深山中自开自落，于我心亦何相关？"

阳明曰："你未看此花时，此花与汝心同归于寂。你来看此花时，则此花颜色一时明白起来。便知此花不在你的心外。"②

良知灵明，花树绽放。良知暗淡，花树归寂。

9

良知是活的。

临济禅师云，"赤肉团上，有一无位真人，常从汝等诸人面门而出入"，只是你觉察不到。

良知与生俱来。孟子曰："人之所不学而能者，其良能也；所不虑而知者，其良知也。孩提之童无不知爱其亲者，及其长也，无不知敬其兄也。"③良知无他，孝悌之心，仁义之行，达之天下也。

良知不疾而速，神出鬼没。"今人乍见孺子将入于井"，良

①陈荣捷：《王阳明传习录详注集评》，华东师范大学出版社，2009，第197页。
②王守仁：《王阳明全集》，中央编译出版社，2014，第102页。
③朱熹：《四书章句集注》，中华书局，1983，第353页。

知倏然而来；一言怒火中烧，一念利欲熏心，良知忽然而去。孔子曰："操则存，舍则亡。出入无时，莫知其乡。"①

孟子说："哀哉！人有鸡犬放，则知求之，有放心而不知求。学问之道无他，求其放心而已矣。"②

把放逸的良知寻回。

让心"活"在良知之中，让生命"活"在良知之中。

10

圣人与我等凡夫俗子的区别，在于致不致良知。

王阳明说："良知、良能、愚夫、愚妇与圣人同：但惟圣人能致其良知，而愚夫、愚妇不能致，此圣愚之所由分也。"③

王阳明说："良知之在人心，亘万古，塞宇宙，而无不同。"④

就连十恶不赦之人，也有良知。"良知在人，随你如何不能泯灭。虽盗贼亦自知不当为盗，唤他做贼，他还忸怩。"⑤

圣人的良知也是后天学来的。"这良知人人皆有，圣人只是保全无些障蔽。兢兢业业，叠叠翼翼，自然不息，便也是

①朱熹：《四书章句集注》，中华书局，1983，第331页。
②同上书，第334页。
③陈荣捷：《王阳明传习录详注集评》，华东师范大学出版社，2009，第107页。
④同上书，第146页。
⑤同上书，第174页。

学。"①

人为私累，把良知遮蔽了。

王阳明说：

"良知犹主人翁，私欲犹豪奴悍婢。主人翁沉疴在床，奴婢便敢擅作威福，家不可以言齐矣。若主人翁服药治病，渐渐痊可，略知检束，奴婢亦自渐听指挥。及沉疴脱体，起来摆布，谁敢有不受约束者哉？良知昏迷，众欲乱行。良知精明，众欲消化，亦犹是也。"②

"若良知一提醒时，即如白日一出，而魍魉自消矣。"③

成圣之道无他，遵循良知而已。孟子云："夫道，若大路然，岂难知哉？人病不由耳。"④

11

致良知，是阳明心学的核心。

"吾平生讲学，只是'致良知'三字。"⑤

王阳明说："'致良知'是学问大头脑，是圣人教人第一义。"⑥

————————

①陈荣捷：《王阳明传习录详注集评》，华东师范大学出版社，2009，第178页。
②同上书，第233页。
③王守仁：《王阳明全集》，中央编译出版社，2014，第202页。
④《孟子·告子下》。
⑤王守仁：《王阳明全集》，中央编译出版社，2014，第867页。
⑥陈荣捷：《王阳明传习录详注集评》，华东师范大学出版社，2009，第143页。

王阳明说："吾'良知'二字，自龙场以后，便已不出此意，只是点此二字不出。于学者言，费却多少辞说。今幸见出此意。一语之下，洞见全体，真是痛快，不觉手舞足蹈。学者闻之，亦省却多少寻讨功夫。"[1]

有一位请王阳明讲学的乡大夫问："除却良知，还有什么说得？"

王阳明反问："除却良知，还有什么说得？"

正德十五年，陈九川来赣州拜见先生，问："近来功夫虽若稍知头脑，然难寻个稳当快乐处。"

先生曰："尔却去心上寻个天理，此正所谓理障。此间有个诀窍。"

"请问如何？"

"只是致知。"

陈九川问："如何致？"

王阳明说："尔那一点良知，是尔自家的准则。尔意念着处，他是便知是，非便知非，更瞒他一些不得。尔只不要欺他，实实落落依着他做去，善便存，恶便去。他这里何等稳当快乐。此便是格物的真诀，致知的实功。若不靠着这些真机，如何去格物？我亦近年体贴出来如此分明，初犹疑只依他恐有不足，精细看无些小欠阙。"[2]

关键是亲自体认。王阳明反复说：

---

①陈荣捷：《王阳明传习录详注集评》，华东师范大学出版社，2009，第236页。
②同上书，第173页。

"诸君要实见此道，须从自己心上体认，不假外求始得。"[1]

"盖思之是非邪正，良知无有不自知者。所以认贼作子，正为致知之学不明，不知在良知上体认之耳。"[2]

只有自己体认到了，才是真良知。

"明道云：'吾学虽有所受，然天理二字，却是自家体认出来。'良知即是天理。体认者，实有诸己之谓耳，非若世之想象讲说者之为也。"[3]

体认良知者为圣人。

"圣人气象自是圣人的，我从何处识认？若不就自己良知上真切体认，如以无星之称而权轻重，未开之镜而照妍媸，真所谓以小人之腹而度君子之心矣。圣人气象，何由认得？自己良知原与圣人一般。若体认得自己良知明白，即圣人气象不在圣人，而在我矣。"[4]

12

世上学问皆可自欺，唯心学不能自欺。

心学只对自己的良知负责。王阳明说：

"只是一个工夫。无事时固是独知，有事时亦是独知。人若不知于此独知之地用力，只在人所共知处用功，便是作伪，便是

---

①陈荣捷：《王阳明传习录详注集评》，华东师范大学出版社，2009，第57页。

②同上书，第144页。

③王守仁：《王阳明全集》，中央编译出版社，2014，第200页。

④陈荣捷：《王阳明传习录详注集评》，华东师范大学出版社，2009，第122页。

'见君子而后厌然'。此独知处便是诚的萌芽。此处不论善念恶念，更无虚假，一是百是，一错百错。"[1]

熊十力自言："吾生平不喜小说，六年赴沪，舟中无聊，友人以《儒林外史》进，吾读之汗下。觉彼书之穷神尽态，如将一切人及我身之千丑百怪，一一绘出，令我无藏身之地矣。"[2]

令人汗出者，良知也。

嘉靖三年（1524），绍兴知府南大吉以座主称门生，然性豪旷，不拘小节。先生与论学有悟，乃告先生曰："大吉临政多过，先生何无一言？"

先生曰："何过？"大吉历数其事。先生曰："吾言之矣。"

大吉曰："何？"

曰："吾不言，何以知之？"

曰："良知。"

先生曰："良知非吾常言而何？"大吉笑谢而去。

居数日，复自数过加密，且曰："与其过后悔改，曷若预言不犯为佳也？"

先生曰："人言不如自悔之真。"大吉笑谢而去。

居数日，复自数过益密，且曰："身过可勉，心过奈何？"

先生曰："昔镜未开，可得藏垢。今镜明矣，一尘之落，自

---

[1] 陈荣捷：《王阳明传习录详注集评》，华东师范大学出版社，2009，第84页。
[2] 萧萐父主编：《熊十力全集》第一卷，湖北教育出版社，2001，第577页。

难住脚。此正入圣之机也。勉之！"[1]

13

世上学问皆可欺人，唯心学不能欺人。

孟子云："存乎人者，莫良于眸子。眸子不能掩其恶。胸中正，则眸子瞭焉；胸中不正，则眸子眊焉。听其言也，观其眸子，人焉廋哉？"[2]

虎跑寺中有一禅僧静坐三年，终日闭目，从不说话。王阳明喝道："这和尚口吧吧说什么？眼睁睁看什么？"

和尚不觉啊呀一声，睁开眼睛。

王阳明问他家中还有何人，和尚说只有一个老母，不知还在不在。

阳明又问："还起不起想老母的念头？"

和尚良久，说："不能不起念。"

阳明说："汝既不能不起念。终日口虽不言，心中已自说着。终日不视，心中已自看着了。"

无论如何装神弄鬼，"人之视己，如见其肺肝然，则何益矣"[3]！

门人有欲汲汲立言者。王阳明闻之，叹曰："此弊溺人，其来非一日矣。不求自信而急于人知，正所谓以己昏昏，使人昭昭也。耻其名之无闻于世，而不知知道者视之，反自贻笑耳。宋

---

①陈荣捷：《王阳明传习录详注集评》，华东师范大学出版社，2009，第248页。
②朱熹：《四书章句集注》，中华书局，1983，第283页。
③同上书，第7页。

之儒者，其制行磊牵，本足以取信于人，故其言虽未尽，人亦崇信之，非专以空言动人也。但一言之误，至于误人无穷，不可胜救，亦岂非汲汲于立言者之过耶？"[1]

王龙溪"天泉论道"，被视为上根之人。黄宗羲说："先生林下四十余年，无日不讲学，自两都及吴、楚、闽、越、江、浙皆有讲舍，莫不以先生为宗盟"[2]；"阳明而下，以辩才推龙溪，然有信有不信"[3]。

王龙溪后院失火，自称古德云："王老师修行无力，被鬼神觑破，以至于此，更复何言？"[4]乃作《火灾自讼》以训诫于家，遭人质疑，复述为《自讼问答》以衍其义。

王船山说："王龙溪家为火焚，其往来书牍，言之不置。平生讲良知，至此躁气浮动，其所谓良知者，非良知也。夫子厩焚不问马，故恻怛之心专注于人。人幸无伤，则太和自在圣人胞中。以之事亲则底豫，以之立身则浩然，以之治人则天下归之，此之谓良知。"[5]

14

不得孔子心法，难称圣学。

装神弄鬼不行，口若悬河不行，著作等身也不行。王阳明《答罗整庵少宰书》云：

①王守仁：《王阳明全集》，红旗出版社，1996，第782页。
②黄宗羲：《明儒学案》，中华书局，1985，第237页。
③同上书，第710页。
④王畿：《王畿集》，吴震编校，凤凰出版社，2009，第732页。
⑤王夫之：《船山遗书》（第十二册），中国书店，2016，第242页。

"然世之讲学者有二,有讲之以身心者,有讲之以口耳者。讲之以口耳,揣摸测度,求之影响者也;讲之以身心,行著习察,实有诸己者也。知此,则知孔门之学矣。"①

扬雄仿效《论语》作《法言》,仿《周易》作《太玄》,"诸儒或讥以为雄非圣人而作经,犹春秋吴楚之君僭号称王,盖诛绝之罪也"。

郑玄毕生致力于学术,"述先圣之玄意,思整百家之不齐",遍注群经。陈白沙有云:"莫笑老慵无著述,真儒不是郑康成。"

"师者,所以传道受业解惑者也。"韩愈以孟子自居,自己都没有得道,何以传道?不过文人之雄耳。王阳明《示诸生》诗云:

> 人人有路透长安,坦坦平平一直看。
> 尽道圣贤须有秘,翻嫌易简却求难。
> 只从孝弟为尧舜,莫把辞章学柳韩。
> 不信自家原具足,请君随事反身观。

就连朱子够不够格,也很难说。王阳明说:"文公精神气魄大。是他早年合下便要继往开来,故一向只就考索着述上用功。"②将他与郑康成相提并论。《中秋》诗云:

---

① 王阳明:《传习录注疏》,邓艾民注,上海古籍出版社,2015,第151页。
② 同上书,第65页。

> 处处中秋此月明，不知何处亦群英？
>
> 须怜绝学经千载，莫负男儿过一生！
>
> 影响尚疑朱仲晦，支离羞作郑康成。
>
> 铿然舍瑟春风里，点也虽狂得我情。

15

在王阳明的眼里，孔子之后，颜回一人而已。

王阳明说："见圣道之全者惟颜子。观喟然一叹可见。其谓'夫子循循然善诱人。博我以文，约我以礼'，是见破后如此说。博文约礼，如何是善诱人？学者须思之。道之全体，圣人亦难以语人。须是学者自修自悟。颜子'虽欲从之，未由也已'，即文王望道未见意。望道未见，乃是真见。颜子没，而圣学之正派，遂不尽传矣。"①

孔子曾问子贡："汝与回也孰愈？"

子贡说："赐也何敢望回。回也闻一以知十，赐也闻一以知二。"

孔子甚至表示："弗如也。吾与汝弗如也。"

王阳明道破二人的区别："子贡多学而识，在闻见上用力。颜子在心地上用功。故圣人间以启之。而子贡所对，又只在知见上。故圣人叹惜之，非许之也。"②

颜子不迁怒，不贰过，在心之动处辨别出天理来。王阳明

---

①陈荣捷：《王阳明传习录详注集评》，华东师范大学出版社，2009，第63页。

②同上书，第80页。

说："孔子无不知而作。颜子有不善未尝不知。此是圣学真血脉路。"①

颜子之于孔子，"于吾言无所不悦"，如伽叶之于佛祖，会心一笑足矣。

有人询问神仙之有无。阳明答道："盖吾儒亦自有神仙之道，颜子三十二而卒，至今未亡也。"②

16

阳明门下，亦有一"颜回"。

王阳明初讲学，"虽随地兴起，未有出身承当，以圣学为己任者。徐爱（字曰仁），先生妹婿也，因先生将赴龙场，纳贽北面，奋然有志于学"③。

黄宗羲说徐爱："阳明之学，先生最得其真。"④

徐爱云："心犹镜也。圣人心如明镜，常人心如昏镜。近世格物之说，如以镜照物，照上用功。不知镜尚昏在，何能照？先生之格物，如磨镜而使之明。磨上用功，明了后亦未尝废照。"⑤

这是阳明心学最生动、最简明的宣言。

①陈荣捷：《王阳明传习录详注集评》，华东师范大学出版社，2009，第192页。
②王守仁：《王阳明全集》，红旗出版社，1996，第478页。
③王守仁：《王阳明全集》，中央编译出版社，2014，第1064页。
④黄宗羲：《明儒学案》，中华书局，1985，第221页。
⑤陈荣捷：《王阳明传习录详注集评》，华东师范大学出版社，2009，第56页。

徐爱曾与王阳明说起他的梦境："尝游衡山，梦一老瞿昙抚曰仁背，谓曰：'子与颜子同德。'俄而曰：'亦与颜子同寿。'觉而疑之。"

阳明说："梦耳。子疑之，过也。"

徐爱竟然真的三十一岁而亡。阳明哽咽而不能食者两日，悲叹："吾有无穷之志，恐一旦遂死不克就，将以托之曰仁，而曰仁今则已矣。"

另一位弟子冀元亨，用生命阐释了阳明心学。

宁王宸濠怀不轨，揽结名士，命人请王阳明到南昌讲学。阳明笑了笑，委派冀元亨前往。

冀元亨只讲君臣大义。宸濠哭笑不得："人痴乃至此耶！"

冀元亨回来，向王阳明报告："濠必反，先生宜早计。"

张忠、许泰逮捕冀元亨，希望得到王阳明与宁王勾结的证据。冀元亨遭受炮烙之刑，视死如归，始终不认。

元亨在狱中讲学不辍，视诸囚不异一体。诸囚日涕泣，至是稍稍听学自慰。

张忠将冀元亨的妻子和两个女儿投入大牢。李氏坦然不怖，说："吾夫平生尊师讲学，肯有他乎？"手治麻枲不辍，暇则诵《书》歌《诗》。

后平反，狱守请家人出。李氏说："未见吾夫，出安往？"

按察诸僚妇闻其贤，召之，辞不赴。已乃洁一室，就视，则囚服见，手不释麻枲。

问其夫学，曰："吾夫之学，不出闺门衽席间。"闻者悚愧。

冀元亨出狱后，五日而卒。

阳明弟子盈天下，《明史》唯冀元亨与阳明同传。

17

英雄见功业，圣贤看气象。

《易·坤·文言》曰："君子黄中通理，正位居体，美在其中，而畅于四支，发于事业，美之至也！"孟子亦云："君子所性，虽大行不加焉，虽穷居不损焉，分定故也。君子所性，仁义礼智根于心。其生色也，睟然见于面，盎于背，施于四体，四体不言而喻。"[1]

王阳明平定了叛乱，生擒了宁王。许泰、张忠却谗阳明必反。武宗问忠等曰："以何验反？"

对曰："召必不至。"

有诏面见，阳明即行。忠等恐语相违，复拒之芜湖半月。不得已，入九华山，每日宴坐草庵中。

武宗派人暗中观察阳明举止动静，曰："王守仁，学道人也。召之即至，安得反乎？"

钱德洪说："其遭时危谤，祸患莫测，先生处之泰然，不动声色，而又能出危去险，坐收成功。其致知格物之学至是，岂意见拟议所能及！"[2]

八年之后，王阳明南征平叛，途经南昌。满城都是欢迎的人群。他的轿子是从人头顶上传递到南昌府衙里面去的。翌日，王阳明在明伦堂讲《大学》。

唐尧臣献茶，得上堂旁听。

---

[1] 朱熹：《四书章句集注》，中华书局，1983，第355页。
[2] 王守仁：《王阳明全集》，红旗出版社，1996，第784页。

唐尧臣并不相信阳明学，闻先生至，自乡出迎，心已内动。比见拥谒，惊曰："三代后安得有此气象耶！"及闻讲，沛然无疑。

同门有黄文明、魏良器等笑道："逋逃主亦来投降乎？"

唐尧臣说："须得如此大捕人，方能降我，尔辈安能？"

18

"此良知之妙用，所以无方体，无穷尽，语大天下莫能载，语小天下莫能破者也。"[1]

宁王造反密谋十年，养兵十万。王阳明上无圣旨，下无兵马，不过临时招募义军，一月有余，就擒获宁王，平定叛乱。世人无不称奇。

钱德洪问老师："用兵有术否？"

阳明道："用兵何术？但学问纯笃，养得此心不动，乃术尔。凡人智能相去不甚远，胜负之决不待卜诸临阵，只在此心动与不动之间。昔与宁王逆战于湖上时，南风转急，面命某某为火攻之具。是时前军正挫却，某某对立矍视，三四申告，耳如弗闻。此辈皆有大名于时者，平时智术岂有不足，临事忙失若此，智术将安所施？"[2]

鏖战正急时，王阳明与二三同志坐中军讲学。谍者走报前军失利，座中皆有怖色。先生出见谍者，退而就座，复接绪言，神色自若。顷之，谍者走报贼兵大溃，座中皆有喜色。先生出见谍

---

①王守仁：《王阳明全集》，中央编译出版社，2014，第80页。
②同上书，第1289页。

者，退而就座，复接绪言，神色亦自若。

熊十力云："良知无物感时，固是寂然不动。即物感纷至时，良知应之，仍自寂然不动。如阳明擒宸濠时，千军万马中，成败在俄顷，而阳明端坐堂上，处分军事，全不动心。只是平日涵养得良知透露耳。"[1]

一日，王阳明召诸生入讲，曰："我自用兵以来，致知格物之功愈觉精透。"

众谓兵革浩穰，日给不暇，或以为迂。

王阳明说："致知在于格物，正是对境应感，实用力处……譬之真金之遇烈火，愈锻炼愈发光辉。此处致得，方是真知；此处格得，方是真物。非见解意识所能及也。自经此大利害、大毁誉过来，一切得丧荣辱，真如飘风之过耳，奚足以动吾一念？今日虽成此事功，亦不过一时良知之应迹，过眼便为浮云，已忘之矣！"[2]

"不动心"，须将不动之心，安立于良知之上。冷酷无情，也是"不动心"，岂不大谬？

有人问："人能养得此心不动，即可与行师否？"

王阳明叹道："后世论治，根源上全不讲及，每事只在半中截做起，故犯手脚。若在根源上讲求，岂有必事杀人而后安得人之理？某自征赣以来，朝廷使我日以杀人为事，心岂割忍，但事势至此。譬之既病之人，且须治其外邪，方可扶回元气，病后施药，犹胜立视其死故耳。可惜平生精神，俱用此等没紧要事上

①萧萐父主编：《熊十力全集》（第三卷），湖北教育出版社，2001，第659页。

②王畿：《王畿集》，吴震编校，凤凰出版社，2009，第343页。

去了。"

19

阳明一生，历尽磨难，出生入死。"所幸良知在我，操得
其要，譬犹舟之得舵，虽惊风巨浪颠沛不无，尚犹得免于倾覆者
也。"[1]

早年因反对太监弄权，王阳明直言犯上，被谪贵州龙场驿丞。

一天傍晚，阴雨昏黑，从篱落间，王阳明望见一位从京城来
的吏目，携一子一仆，将之任，过龙场，投宿土苗家。

次日薄午，有人自蜈蚣坡来，云一老人死坡下，傍两人哭
之哀。阳明曰："此必吏目死矣。伤哉！"薄暮复有人来，云：
"城下死者二人，傍一人坐叹。"询其状，则其子又死矣。明日
复有人来，云："见坡下积尸三焉。"则其仆又死矣。

王阳明念其暴骨无主，将二童子就其傍山麓为三坎埋之，又
以只鸡饭三盂祭之。《瘗旅文》云：

"尔诚恋兹五斗而来，则宜欣然就道，乌为乎吾昨望见尔容
蹙然，盖不任其忧者？夫冲冒雾露，扳援崖壁，行万峰之顶，饥
渴劳顿，筋骨疲惫，而又瘴厉侵其外，忧郁攻其中，其能以无死
乎？吾固知尔之必死，然不谓若是其速，又不谓尔子尔仆亦遽尔
奄忽也。皆尔自取，谓之何哉！"[2]

假使吏目胸怀圣人之学，"素富贵，行乎富贵；素贫贱，行

---

① 王守仁：《王阳明全集》，中央编译出版社，2014，第189页。
② 同上书，第832页。

乎贫贱；素夷狄，行乎夷狄；素患难，行乎患难"①，何至于父子主仆客死异乡？

王阳明说：

"自吾去父母乡国而来此，二年矣。历瘴毒而苟能自全，以吾未尝一日之戚戚也。"

<h1 style="text-align:center">20</h1>

在给地方官员的信中，王阳明说："某之居此，盖瘴疠蛊毒之与处，魑魅魍魉之与游，日有三死焉！然而居之泰然，未尝以动其中者，诚知生死之有命，不以一朝之患而忘其终身之忧也。"②

所谓"终身之忧"者，乃孟子所云："是故，君子有终身之忧，无一朝之患也。乃若所忧则有之：舜人也，我亦人也。舜为法于天下，可传于后世，我由未免为乡人也，是则可忧也。忧之如何？如舜而已矣。若夫君子所患则亡矣。非仁无为也，非礼无行也。如有一朝之患，则君子不患矣。"③

至此绝境，王阳明仍反复自问："圣人处此，更有何道？"

黄绾《阳明先生行状》云：

"公于一切得失荣辱皆能超脱，惟生死一念，尚不能遣于心，乃为石廓，自誓曰：'吾今惟俟死而已，他复何计？'日夜端居默坐，澄心精虑，以求诸静一之中。一夕，忽大悟，踊跃若

---

①朱熹：《四书章句集注》，中华书局，1983，第24页。
②王守仁：《王阳明全集》，红旗出版社，1996，第474页。
③同①，第298页。

狂者。"①

王阳明说："某于良知之说，从百死千难中得来，非是容易见得到此。此本是学者究竟话头，可惜此理沦埋已久。学者苦于闻见障蔽，无人头处，不得已与人一口说尽。但恐学者得之容易，只把作一种光景玩弄，孤负此知耳。"②

21

心学不是学说，而是生活，是一个真正的人的生活，或者说，是每个人本来应有的生活。

孔子曰："斯民也，三代之所以直道而行也。"直道而行，一切行为皆从良知出发。

三代，是中国人的"理想国"。这是王阳明的梦想，也是所有圣人的梦想。

在一次纪念王阳明诞辰五百周年的国际学术会议上，将要结束时，方东美上台发言，说："胡说。"

那位刚做完报告，正走向座位的哲学家听了，扭头问道："谁胡说？"

"通通胡说。"

原来，大家都把王阳明的"知行合一"理解错了。

"知"不是知识、学问、观点，而是良知。王阳明说："孔子云：'吾有知乎哉？无知也。'良知之外，别无知

---

①王守仁：《王阳明全集》，中央编译出版社，2014，第1229页。
②陈荣捷：《王阳明传习录详注集评》，华东师范大学出版社，2009，第236页。

矣。"①

"知行合一",就是行为与良知合一,也就是老百姓说的:"咱说话干事儿得凭良心!"

心学不是用来空谈、研究的,一定要在"必有事"上见良知。

"今却不去'必有事'上用功,而乃悬空守着一个'勿忘、勿助',此正如烧锅煮饭,锅内不曾渍水下米,而乃专去添柴放火,不知毕竟煮出个甚么物来!吾恐火候未及调停,而锅已先破裂矣。"②

知行合一。让良知指挥我们的一言一行。

孔子说:"一日克己复礼,天下归仁焉。"颜渊请问其目,子曰:"非礼勿视,非礼勿听,非礼勿言,非礼勿动。"颜渊曰:"回虽不敏,请事斯语矣。"

对阳明心学来说,很简单,致良知。"主宰一正,则发窍于目,自无非礼之视;发窍于耳,自无非礼之听;发窍于口与四肢,自无非礼之言、动。"③

良知是我们这个社会的道德支柱。"盖日用之间,见闻酬酢,虽千头万绪,莫非良知之发窍用流行。"④

七情六欲中有良知。

先生曰:"七情顺其自然之流行,皆是良知之用,不可分别善恶,但不可有所着。七情有着,俱谓之欲,俱为良知之蔽。

①陈荣捷:《王阳明传习录详注集评》,华东师范大学出版社,2009,第143页。
②王守仁:《王阳明全集》,中央编译出版社,2014,第79页。
③同①,第220页。
④同①,第143页。

然才有着时，良知亦自会觉，觉即蔽去，复其体矣。此处能勘得破，力是简易透彻功夫。"①

"有着"即是执着。"大抵七情所感，多只是过，少不及者。才过便非心之本体，必须调停适中始得。就如父母之丧，人子岂不欲一哭便死，方快于心？然却曰'毁不灭性'。非圣人强制之也，天理本体，自有分限，不可过也。"②

声色货利中也有良知。

有人问："声色货利，恐良知亦不能无。"

先生曰："固然。但初学用功，却须扫除荡涤，勿使留积，则适然来遇，始不为累，自然顺而应之。良知只在声色货利上用功。能致得良知精精明明，毫发无蔽，则声色货利之交，无非天则流行矣。"③

良知简易明白，学问反而成了障碍。阳明尝曰："吾居龙场时，夷人言语不通，所可与言者中土亡命之流。与论知行之说，更无抽搐。久之，并夷人亦欣欣相向。及出与士夫言，反多纷纷同异，拍挌不入。学问最怕有意见的人，只患闻见不多。良知闻见益多，覆蔽益重。反不曾读书的人，更容易与他说得。"④

王阳明反复叮嘱：

"工夫只是简易真切。愈真切愈简易，愈简易愈真切。"⑤

非行仁义，由仁义行，不假思索，当下即是——这才是"知

①陈荣捷：《王阳明传习录详注集评》，华东师范大学出版社，2009，第204页。
②同上书，第49页。
③同上书，第225页。
④同上书，第238页。
⑤同上书，第290页。

行合一"。

22

有人担心，良知君子容易上当，"人情机诈百出，御之以不疑，往往为所欺"，如何才能"不逆、不忆而先觉"[①]？

王阳明说，一有求先觉之心，已足以自蔽其良知矣，此背觉合诈之所以未免也。

"君子学以为己，未尝虞人之欺己也，恒不自欺其良知而已。是故不欺则良知无所伪而诚，诚则明矣。自信则良知无所惑而明，明则诚矣。明、诚相生，是故良知常觉常照。常觉常照则如明镜之悬，而物之来者自不能遁其妍媸矣。"[②]

如此，可以做到子思所谓"至诚如神，可以前知"者也。并且，不是前知，而是无所不知，不是如神，而是出神入化。

阳明胸中，常有神鬼不测之机。平田州时，招降山寇。连贼首也害怕，窃议曰："王公素多诈，恐绐我。"

王阳明说："谈兵皆曰：'兵，诡道也，全以阴谋取胜。'不知阴非我能谋，人不见，人目不能窥见我谋也，盖有握算于未战者矣。孙子开口便说'校之以计而索其情'，此中校量计画，有多少神明妙用在，所谓'因利制权'，'不可先传'者也。"[③]

章太炎说："今勿论文成行事视伯者何若，其遣冀元亨为间

---

① 仿自《论语·宪问》："子曰：'不逆诈，不亿不信，抑亦先觉者，是贤乎！'"
② 陈荣捷：《王阳明传习录详注集评》，华东师范大学出版社，2009，第146页。
③ 王守仁：《王阳明全集》，红旗出版社，1996，第1147页。

谍，以知宸濠反状，安在其不尚阴谋也？"①

权谋也是良知妙用。

"苏秦、张仪之智，也是圣人之资。后世事业文章，许多豪杰名家，只是学得仪、秦故智。仪、秦学术，善揣摸人情，无一些不中人肯綮，故其说不能穷。仪、秦亦是窥见得良知妙用处。但用之于不善尔。"②

阳明云："良知即是易"，"不可为典要，唯变所适。此知如何捉摸得？见得透时便是圣人"。③

世事洞明皆学问，人情练达即文章。良知之用，无往非道。冯梦龙《智囊·术智》中讲了一个故事：

王龙溪妙年任侠，落魄不羁，日日在酒肆博场中。每见方巾中衣往来讲学者，窃骂之。居与阳明邻。阳明亟欲一会，不能也。

阳明却，日令门弟子六博投壶，歌呼饮酒。

久之，密遣一弟子目间龙溪，随至酒肆家，索与共赌。龙溪笑曰："腐儒亦能博乎？"曰："吾师门下，日日如此。"

龙溪乃大惊，求见阳明，一睹眉宇，便称弟子。

23

《金刚经》中，佛告须菩提，诸恒河所有沙数佛世界国土中，"所有众生，若干种心，如来悉知"。

①王守仁：《王阳明全集》，红旗出版社，1996，第836页。
②陈荣捷：《王阳明传习录详注集评》，华东师范大学出版社，2009，第209页。
③同上书，第229页。

佛陀心如太虚，众生种种凡情俗念，不过万里晴空中的一点白云而已。

王阳明云：

"良知之在人心，则万古如一日。苟顺吾心之良知以致之，则所谓'不知足而为屦，我知其不为蒉矣'。"①

24

一日，市中哄而诟。

甲曰："尔无天理。"乙曰："尔无天理。"甲曰："尔欺心。"乙曰："尔欺心。"

先生闻之，呼弟子，曰："听之，夫夫哼哼讲学也。"

弟子曰："诟也，焉学？"

曰："汝不闻乎？曰'天理'，曰'心'，非讲学而何？"

曰："既学矣，焉诟？"

曰："夫夫也，惟知责诸人，不知及诸己故也。"②

天理，人人都懂；良心，人人都有。可以说，阳明心学，不用教，不用学，天生就会。

问题就出在两个道德标准，一个是对人的，一个是对己的。小到夫妻之间、邻里之间，大到民族之间、国家之间，所有的争吵、斗争，乃至战争，都是因此而起。

一友常易动气责人，阳明警之曰："学须反己。若徒责

① 王守仁：《王阳明全集》，红旗出版社，1996，第446页。
② 陈荣捷：《王阳明传习录详注集评》，华东师范大学出版社，2009，第236页。

人，只见得人不是，不见自己非；若能反己，方见自己有许多未尽处，奚暇责人？"[1]

心学、禅学，都是在修"无我"。王阳明说："人生大病，只是一'傲'字。为子而傲必不孝，为臣而傲必不忠，为父而傲必不慈，为友而傲必不信。故象与丹朱俱不肖，亦只一傲字，便结果了此生。诸君常要体此人心本是天然之理，精精明明，无纤介染着，只是一'无我'而已。胸中切不可有，有即傲也。古先圣人许多好处，也只是'无我'而已，无我自能谦。谦者众善之基，傲者众恶之魁。"[2]

弟子争论朱熹、陆象山孰是孰非。王阳明在给周道通的信中说：

"愿道通遍以告于同志，各自且论自己是非，莫论朱、陆是非也。以言语谤人，其谤浅，若自己不能身体实践，而徒入耳出口，咬咬度日，是以身谤也，其谤深矣。"

至于天下之人对自己的议论，"苟能取以为善，皆是砥砺切磋我也"，"昔人谓'攻吾之短者是吾师'，师又可恶乎？"[3]

25

致良知，正是为天地立心，为生民立命，为往圣继绝学，为万世开太平。

正德十二年，王阳明受命巡抚南赣、汀、漳等处。

---

[1]王守仁：《王阳明全集》，中央编译出版社，2014，第96页。
[2]同上书，第118页。
[3]同上书，第57页。

王阳明告谕山贼："尔等今虽从恶，其始同是朝廷赤子。"又订《南赣乡约》，以新其民，息讼罢争，讲信修睦，务为良善之民，共成仁厚之俗：

"呜呼！人虽至愚，责人则明；虽有聪明，责己则昏。尔等父老子弟毋念新民之旧恶而不与其善，彼一念而善，即善人矣；毋自恃为良民而不修其身，尔一念而恶，即恶人矣。人之善恶，由于一念之间，尔等慎思吾言，毋忽！"[①]

在给聂文蔚的信中，王阳明推心置腹，谈自己高扬良知之学的目的，在于实现天下大同——

夫人者，天地之心，天地万物，本吾一体者也。生民之困苦荼毒，孰非疾痛之切于吾身者乎？不知吾身之疾痛，无是非之心者也。是非之心，不虑而知，不学而能，所谓良知也。良知之在人心，无间于圣愚，天下古今之所同也。世之君子，惟务致其良知，则自能公是非，同好恶，视人犹己，视国犹家，而以天地万物为一体，求天下无治，不可得矣。

……

仆诚赖天之灵，偶有见于良知之学，以为必由此而后天下可得而治。是以每念斯民之陷溺，则为戚然痛心，忘其身之不肖，而思以此救之，亦不自知其量者。天下之人见其若是，遂相与非笑而诋斥之，以为是病狂丧心之人耳。呜呼！是奚足恤哉！

……

----

① 王守仁：《王阳明全集》，中央编译出版社，2014，第552页。

今诚得豪杰同志之士，扶持匡翼，共明良知之学于天下，使天下之人皆知自致其良知，以相安相养，去其自私自利之蔽，一洗谗妒胜忿之习，以济于大同，则仆之狂病固将眊然以愈，而终免于丧心之患矣，岂不快哉！①

---

① 王守仁：《王阳明全集》，中央编译出版社，2014，第75页。

黄帝的玄珠

庄子在《天地》篇中说："黄帝游乎赤水之北，登乎昆仑之丘而南望，还归，遗其玄珠。"

"赤水"，血也。"赤水之北"乃心之"北"。"北"，背离。《逍遥游》讲"北冥有鱼"，《知北游》云"知北游于玄水之上"，都是指背离了人心。"昆仑之丘"即大脑，玄珠乃人的本心本性。

庄子的时代，天下已经不可收拾。"诸侯暴乱，擅相攘伐，以残民人，礼乐不节，财用穷匮，人伦不饬"（《渔父》）；"殊死者相枕也，桁杨者相推也，形戮者相望也"（《在宥》）；"死者以国量乎泽若蕉，民其无如矣"（《人间世》）！

孔子口不离尧、舜、文、武，老子讲帝王南面君人之术，都寄希望于圣人出现。庄子说，就连黄帝这样的圣人早就已经迷真丧道了！当下第一要务，是帮黄帝找到这个丢失的"玄珠"。

"使知索之而不得，使离朱索之而不得，使吃诟索之而不得也。乃使象罔，象罔得之。黄帝曰：'异哉！象罔乃可以得之乎？'"

象罔，道也。《老子》云："道之为物，惟恍惟惚。惚兮恍兮，其中有象；恍兮惚兮，其中有物。"无心而合道者，方能得之。

庄子之于老子，可谓薪火相传，心意合一，个性却处处相反。老子渊默抱一，庄子自由翱翔。老子从"道生一"谈起；庄子却在差别万象的分分合合中寻求"道通为一"。老子说"道隐无名"，"信言不美，美言不信"；庄子说"道隐于小成，言隐于荣华"，不怕不知"道"，就怕入"小道"，他要借助华美酣畅、汪洋恣肆的文字把"大道"揭示出来。

庄子称自己的著作"寓言十九，重言十七，卮言日出，和以天倪，因以曼衍"。"寓言十九"者，"亲父不为其子媒。亲父誉之，不若非其父者也"，故借外人之口言之。"重言十七"者，借德高望重之先人言之。"卮言"者，无心之言也。郭象说："自然有分，而是非无主，则曼衍矣。付之与物，而就用其言，则彼此是非，居然自齐。"所谓善恶尔我，每天众说纷纭，争来吵去，孰是孰非？言者表物，如何达意？况且，"万物皆种也，以不同形相禅，始卒若环，莫得其伦"，世间万象，互为因果，裁割不断，回环往复，无始无终，如同制陶之轮，是谓"天均"。天均就是天倪，因循万有，接物无心。"非卮言日出，和以天倪，孰得其久？"

现存《庄子》共三十三篇。普遍认为，其中内篇七篇，为庄子本人所著；外篇十五篇，杂篇十一篇，为其弟子、后人编纂。

逍遥游

我们从著名的《逍遥游》开始，帮助黄帝寻找"玄珠"。老子说："治大国若烹小鲜。"庄子就从一条"小鱼"说起。

"北冥有鱼，其名为鲲。鲲之大，不知其几千里也。化而为鸟，其名为鹏。鹏之背，不知其几千里也；怒而飞，其翼若垂天之云。是鸟也，海运则将徙于南冥。南冥者，天池也。"

"北冥"，北冰洋，位于"穷发"之北，司马彪云："北极之下无毛之地也。"东方朔《十洲记》云："水黑色，谓之冥海"，"冥海无风，而洪波百丈"。"北冥"，象征人与生俱来的自私、封闭的内心世界。

"鲲"即鱼卵。段玉裁说："鱼子未生者曰鲲。"成玄英说："巨海之内，有此大鱼，欲明物性自然，故标为章首。"人性天生有自私的一面，佛家称此为"无始无明"。

成玄英说："北是幽冥之域，水又幽昧之方，隐则深远难知，玄则郁然可见。"人的天生无明，藏在心底，含而不露。一旦私欲膨胀，能够兴风作浪，翻江倒海。

"鲲之大，不知其几千里也。化而为鸟，其名为鹏。鹏之背，不知其几千里也。"

俗话说"大而化之"，大则能化，能化则大。"庄周化蝶，蝶化庄周"，庄子是进入"化"境的人。中国哲学中最伟大的智慧，就在这个"化"上。化险为夷，化敌为友……《易经》说，"观乎人文，以化成天下"，"穷神知化，德之盛也"。《知北游》中说："臭腐复化为神奇，神奇复化为臭腐。故曰'通天下一气耳'，圣人故贵一。"只有心冥于道的圣人，才有

"化"的精神力量。成玄英说："故化鱼为鸟，欲明变化之大理也。"

鲲化为鹏，象征人心灵的超越。他从阴暗寒冷的自我中解放出来，抟扶摇而上者九万里，直抵阳光明媚之处，心胸无限开阔。

"欲穷千里目，更上一层楼"，"会当凌绝顶，一览众山小"，都是讲自我的超越。庞居士问马祖道一："不与万法为侣者是什么人？"超凡脱俗之人，成佛之人。马祖说："等你一口吸尽西江水就告诉你。"只有大海才能一口吸尽长江水。云门文偃禅师的"云门三句"，第一句就是"涵盖乾坤"，指的就是人的精神境界。陆象山说："吾心即是宇宙，宇宙即是吾心"，就是此意。

庄子讲成道的第一步，就是把心灵敞开，拥有天空一样的胸怀。

"是鸟也，海运则将徙于南冥。"

成玄英说："鸟是凌虚之物，南即启明之方；鱼乃滞溺之虫，北盖幽冥之地；欲表向明背暗，舍滞求进，故举南北鸟鱼以示为道之经耳。"

大鹏乘风而行，奔向光明温暖的南方。"去以六月息者也。"人以一呼吸为一息。六月息又与海运相照。天地之气相遇如呼吸，故云"息"。周之六月，现在的四月，阳气升腾。

"野马也，尘埃也，生物之以息相吹也。天之苍苍，其正色邪？其远而无所至极邪？其视下也，亦若是则已矣。"生物之以息相吹，人间是非、起灭、生死、去来，浑然一气耳！整个宇宙就是"浑然一气"耳。

从地上仰望天空，苍苍莽莽，是为"象罔"。"象罔"即

"道"。原以为道高高在上，遥不可及。心灵升腾于天，抵达最高境界，背负青天往下看，原来道在人间，道在身边万物之中。《知北游》中，东郭子问于庄子曰："所谓道，恶乎在？"庄子曰："无所不在。"东郭子曰："期而后可。"庄子曰："在蝼蚁。"曰："何其下邪？"曰："在稊稗。"曰："何其愈下邪？"曰："在瓦甓。"曰："何其愈甚邪？"曰："在屎溺。"

人人都有境界，境界的高低不同。庄子说："此小大之辩也。"

鸟有大有小，飞得有高有低，寿命有长有短，都是有限的，相对地，照佛教上说，都是有生有灭的"有为法"。

蜩与学鸠、宋荣子与列子、尧与许由，皆道之小成者。包括尧在内的"知效一官，行比一乡，德合一君，而征一国者"，乃是儒家齐家治国平天下的圣人，洋洋自得，在庄子眼里，不值一哂。宋荣子混同是非有无，尚有内外荣辱之见存。列子乘风而行，洒落世务，超脱尘垢，泠然善者，仍有所"待"。"待"就是局限。

"若夫乘天地之正，而御六气之辩，以游无穷者，彼且恶乎待哉！"

"乘天地之正"者，乘此至阴至阳变化之和气也。《易经·乾·象》曰："乾道变化，各正性命，保合太和。"《田子方》篇中云："至阴肃肃，至阳赫赫。肃肃出乎天，赫赫发乎地，两者交通成和，而物生焉。"《知北游》云："中国有人焉，非阴非阳，处于天地之间，直且为人，将反于宗。"混同阴阳，非阴非阳，乘此者为真人。

"御六气之辩"者，乾道变化，三阴三阳，而成"六气”。《易》，三阴三阳升降变化，分之为六位，演之以六爻。《象》曰：“六位时成，时乘六龙以御天。”疏言：“《乾》之为德，以依时乘驾六爻之阳气，以控御于天体。六龙，即六位之龙也。以所居上下言之，谓之六位也。阳气升降，谓之六龙也。”

天地之正者，道也，顺之而游曰“乘”；及变而为六气，则因势而动，随感而应，如御马之有控、罄、纵、送然，故曰“御”。一乘一御，顺之于道，方为“无待”，方为“以游无穷者”。《山木》篇云：“无誉无訾，一龙一蛇，与时俱化，而无肯专为；一上一下，以和为量，浮游乎万物之祖；物物而不物于物。”

《庄子》的第一篇《逍遥游》，暗藏的是儒家的根本经典《易经》的第一卦《乾卦》。

孔子说：“大哉乾元，万物资始，乃统天。”至此，我们恍然大悟！庄子说鲲鹏展翅，说蓬间小雀，说来说去，依然是讲帝王治国、君子应世之术。

“抟扶摇羊角而上者九万里，绝云气，负青天，然后图南，且适南冥”的大鹏，“腾跃而上，不过数仞而下，翱翔蓬蒿之间”的小雀，与下面“乘云气，御飞龙，而游乎四海之外”的神人，均为《乾卦》中“九五”帝王之相，只是境界不同而已。

原来，从北冥化而为鸟，海运则将徙于南冥的鲲鹏，就是“游乎赤水之北，登乎昆仑之丘而南望”的黄帝。

“以游无穷者，彼且恶乎待哉！”这是《逍遥游》乃至《庄子》的总纲。王夫之说：“逍者，向于消也，过而忘也。遥者，引而远也，不局于心知之灵也。”

无所待而游于无穷，就是《金刚经》的“应无所住而生其心"。

庄子写鲲鹏之游，写得惊天动地，下有小鸟嬉笑之，旁有列子衬托之，不知鲲鹏亦为姑射神人之陪衬者。《庄子内篇补正》云：鹏之将徙天池也，"所抟者扶摇，反衬乘天地之正；所适者南冥，反衬游四海之外；有待，反衬无待。无一不与后文针锋相对，无一不为后文设喻蓄势"。如此种种，所谓背面敷粉法也。

支道林说："夫逍遥者，明至人之心也。"至人者何？庄子说："至人无己，神人无功，圣人无名。"

《金刚经》中说："是诸众生，无复我相、人相、众生相、寿者相。无法相，亦无非法相"，就是"至人无己"；"善男子，善女人，发阿耨多罗三藐三菩提心者，当生如是心：'我应灭度一切众生。灭度一切众生已，而无有一众生实灭度者'"，就是"神人无功"；"所言法相者，如来说即非法相，是名法相"，"圣人无名"。

无名、无功、无己，自由自在，心境两适，无所游而不逍遥矣。云门文偃说："日日都是好日子。"

庄子说："藐姑射之山，有神人居焉，肌肤若冰雪，绰约若处子。不食五谷，吸风饮露。乘云气，御飞龙，而游乎四海之外。其神凝，使物不疵疠而年谷熟。"

"藐姑射"者，谓深远缥缈之所。其山也，在域内，又在方外。

"有神人居焉"，圣人无名。

"肌肤若冰雪"，喻其体纯素也。《刻意》篇云："纯素之道，惟神是守。守而勿失，与神为一。"又云："能体纯素，谓之真人。"纯素，则与神为一，一则凝矣。故"冰雪"句实为下"神凝"二字写照。

"绰约若处子。"老、庄之道贵静，故以处女喻之。老子曰："牝常以静胜牡。"皆处女所喻之意也。

"不食五谷"，"吸风饮露"，喻神人之呼吸阴阳于内也。

"乘云气，御飞龙"，正是"乘天地之正，而御六气之辩"者。乘云气，天地纯阴至阳之气；御飞龙，龙，阳精也，变化莫测者也。《庄子内篇补正》云：以飞龙应五爻而当五位。其上上九，则阳过亢；其下九四，则阳未盛。唯九五之飞龙，纯阳正盛，无过不及，所以为"神人"。所以说，《逍遥游》讲的《乾卦》。"北冥有鱼"，是"潜龙勿用"，这里是"九五，飞龙在天"。

"而游乎四海之外"，是《逍遥游》的最高境界。《徐无鬼》篇中说，黄帝将见大隗乎具茨之山，至于襄城之野，随从的七圣皆迷。适遇一牧马童子，黄帝请问为天下。小童曰："夫为天下者，亦若此而已矣，又奚事焉！予少而自游于六合之内，予适有瞀病，有长者教予曰：'若乘日之车而游于襄城之野。'今予病少痊，予又且复游于六合之外。夫为天下，亦若此而已。予又奚事焉！"

六合者，六爻也。七圣者，七日来复也。

《庄子内篇补正》云："其神凝，三字吃紧。"非游物外者，不能凝于神。然而，神游不是放飞，还要凝而为一。庄子从根本上是儒家，不是遁世，而是救世。就像大鹏，背负青天往下看，还要回到人间。《刻意》篇云："精神四达并流，无所不及：上际于天，下蟠于地，化育万物，不可为象。"《知北游》说："'其动也天，其静也地，一心定而王天下；其鬼不祟，其魂不疲，一心定而万物服。'言以虚静推于天地，通于万物，此之谓天乐。天乐者，圣人之心，以畜天下也。"

"神凝"可以使"物不疵疠而年谷熟",就是"神人无功"。

"之人也,之德也,将旁礴万物以为一,世蕲乎乱,孰弊弊焉以天下为事!"

前面所说的"野马也,尘埃也,生物之以息相吹也。天之苍苍,其正色邪?其远而无所至极邪?"就是"旁礴万物以为一",就是"心齐万物",这是第二篇《齐物论》的主题。

如果没有"涵盖乾坤"的胸怀和气量,再伟大的帝王,都只不过是与世人一样争名逐利,人类就不会从战争中、从苦难中解放出来。

"之人也,物莫之伤。大浸稽天而不溺,大旱金石流土山焦而不热。"

"大浸稽天而不溺",就是马祖道一说的"一口吸尽西江水"者。"大旱金石流土山焦而不热",清凉境,平常心。对治后面《人间世》里叶公的"内热"之病。

"是其尘垢秕糠,将犹陶铸尧舜者也,孰肯以物为事!"

在《大宗师》中,尧教育意而子"躬服仁义而明言是非"。许由说,尧这是"黥汝以仁义,而劓汝以是非矣"!意而子问:"夫无庄之失其美,据梁之失其力,黄帝之亡其知,皆在炉捶之间耳。庸讵知夫造物者之不息我黥而补我劓,使我乘成以随先生邪?"许由说:"噫!未可知也。我为汝言其大略:吾师乎!吾师乎!齑万物而不为义,泽及万世而不为仁,长于上古而不为老,覆载天地、刻雕众形而不为巧。此所游已。"

故而,"尧治天下之民,平海内之政。往见四子藐姑射之山,汾水之阳,窅然丧其天下焉"。

《逍遥游》都是讲"游",鲲在水中游,鸟在林间游,鹏在天上游,神人在六合之外游。庄子是怎么游的?

世上之人，举足荆棘遍地，抬头矢石相交，如何游？"心有天游"，"乘物游心"，"乘道德而浮游"，"上与造物者游，而下与外死生无终始者为友"，"独与天地精神往来，而不敖倪于万物，不谴是非，以与世俗处"。

惠子嘲笑他"无用"。庄子说，"无用"者，人们不知如何"用"而已。就像"不龟手之药"，有人用以当洗衣工，有人可安天下。"无用"，与前面的"无知""无功""无名"一样，都是至人之德。"今子有大树，患其无用，何不树之于无何有之乡，广莫之野，彷徨乎无为其侧，逍遥乎寝卧其下。不夭斤斧，物无害者，无所可用，安所困苦哉！"

老聃说："得至美而游乎至乐，谓之至人。"方以智的《药地炮庄》中，藏一说《逍遥游》："首言海运天池，智者乐也。后言藐姑射山，仁者寿也。"梦笔杖人说："始于鲲鹏之游，终于大树之块然极不能化者，亦能自得于无何有之乡，如神人之自神。视此，又何物不可化，以共游于未始有之天。"

《庄子》通篇都是讲"游"。王夫之说："故物论可齐，生主可养，形可忘而德充，世可入而害远，帝王可应而天下治，皆吻合于大宗以忘生死，无不可游也，无非游也。"

齐物论

"南郭子綦隐机而坐，仰天而嘘，荅焉似丧其耦。"

"丧其耦"，消除了一切二元对立。

"颜成子游立侍乎前，曰：'何居乎？形固可使如槁木，而心固可使如死灰乎？今之隐机者，非昔之隐机者也？'"

形如槁木，不动于风；心如死灰，无动于外。"心"为总干，篇中所说之情、知、言，皆根于心。

"子綦曰：'偃，不亦善乎，而问之也！今者吾丧我，汝知之乎？女闻人籁而未闻地籁，女闻地籁而未闻天籁夫！'"

要想"齐物"，首先要"无我"。每个人都有两个我，一个是心无挂碍，冥合于道的"真宰""真君"；一个是为物欲所迷惑，追逐外境，随风摇摆的"假我"。"吾丧我"，去掉假我，明心见性。

"子游曰：'敢问其方？'"

这一段文字极其优美。

"夫大块噫气，其名为风。是唯无作，作则万窍怒呺，而独不闻之翏翏乎？山陵之畏佳，大木百围之窍穴，似鼻，似口，似耳，似枅，似圈，似臼，似洼者，似污者；激者，谞者，叱者，吸者，叫者，譹者，宎者，咬者，前者唱于而随者唱喁，泠风则小和，飘风则大和，厉风济则众窍为虚。而独不见之调调、之刁刁乎？"

大风吹过森林，奏出多姿多彩的交响曲。因为风的方向、大小、高低、疾徐在不停地变化，因为树洞的形状千奇百怪。

"夫吹万不同，而使其自已也，咸其自取。"

同样的风吹过，发出千万种声音，都是因为自己的形状不同。

"大知闲闲，小知间间；大言炎炎，小言詹詹。其寐也魂交，其觉也形开，与接为构，日以心斗：缦者，窖者，密者。小恐惴惴，大恐缦缦。其发若机栝，其司是非之谓也；其留如诅盟，其守胜之谓也；其杀若秋冬，以言其日消也；其溺之所为之，不可使复之也；其厌也如缄，以言其老洫也；近死之心，莫使复阳也。喜怒哀乐，虑叹变慹，姚佚启态；乐出虚，蒸成菌。日夜相代乎前，而莫知其所萌。已乎，已乎！旦暮得此，其所由以生乎！"

世间的纷纷扰扰，就像千变万化的大风，时刻不停地刮进形形色色的洞穴。喜、怒、哀、乐、忧、思、恐，遭受各种情绪的煎熬，因为人心的弯弯曲曲，高下不齐。所以马祖说，平常心是道。

"与物相刃相靡，其行尽如驰，而莫之能止，不亦悲乎！终身役役而不见其成功，苶然疲役而不知其所归，可不哀邪！人谓之不死，奚益！其形化，其心与之然，可不谓大哀乎？人之生也，固若是芒乎？其我独芒，而人亦有不芒者乎？"

人生本来就是如此痛苦、如此苦闷、如此荒谬吗？有超越了痛苦的人吗？

"夫言非吹也，言者有言。"

风之"吹"，自外而入空穴。言语由心而出，其中先有成见，遂至辩论纷争。

"即使我与若辩矣，若胜我，我不若胜，若果是也，我果非也邪？我胜若，若不吾胜，我果是也，而果非也邪？其或是也？其或非也邪？其俱是也？其俱非也邪？我与若不能相知。则人固受其黮暗，吾谁使正之？使同乎若者正之？既与若同矣，恶能正之！使同乎我者正之？既同乎我矣，恶能正之！使异乎我与若者正之？既异乎我与若矣，恶能正之！使同乎我与若者正之？既同乎我与若矣，恶能正之！然则我与若与人俱不能相知也，而待彼也邪？"

《逍遥游》说："野马也，尘埃也，生物之以息相吹也。"人们似乎永远都在争吵。到底孰是孰非？第三人来评判，他的评判标准又是对是错？

如此复杂的世间万象，如何齐之？庄子说："一若志。"物不可齐，而心可齐。如何齐心？空。

对于人间的是是非非，除掉"成心"，即自己的固有观念，用佛教的话说，破除我执和法执。

"圣人不由，而照之于天。"

儒家也是得之于天，墨家也说得之于天，怎么办？

"开天之天。"

开天之天，就是彻底清空自己。自彼则不见，自知则知之。观人则昧，反观即明。一心反观，则得"道枢"。

"枢始得其环中，以应无穷。"

郭嵩焘云："是非两化，而道存焉，故曰道枢。握道枢以游乎环中，中，空也。是非反复，相寻无穷，若循环然。游乎空中，不为是非所役，而后可以应无穷。"

"其分也，成也；其成也，毁也。凡物无成与毁，复通为一。唯达者知通为一，为是不用而寓诸庸。庸也者，用也；用也者，通也；通也者，得也；适得而几矣。因是已。已而不知其然，谓之道。劳神明为一而不知其同也，谓之朝三。何谓朝三？狙公赋芧，曰：'朝三而暮四。'众狙皆怒。曰：'然则朝四而暮三。'众狙皆说。名实未亏而喜怒为用，亦因是也。是以圣人和之以是非而休乎天钧，是之谓两行。"

"朝三暮四"与"朝四暮三"是一样的。不一样的是猴子的看法，它们的脑筋不会"急转弯"。《德充符》篇云："自其异者视之，肝胆，楚、越也。自其同者视之，万物皆一也。"道通为一，唯达者知通为一。

开天之天，就是心超越于六合之外，就是"逍遥游"。

"至人神矣！大泽焚而不能热，河汉冱而不能寒，疾雷破山、飘风振海而不能惊。若然者，乘云气，骑日月，而游乎四海之外，死生无变于己，而况利害之端乎！"

《逍遥游》说，"至人无己"，"无己"就是永恒。《心经》说，"照见五蕴皆空"，就可以达到"不生不灭，不垢不净，不增不减"的境地，就可以"度一切苦厄"。

"罔两问景曰：'曩子行，今子止；曩子坐，今子起。何其无特操与？'景曰：'吾有待而然者邪？吾所待，又有待而然者邪？吾待蛇蚹蜩翼邪？恶识所以然！恶识所以不然！'"

《逍遥游》里，宋荣子，列子，都达到了很高的境界，但还是有所"待"。这里解释了什么叫"无待"。人生天地之间，不过是影子的影子。《金刚经》言："一切有为法，如梦幻泡影，如露亦如电，应作如是观。""无待"，就是讲缘起性空。空无自性，哪有是非？

"天地与我并生，而万物与我为一。"至人与物俱化，"死生无变于己"。生生死死，不过是一场美丽的"蝴蝶梦"：

"昔者庄周梦为胡蝶，栩栩然胡蝶也，自喻适志与！不知周也。俄然觉，则蘧蘧然周也。不知周之梦为胡蝶与，胡蝶之梦为周与？周与胡蝶，则必有分矣。此之谓物化。"

庄周化蝶而不自知，即"吾丧我"也。

养生主

《养生主》明讲养生，实为修道。

"吾生也有涯，而知也无涯。以有涯随无涯，殆已；已而为知者，殆而已矣。"

这可能是被误读最深的一段文字。郭象注云："以有限之性寻无极之知，安得而不困哉！"成玄英疏云："夫生也有限，知也无涯，是以用有限之生逐无涯之知，故形劳神疲而危殆者也。"

这样理解是荒谬的。司马迁说庄子"其学无所不窥"。庄子决不会反对"知识"，只是高度警觉知识的运用，就像在下面"庖丁解牛"一节中，他否认的是挥刀乱砍而不是锋利的刀刃。

庄子在《大宗师》中说："且有真人而后有真知。"如何才能获得真知？先成为一位真人吧！

一般人把"涯"理解为生命的尽头。其实"涯"亦作"崖"。"崖"是岸。《说文句读》："崖，岸，高边也……崖则水之边而峭高者也。"

"吾生也有涯"，是说人生就像一条大河一样，有他的轨迹，有他的两岸，有他的河道。《寓言》说："和以天倪，因以曼衍。"衍，就是河道。

如果追逐"知"，追逐外在的诱惑，就会像决堤的洪水一样，一发而不可收。《齐物论》中，"大知闲闲，小知间间"，人间混乱与灾难，就是"知"引起的。

"为善无近名，为恶无近刑。缘督以为经，可以保身，可以全生，可以养亲，可以尽年。"

善与恶，名与刑，都是修道者的高崖，千万不要用你的小聪黠慧去碰它们。

"督"，督脉也。王船山云："奇经八脉，以任督主呼吸之息。身前之中脉曰任，身后之中脉曰督。督者，居静而不倚于左右，有脉之位而无形质。缘督者，以清微纤妙之气，循虚而行，止于所不可行，而行自顺，以适得其中。"贤圣之心，从容中道，合天理之自然而已。

"庖丁为文惠君解牛，手之所触，肩之所倚，足之所履，膝之所踦，砉然向然，奏刀騞然，莫不中音，合于《桑林》之舞，乃中《经首》之会。文惠君曰：'嘻，善哉！技盖至此乎？'庖丁释刀对曰：'臣之所好者，道也，进乎技矣。始臣之解牛之时，所见无非全牛者。三年之后，未尝见全牛也。方今之时，臣以神遇而不以目视，官知止而神欲行。依乎天理，批大郤，导大窾，因其固然。技经肯綮之未尝，而况大軱乎！良庖岁更刀，割也；族庖月更刀，折也。今臣之刀十九年矣，所解数千牛矣，而刀刃若新发于硎。彼节者有间，而刀刃者无厚。以无厚入有间，恢恢乎其于游刃必有余地矣，是以十九年而刀刃若新发于硎。虽然，每至于族，吾见其难为，怵然为戒，视为止，行为迟，动刀甚微，謋然已解，如土委地。提刀而立，为之四顾，为之踌躇满志，善刀而藏之。'文惠君曰：'善哉！吾闻庖丁之言，得养生焉。'"

十为阴之极，九为阳之极，修道十九年，尽阴阳之数，其间经历了"三重境界"：第一重，所见者无非全牛，道之全也；第二重，未尝见全牛也，为道之反；第三重，在盘根错节之中看见了虚静的空间，道之欲行也。

"以神遇而不以目视，官知止而神欲行。"官知止，即不以生随知也。官知不止，则足以撄心而乱神。"依夫天理"，"因其固然"，知止守分，不荡于外，才能从手放意，神欲而行，"以无厚入有间，恢恢乎其于游刃必有余地矣"。每至交错之处，怵惕戒慎，专视徐手，此儒家之慎独功夫。

"善刀而藏之。"善用善藏，是大道真诠，养生妙旨。

只是庄子谈养生，为什么要借用血淋淋的杀戮场面呢？杀戮的过程，又是一场伴随着美妙音乐的舞蹈。

这种荒诞充满全文。庖丁以全牛为有间，右师以独脚为全天。泽雉优游自得，却身处樊笼之中。文章以"养生"为名，却以悼亡结尾。死去的，正是伟大的得道者，老聃。

"老聃死，秦失吊之，三号而出。弟子曰：'非夫子之友邪？'曰：'然。''然则吊焉若此，可乎？'曰：'然。始也吾以为其人也，而今非也。向吾入而吊焉，有老者哭之，如哭其子；少者哭之，如哭其母。彼其所以会之，必有不蕲言而言，不蕲哭而哭者。是遁天倍情，忘其所受，古者谓之遁天之刑。适来，夫子时也；适去，夫子顺也。安时而处顺，哀乐不能入也，古者谓是帝之县解。'"

前面说过，"为善无近名，为恶无近刑"，这里对老子有所批评，为善近名。被砍掉一只脚的右师，是为恶近刑。

人之生，时也；人之死，顺也。安时处顺，无悲无喜，得大自在，佛教名为"涅槃"，庄子称之为"县解"。为生死所系者为"县"，无死无生者"县解"也。

薪烧完了，火传下去。试想每个人身上都有一点光明，此是何物？

人间世

这篇为什么叫《人间世》？主题在最后一段。

"孔子适楚，楚狂接舆游其门曰：'凤兮凤兮，何如德之衰也！来世不可待，往世不可追也。天下有道，圣人成焉；天下无道，圣人生焉。方今之时，仅免刑焉。福轻乎羽，莫之知载；祸重乎地，莫之知避。已乎已乎，临人以德！殆乎殆乎，画地而趋！迷阳迷阳，无伤吾行！吾行郤曲，无伤吾足！'"

人世有三，往世、来世、方今之世。来世不可待，往世不可迫，方今之时，仅免刑焉。身处乱世，如何行道？

颜回听说卫国的国君"其年壮，其行独"，轻用其国，轻用民死，想起了老师的教诲，"治国去之，乱国就之，医门多疾"，便要去卫国，用仁义道德教化这个年轻的暴君，救民于水火之中。孔子说，"德荡乎名，知出乎争。名也者，相札也；知也者，争之器也。二者凶器，非所以尽行也"。"名"和"知"都是凶器，用你之"善"去暴人之"恶"，是以火救火，以水救水，闹不好，落个桀杀关龙逢，纣杀王子比干的下场。这里，我们明白了《养生主》为什么说"为善无近名，为恶无近刑"了。

孔子说，先存诸己，而后存诸人。今颜回心未安定，是非喜怒，勃战胸中，欲谏暴君！此行未可也。

孔子说，唯有心斋（齐）。"若一志，无听之以耳而听之以心，无听之以心而听之以气。听止于耳，心止于符。气也者，虚而待物者也。唯道集虚。虚者，心斋也。"

"心斋"，心齐万物，前面《齐物论》的主题。

庄子之修道次第，堪比佛法。孔子之教颜回者，乃耳根圆通法门。《内篇补正》云："无听之以耳而听之以心"者，即观音闻所闻尽也；"无听之以心而听之以气"者，即觉所觉空也，觉属心故也。气充虚空，无乎不偏，圆之义也。心符于气，即空觉极圆也。

孔子说："绝迹易，无行地难。为人使易以伪，为天使难以伪。闻以有翼飞者矣，未闻以无翼飞者也；闻以有知知者矣，未闻以无知知者也。瞻彼阕者，虚室生白，吉祥止止。夫且不止，是之谓坐驰。夫徇耳目内通而外于心知，鬼神将来舍，而况人乎！是万物之化也，禹、舜之纽也，伏羲、几蘧之所行终，而况散焉者乎！"

司马彪云："室比喻心。""坐驰"，心猿意马。"徇耳目内通而外于心知"，《心经》所谓"无眼耳鼻舌身意"，反观自心。

心能空白，大放光明，《在宥》说"吾与日月争光"。圣人的道德力量就像黑夜里面的一盏明灯，鬼神万物都会感化。禹、舜、伏羲、几蘧都是如此处世的。《华严经》中，佛陀得道，大放光明，三千大千世界的诸佛菩萨，天王龙王，各路神仙，都来拜见赞叹。佛陀一言不发，百万言的经偈都是这些大菩萨的颂词。

孔、颜问答，致齐虚心以应世也。下面，孔、叶问答，安命养心以应世也；颜、蘧问答，正身和心以应世也。最后，接舆却曲其行，以避世也。

叶公子高说："今吾朝受命而夕饮冰，我其内热与！"孔子告诉他，修道之要，在于事心。"乘物以游心，托不得已以养中"，养自心不动之中。内心如如不动，不将不迎，物来顺应。

有支离疏者，颐隐于脐，肩高于顶，会撮指天，五管在上，两髀为胁。以替人缝补衣服，簸米晒糠为生。战争用不到他，劳役用不上他，赈灾救贫时总是有他。庄子说："夫支离其形者，犹足以养其身，终其天年，又况支离其德者乎！"

"支离其德者"，修道而忘道，怀德而忘德，"善刀而藏之"。

"支离其形"，足以养身，回应的《养生主》。"支离其德"，是下一篇《德充符》的主题。

德充符

　　现在，有六位心灵导师相继登场。庄子让大家见识一下，这些在方外逍遥的"至人"，是如何在人间世行道，治理天下的。不过，和前面的右师、支离疏一样，这些高人的身体，都是支离破碎、残缺不全的。丑相就是妙相。在《大宗师》中，孔子说，这些形形色色的"畸人"，畸于人而侔于天，故曰："天之小人，人之君子；人之君子，天之小人也。"

　　第一位是教育民众的。兀者王骀，"立不教，坐不议"，行不言之教，而听众无形而心成，"虚而往，实而归"，从之游者，与孔夫子中分鲁。常季想不明白，咨询孔子。孔子说，这是一位圣人，"丘将以为师，而况不若丘者乎！奚假鲁国，丘将引天下而与从之"！

　　齐物之人，守心不动。"死生亦大矣，而不得与之变；虽天地覆坠，亦将不与之遗。审乎无假而不与物迁，命物之化而守其宗也。"

　　齐物之人，无得无失。"不知耳目之所宜，而游心乎德之和；物视其所一而不见其所丧，视丧其足犹遗土也。"

　　齐物之人，洞见本心。"以其知得其心，以其心得其常心。"

　　人们喜欢他，亲近他，因为他心如止水，清净如镜，"人莫鉴于流水而鉴于止水。唯止能止众止。受命于地，唯松柏独也正，在冬夏青青；受命于天，唯尧、舜独也正，在万物之首。幸能正生，以正众生"。王骀心含天地，胸怀万物，形骸耳目不过是寄寓，心中的智慧照耀四方，人们怎能不追随他呢！

　　第二位导师是教育执政的。兀者申徒嘉，与历史上著名的郑国政治家子产同师于伯昏无人。子产禁止这个残疾人与自己同行。

申徒嘉说："鉴明而尘垢不止，止则不明也。"人心如镜，自净其意。

申徒嘉说，生活在这个世界上，就像游于羿之彀中，每个人都有中箭的可能，只不过我的命不好罢了。知无可奈何，而安之若命，唯有德者能之。我跟着先生学了十九年了，从没想到自己身体的残疾，"今子与我游于形骸之内，而子索我于形骸之外，不亦过乎"！子产蹴然改容更貌："您别说了！"

第三位导师是教育圣人的。鲁有兀者叔山无趾，脚跟跳着来见孔子。孔子说："你不小心，犯罪成了这个样子。虽今来，晚了啊！"无趾说："今天我来，是因为有比脚更重要的东西存在。天无不覆，地无不载，我以夫子为天地，安知夫子之犹若是也！"孔子赶快道歉，并劝告弟子："弟子勉之！夫无趾，兀者也，犹务学以复补前行之恶，而况全德之人乎！"无趾对老聃说："孔丘还没达到'至人'的境界，以学者自居，他那些奇奇怪怪的词汇，不知道至人把这些当作桎梏啊？"老聃说："何不帮助他以死生为一条，以可不可为一贯者，解其桎梏，其可乎？"无趾说："天刑之，安可解！"兀者们不过是受了人刑，孔子则是受了天刑。

后三位是教育国君的。

鲁哀公为《左传》记载鲁国十二公中最后一位，名将，内有"三桓"把持朝政，外有吴、越、齐交相侵逼，最后死在越国，所以也有"出公"之称号。他与孔子关系很好，孔子死，他写了悼词。鲁哀公曾问孔子："寡人生于深宫之中，长于妇人之手，寡人未尝知哀也，未尝知忧也，未尝知劳也，未尝知惧也，未尝知危也。"孔子说："君出鲁之四门以望鲁四郊，亡国之虚则必有数盖焉，君以此思惧，则惧将焉而不至矣！且丘闻之，君者，舟也；庶人者，水也。水则载舟，水则覆舟，君以此思危，则危将焉而不至矣！"

卫国有个丑八怪哀骀它，从未听说有什么倡导，常与人相和而已矣，也就是说，没有善恶是非的概念。帅哥见了，思而不能去。美女见了，请于父母说："与为人妻，宁为夫子妾。"有十几位美女呢！

鲁哀公听说了，招来一看，果然奇丑无比。相处不到一月，感觉到魅力了，不到一年，相请他为宰相。哀骀它淡淡的，无应也无辞。哀公授之以国。没多久，悄然而去。哀公整天所有所失，闷闷不乐，问孔子："是何人者也？"孔子说："哀骀它未言而信，无功而亲，使人授己国，唯恐其不受也，是必才全而德不形者也。"

"何谓才全？"

仲尼说："死生、存亡、穷达、贫富、贤与不肖、毁誉、饥渴、寒暑，是事之变，命之行也。日夜相代乎前，而知不能规乎其始者也。故不足以滑和，不可入于灵府。使之和豫，通而不失于兑。使日夜无郤，而与物为春，是接而生时于心者也。是之谓才全。"

"故不足以滑和，不可入于灵府"，无相，无念，无住，尘世的纷纷扰扰，不能进入心灵。内心冲和喜悦，待人接物，如春风拂面。

"何谓德不形？"

德不形，和光同尘。孔子说，心如水平，内保之而外不荡，"德者，成和之修也。德不形者，物不能离也"。

哀公说，以前认为自己已是明君了，今吾闻至人之言，差距还很大。"吾与孔丘，非君臣也，德友而已矣！"

卫灵公在历史上因搞同性恋而著名。孔子说："吾未见好德如好色者也。"说的就是卫灵公。

卫灵公的一位"同志"叫弥子瑕。有一次，弥子瑕陪伴卫灵公游园，桃子初熟。弥子瑕摘下一只，吃了一口，顺手递给了灵公。灵公几口便将桃子吃完，说："爱我哉！忘其口味，以啖寡人。"

卫灵公同样喜欢女人。夫人南子，原是宋国的美人，少女时就和公子朝偷情。嫁给了卫灵公，仍暗中和公子朝搞"异国恋"，被捉奸在床。卫灵公不但不生气，反倒爱上了公子朝，三人一起玩双性游戏。南子和公子朝经过一番密谋，发动政变，把卫灵公赶出了卫国，从此鸠占鹊巢。不久，卫灵公打了回来。公子朝带着南子"私奔"到了晋国。卫灵公十分想念，让他们快快回来。三人左拥右抱，恩爱如初。

卫国国君的脾气都不好。《人间世》中，颜回要去见卫君，孔子赶忙拦住了他，不行，你的修为远远不够。又有颜阖将任卫灵公大子的老师，吓得不知所措，"与之为无方，则危吾国，与之为有方，则危吾身"。蘧伯玉说，与之相处，千万不要像怒其臂以当车辙的螳螂，要像饲养老虎，要像服侍烈马，尽管如此，一不小心，仍会被毁首碎胸。可不慎邪！

有一位腿瘸、佝偻、无唇的丑八怪，不知道给卫灵公说了什么，灵公很高兴，以后看见正常人，都嫌大家脖子细长。

无独有偶，有个脖子长大瘿的人与雄霸天下的齐桓公谈了话，桓公看见正常人，都嫌大家脖子细长。

"德充"者，"游心于德之和"者也。"故德有所长，而形有所忘"，无我者，可以外生死，可以见独，可以坐忘。与道一体者，其德自生，其德自符。故有"德充符"也。与德相符的，不是自己的形貌，而是众人的心。

至人"有人之形，无人之情"。有人之形，可与人同群；无人之情，是非不得于身。作为人，是渺小的，其心灵是伟大的，独成其天！

在最后一节，庄子把惠子好好教训了一顿。惠子想不通："既谓之人，恶得无情？"庄子说："道与之貌，天与之形，无以好恶内伤其身。今子外乎子之神，劳乎子之精，倚树而吟，据槁梧而瞑。天选子之形，子以坚白鸣！"

大宗师

要想成为圣王，得先成为"真人"。要想获得真知，得先成为"真人"。

何为真人？何为道？道如何得？这三个问题，答案在《大宗师》里面。

何为大宗师？郭象说："虽天地之大，万物之富，其所宗而师者，无心也。"

何谓真人？无心之人，方为真人。请看：

古之真人，不逆寡，不雄成，不谟士。若然者，过而弗悔，当而不自得也。若然者，登高不栗，入水不濡，入火不热。是知之能登假于道者也若此。

古之真人，其寝不梦，其觉无忧，其食不甘，其息深深。真人之息以踵，众人之息以喉。屈服者，其嗌言若哇。其耆欲深者，其天机浅。

古之真人，不知说生，不知恶死；其出不䜣，其入不距；翛然而往，翛然而来而已矣。不忘其所始，不求其所终；受而喜之，忘而复之，是之谓不以心捐道，不以人助天。是之谓真人。若然者，其心志，其容寂，其颡頯凄然似秋，暖然似春，喜怒通四时，与物有宜而莫知其极。故圣人之用兵也，亡国而不失人心；利泽施乎万世，不为爱人。故乐通物，非圣人也；有亲，非仁也；天时，非贤也；利害不通，非君子也；行名失己，非士也；亡身不真，非役人也。若狐不偕、务光、伯夷、叔齐、箕子、胥余、纪他、申徒狄，是役人之役，适人之适，而不自适其适者也。

古之真人，其状义而不朋，若不足而不承；与乎其觚而不坚也，张乎其虚而不华也；邴邴乎其似喜乎！崔乎其不得已乎！滀乎进我色也，与乎止我德也；厉乎其似世乎！警乎其未可制也；连乎其似好闭也，悗乎忘其言也。以刑为体，以礼为翼，以知为时，以德为循。以刑为体者，绰乎其杀也；以礼为翼者，所以行于世也；以知为时者，不得已于事也；以德为循者，言其与有足者至于丘也；而人真以为勤行者也。故其好之也一，其弗好之也一。其一也一，其不一也一。其一与天为徒，其不一与人为徒。天与人不相胜也，是之谓真人。

何为道？

夫道，有情有信，无为无形；可传而不可受，可得而不可见；自本自根，未有天地，自古以固存；神鬼神帝，生天生地；在太极之先而不为高，在六极之下而不为深，先天

地生而不为久，长于上古而不为老。狶韦氏得之，以挈天
地；伏戏氏得之，以袭气母；维斗得之，终古不忒；日月
得之，终古不息；勘坏得之，以袭昆仑；冯夷得之，以游大
川；肩吾得之，以处大山；黄帝得之，以登云天；颛顼得
之，以处玄宫；禺强得之，立乎北极；西王母得之，坐乎少
广，莫知其始，莫知其终；彭祖得之，上及有虞，下及及五
伯；傅说得之，以相武丁，奄有天下，乘东维、骑箕尾而比
于列星。

南伯子葵问女偶："怎么保养的？偌大年纪，有少年的容
颜！""我得道了。""道可得学邪？"

女偶说："恶！恶可！子非其人也。夫卜梁倚有圣人之才而
无圣人之道，我有圣人之道而无圣人之才，吾欲以教之，庶几其
果为圣人乎！不然，以圣人之道告圣人之才，亦易矣。吾犹守而
告之，参日而后能外天下；已外天下矣，吾又守之，七日而后能
外物；已外物矣，吾又守之，九日而后能外生；已外生矣，而
能朝彻；朝彻，而后能见独；见独，而后能无古今；无古今，而
后能入于不死不生。杀生者不死，生生者不生。其为物，无不将
也，无不迎也；无不毁也，无不成也。其名为撄宁。撄宁也者，
撄而后成者也。"

道不可学，和老僧坐禅一样，九年面壁，一朝顿悟，叫作
"朝彻"。成玄英说："朝，旦也。彻，明也。死生一观，物我
兼忘，惠照豁然，如朝阳初启，故谓之朝彻也。"

觉者的精神世界，叫作"撄宁"。郭象说："夫与物冥
者，物撄亦撄，而未始不宁也。"成玄英说："撄，扰动也。
宁，寂静也。夫圣人慈惠，道济苍生，妙本无名，随物立称，动

而常寂，虽撄而宁者也。"

南伯子葵问："子独恶乎闻之？"女偊说："闻诸副墨之子，副墨之子闻诸洛诵之孙，洛诵之孙闻之瞻明，瞻明闻之聂许，聂许闻之需役，需役闻之于讴，于讴闻之玄冥，玄冥闻之参寥，参寥闻之疑始。"

道，不可说，不可说，文字的儿子、语言的孙子、独觉、喃喃自语、歌唱、沉默等，一直追到了"参寥"。成玄英说："参，三也。寥，绝也。一者绝有，二者绝无，三者非有非无，故谓之三绝也。夫玄冥之境，虽妙未极，故至乎三绝，方造重玄也。"最后是"疑始"，如同《华严经》所说一发心即成佛。

以心印心才是最高境界。

如果说，"佛祖拈花，伽叶微笑"的美丽传说，源自《庄子》，肯定会遭非议。但《大宗师》里面，确实有很多"相视一笑"，非常地道的"祖师禅"。

子祀、子舆、子犁、子来四人相与语，曰："孰能以无为首，以生为脊，以死为尻，孰知生死存亡之一体者，吾与之友矣。"四人相视而笑，莫逆于心，遂相与为友。

此四人，乃是与道合一者。

俄而子舆有病，子祀往问之。子舆说，病，没什么可担心的，假如我的左臂化为鸡，我就等待它打鸣；假如右臂化为弹弓，我就等待打下一个大鸟烤吃了；假如以腿为轮，以神为马，我乘上就走，连司机都省了。这就是"安时而处顺，哀乐不能入也，此古之所谓县解也"！

俄而子来有病，喘喘然将死。其妻子环而泣之。子犁去探病，把其妻子骂了一顿。子来说："夫大块以载我以形，劳我以生，佚我以老，息我以死。故善吾生者，乃所以善吾死也"；

"今一以天地为大炉，以造化为大冶，恶乎往而不可哉"！

子桑户、孟子反、子琴张，三人相与友，曰："孰能相与于无相与，相与于无相为？孰能登天游雾，挑挑无极；相忘以生，无所终穷？"三人相视而笑，莫逆于心，遂相与友。

这三人，是逍遥游者。

没多久，子桑户死。孔子使子贡吊丧。众友或编曲，或鼓琴，相和而歌曰："嗟来桑户乎！嗟来桑户乎！而已反其真，而我犹为人猗！"子贡很不理解："敢问临尸而歌，礼乎？"二人相视而笑曰："这个人怎知什么是礼！"

以死为反，则以生为亡。以死为真，则以生为假。

孔子说："彼，游方之外者也，而丘，游方之内者也。外内不相及，而丘使女往吊之，丘则陋矣！彼方且与造物者为人，而游乎天地之一气。彼以生为附赘县疣，以死为决疣溃痈。夫若然者，又恶知死生先后之所在！假于异物，托于同体；忘其肝胆，遗其耳目；反复终始，不知端倪；茫然彷徨乎尘垢之外，逍遥乎无为之业。彼又恶能愦愦然为世俗之礼，以观众人之耳目哉！"

孔丘，天之戮民也。"鱼相造乎水，人相造乎道。相造乎水者，穿池而养给；相造乎道者，无事而生定。故曰：鱼相忘乎江湖，人相忘乎道术。"

在庄子的行文中，吊诡又一次出现了。颜回终于得道了，而得道的真人却在饥寒交迫中悲歌。

颜回曰："回益矣。"仲尼曰："何谓也？"曰："回忘仁义矣。"曰："可矣，犹未也。"他日，复见，曰："回益矣。"曰："何谓也？"曰："回忘礼乐矣！"曰："可矣，犹未也。"他日复见，曰："回益矣！"曰："何谓也？"曰："回坐忘矣。"仲尼蹴然曰："何谓坐忘？"颜回曰："堕肢体，黜聪明，离形去知，同于大通，此谓坐忘。"仲尼曰："同则无好也，化则无常也。而果其贤乎！丘也请从而后也。"

子舆与子桑友。而霖雨十日，子舆曰："子桑殆病矣！"裹饭而往食之。至子桑之门，则若歌若哭，鼓琴曰："父邪！母邪！天乎！人乎！"有不任其声而趋举其诗焉。子舆入，曰："子之歌诗，何故若是？"曰："吾思夫使我至此极者而弗得也。父母岂欲吾贫哉？天无私覆，地无私载，天地岂私贫我哉？求其为之者而不得也！然而至此极者，命也夫！"

颜回化为庄子，还是庄子化为颜回？

应帝王

郭象说："夫无心而任乎自化者，应为帝王也。"

《庄子》内篇的最后，又回到了帝王之术。与以前绕路说"道"不同，这次都是正面的回答。前面的重要人物再次出现。

啮缺问于王倪，四问而四不知。啮缺四问，在前面《齐物论》中："子知物之所同是乎？子知子之所不知邪？然则物无知邪？子不知利害，则至人固不知利害乎？"啮缺因跃而大喜，行以告蒲衣子。蒲衣子曰："而乃今知之乎？有虞氏不及泰氏。有虞氏，其犹藏仁以要人；亦得人矣，而未始出于非人。泰氏，其卧徐徐，其觉于于；一以己为马，一以己为牛；其知情信，其德甚真，而未始入于非人。"

狂接舆是讽刺孔子的隐士。这次他讲出了自己的政治主张：狂接舆告诉肩吾，试图以"经式义度"教化百姓，"是欺德也；其于治天下也，犹涉海凿河而使蚊负山也。夫圣人之治也，治外乎？正而后行，确乎能其事者而已矣。且鸟高飞以避矰弋之害，鼷鼠深穴乎神丘之下以避熏凿之患，而曾二虫之无知！"

老聃说："明王之治：功盖天下而似不自己，化贷万物而民弗恃；有莫举名，使物自喜；立乎不测，而游于无有者也。"

治国之道，基点是，"立乎不测"。

列子的老师壶子，显示了道的高深莫测。

郑国有神巫曰季咸，知人之死生、存亡、祸福、寿夭，期以岁月旬日，若神。郑人很害怕，一见面皆奔而走了。列子见之而心醉，回家嫌老师的道术不高。壶子说，你仅学到皮毛，便出来招摇，以道与世抗。你让他来见我。壶子先后示之以地文，示之以天壤，示之以以太冲莫胜，示之未始出吾宗。最后一次，季咸脚还没立稳，转身就跑了。列子追之不及，以报壶子："已灭矣，已失矣，吾弗及已。"

庄子说："无为名尸，无为谋府；无为事任，无为知主。体尽无穷，而游无朕；尽其所受乎天，而无见得，亦虚而已！至人之用心若镜，不将不迎，应而不藏，故能胜物而不伤。"

一句话，"应无所住，而生其心"。一个字，"空"。

《在宥》篇中云，黄帝立为天子十九年，令行天下，闻广成子在于空同之上，故往见之，曰："我闻吾子达于至道，敢问至道之精。吾欲取天地之精，以佐五谷，以养民人。吾又欲官阴阳，以遂群生，为之奈何？"

广成子曰："来！余语女：彼其物无穷，而人皆以为有终；彼其物无测，而人皆以为有极。得吾道者，上为皇而下为王；失吾道者，上见光而下为土。今夫百昌皆生于土而反于土。故余将去女，入无穷之门，以游无极之野。吾与日月参光，吾与天地为常。当我，缗乎！远我，昏乎！人其尽死，而我独存乎！"

崆峒山，空无所有；广成子，成就一切。

《内篇》的结局是这样的：

南海之帝为倏，北海之帝为忽，中央之帝为浑沌。倏与忽时相遇于混沌之地，混沌待之甚善。倏与忽谋报混沌之德，曰："人皆有七窍以视听食息，此独无有，尝试凿之。"日凿一窍，七日而混沌死。

此时，我们明白了，庖丁解开了牛，牛死了。我们读懂了《庄子》，庄子死了。

庄子死了，我们的心活了。薪尽而火不熄。

庄子的梦

庄子，宋国蒙人，名周，应为公族后裔。生活的年代，约在公元前369年至公元前286年之间。

当时，齐宣王正不惜巨资修建稷下学宫，招纳天下文士。闻风而来的各派学者，都赐给府宅，官拜上大夫，不管事，只管高谈阔论。

"终身言，未尝言；终身不言，未尝不言。"庄子住在和颜回一样的陋巷里，心里说，还是编我的草鞋吧。今天天气好，说不定能多卖几双。

孟子带着几十辆车，几百个学生，正在周游列国。彭更感到不好意思：老师，这样一家一家挨个吃遍诸侯，"不以泰乎"？孟子眼一瞪："非其道，则一箪食不可受于人。如其道，则舜受尧之天下不以为泰。子以为泰乎？"

此时，庄子正在为吃了上顿没下顿发愁。他鼓足勇气，向监河侯借点粗粮。监河侯说："诺，我将得邑金，将贷子三百金，可乎？"

庄周愤然作色曰："周昨来，有中道而呼者。周顾视车辙中，有鲋鱼焉。周问之曰：'鲋鱼来！子何为者耶？'对曰：'我，东海之波臣也。君岂有斗升之水而活我哉？'周曰：'诺，我且南游吴越之王，激西江之水而迎子，可乎？'鲋鱼愤然作色曰：'吾失我常与，我无所处。我得斗升之水然活耳。君乃言此，曾不如早索我于枯鱼之肆！'"

庄子补好代表身份的大袍子，换上一双新草鞋去见魏王。魏王说："何先生之惫邪？"

庄子不愿再说自己来干什么了，而是很自尊地纠正他的用词不当："贫也，非惫也。士有道德不能行，惫也；衣弊履穿，贫也，非惫也，此所谓非遭时也。王独不见夫腾猿乎？其得楠梓豫章也，揽蔓其枝而王长其间，虽羿、蓬蒙不能眄睨也。及其得柘棘枳枸之间也，危行侧视，振动悼栗，此筋骨非有加急而不柔也，处势不便，未足以逞其能也。今处昏上乱相之间，而欲无惫，奚可得邪？此比干之见剖心征也夫！"

庄子也有很多当官的机会。楚王使大夫二人请他。两位大夫说得很文雅："愿以竟内累矣！"

庄子正在濮水钓鱼，持竿不顾，说："吾闻楚有神龟，死已三千岁矣。王巾笥而藏之庙堂之上。此龟者，宁其死为留骨而贵乎？宁其生而曳尾于涂中乎？"二大夫说："宁生而曳尾涂中。"庄子说："往矣！吾将曳尾于涂中。"

好朋友惠子相梁，庄子往见之。或谓惠子曰："庄子来，欲待子相。"于是惠子恐，搜于国中，三日三夜。庄子往见之，曰："南方有鸟，其名鹓鶵，子知之乎？夫鹓鶵，发于南海而飞于北海，非梧桐不止，非练实不食，非醴泉不饮，于是鸱得腐鼠，鹓鶵过之，仰而视之曰：'吓！'今子欲以子之梁国吓我邪？”

庄子只做过地方漆园吏，史称"漆园傲吏"。

庄子妻死，惠子吊之。庄子则方箕踞鼓盆而歌。惠子曰："与人居，长子老身，死不哭亦足矣，又鼓盆而歌，不亦甚乎！"

庄子曰："不然。是其始死也，我独何能无概然！察其始而本无生；非徒无生也，而本无形；非徒无形也，而本无气。杂乎芒芴之间，变而有气，气变而有形，形变而有生。今又变而之死。是相与为春秋冬夏四时行也。人且偃然寝于巨室，而我嗷嗷然随而哭之，自以为不通乎命，故止也。"

庄子喜欢说梦。除了著名的"蝴蝶梦"之外，还有各式各样的梦，"匠石梦""髑髅梦""神龟梦"，等等，而古之真人，是其寝不梦的。

《大宗师》里面有一个"仲尼梦"。孔子告诉颜回："吾特与汝，其梦未始觉者邪！且彼有骇形而无损心，有旦宅而无情死。孟孙氏特觉，人哭亦哭，是自其所以乃。且也相与吾之耳矣，庸诅知吾所谓吾之乎？且汝梦为鸟而厉乎天，梦为鱼而没于渊。不识今之言者，其觉者乎？其梦者乎？造适不及笑，献笑不及排，安排而去化，乃入于寥天一。""寥天一"，就是老子说的"有物混成，先天地生"。

《齐物论》里，长梧子讲了一个"大圣梦"："梦饮酒者，旦而哭泣；梦哭泣者，旦而田猎。方其梦也，不知其梦也。梦之中又占其梦焉，觉而后知其梦也。且有大觉而后知此其大梦也，而愚者自以为觉，窃窃然知之。君乎，牧乎，固哉！丘也与女，皆梦也；予谓女梦，亦梦也。是其言也，其名为吊诡。万世之后而一遇大圣，知其解者，是旦暮遇之也。"

庄子很悲观，以为很难遇到真正的知音。他与孔丘，梦中相见，梦中说梦。倘若一万年之后，能遇到一个，就是旦暮之间，高山流水了。

　　庄子将死，弟子欲厚葬之。庄子曰："吾以天地为棺椁，以日月为连璧，星辰为珠玑，万物为赍送。吾葬具岂不备邪？何以加此！"

　　弟子曰："吾恐乌鸢之食夫子也。"庄子曰："在上为乌鸢食，在下为蝼蚁食，夺彼与此，何其偏也。"

君子易·导语

圣之时者

2016年春节前，和岳天佑一起去汝阳西泰山。

天佑说："你教我《周易》吧。"

我说："你得先打基础。"

"怎么打？"

"第一年，把《周易》的文本背得滚瓜烂熟，卦象了然于胸，卦与卦之间错综变化的关系梳理出来。第二年，先读几本古人解易的经典著作，比如王弼的《周易注》，程伊川和苏东坡两个人的《易传》，来知德的《周易集注》。第三年，我再给你讲。"

"时间太长了。"

"想快？没走到汝阳，我就把你教会了。"

"真的？"

"当然是真的。"

"《易》分三易：变易，不易，简易。譬如今天我们去西泰山，路况千变万化，或者道路塌方，大雪封山，或者交通事故，谁也不敢说下一秒会发生什么，这就是'变易'。不易的是什么？一是道路，无论上高速还是低速，目的地不变，不能南辕北辙，背道而驰。第二个不易，是交通规则，你必须遵守，否则，轻则罚款扣分，重则吊销执照甚至判刑。这两个是外在的，看得见的。第三个最重要，不易的心，平和的心态，不开情绪车，千万不要有路怒症。别人超了你的车，别了你的车，你受不了，就骂人、打人，甚至掂刀砍人。心态平和一点，该快就快，该慢就慢，该等待就等待，该掉头回来就掉头回来。做到了这'三不易'，再复杂的路况你处理起来就很'简易'了。"

"这么简单？"

"就是这么简单！百姓日用而不知嘛。人生也是如此。我们常说中庸之道。'中'，不是不东不西，不偏不倚。就像开车，不是说走在马路中间叫作'中'，而是保持平和的心态。'喜怒哀乐之未发谓之中'，无论昨天发生了什么，今天走出家门，心不被各种情绪所左右，'发而中节谓之和'，言谈举止，恰到好处。大家学《周易》，都想避凶趋吉，逢凶化吉。中和则吉，反之则凶。俗话说'祸不单行，福不双至'，为什么？祸事悲愤，好事兴奋，都会扰乱心绪，丧失判断。《三国》中，袁绍与曹操争雄。曹操东征刘备，许昌空虚。田丰劝袁绍乘机出兵，可以一战而定。袁绍因心爱的幼子患疥疮，形容憔悴，衣冠不整，'吾有何心更论他事乎'？恨得田丰以杖击地，跌足长叹：'遭此难遇之时，乃以婴儿之病，失此机会！大事去矣，可痛惜哉！'袁绍那么强大，落了个兵败身亡的下场。赤壁大战之际，曹操犯了同样低级的错误，'破黄巾、擒吕布、灭袁术、收袁绍，深入塞北，直抵辽东，纵横天下'，志得意满，横槊赋诗，对酒当歌，结果被周瑜火烧了战船。"

"哦！《周易》和《金刚经》一样，都是明心见性之学。"

"对，二者有相通之处。"

《易纬·易乾凿度》云："孔子曰：'《易》者，易也，变易也，不易也，管三成为道德苞籥。'"熊十力解释道："管，统也。三者，易与变易，不易也。统此三义，而成为道德之苞籥也。本体者，以其在人，则曰性。一切道德皆从自性中流出，如苞之含芽，如籥之司要也。"[①]其极致是："无思也，无为也，寂然不动，感而遂通天下之故。非天下之致神，其孰能与于此？"故而，"圣人以此洗心，退藏于密，吉凶与民同患。神以知来，知以藏往，其孰能与于此哉！古之聪明、睿知、神武，而不杀者夫"。

邵康节说："心一而不分，则能应万物，此君子所以虚心而不动也。"[②]王阳明亦云："良知即是《易》。'其为道也屡迁，变动不居，周流六虚，上下无常，刚柔相易，不可为典要，唯变所适。'此知如何捉摸得？见得透时便是圣人。"[③]

岳天佑笑道："还没有出郑州呢，就学会了。"

走到半路，他又惋惜地说："可惜，知道得太晚了。"

"不晚。孔子到了五十，才真正学《易》。孟子曾评价几位圣人：'伯夷，圣之清者也；伊尹，圣之任者也；柳下惠，圣之

---

① 萧萐父主编：《熊十力全集》（第三卷），湖北教育出版社，2001，第919页。

② 邵雍：《邵雍集》，中华书局，2010，第154页。

③ 王阳明：《传习录注疏》，邓艾民注，上海古籍出版社，2015，第282页。

和者也；孔子，圣之时者也。'①什么是'圣之时者'？一念发动，当下即是，不思而得，不勉而中，从容中道。孟子说：'可以速而速，可以久而久，可以处而处，可以仕而仕，孔子也。'这就是《艮·象》说的：'时止则止，时行则行，动静不失其时，其道光明。'"

"圣之时者"，是孟子心目中的完人。孟子说："孔子之谓集大成。集大成也者，金声而玉振之也。金声也者，始条理也；玉振之也者，终条理也。始条理者，智之事也；终条理者，圣之事也。"乐之一终为一成。孔子集三圣之事而为一大圣之事，犹作乐者集众音之小成而为一大成也。圣之清，圣之任，圣之和，在孔子身上通通具备。不像三圣之止于一偏，而是当清之时则"清"，当任之时则"任"，当和之时则"和"。

一个人，所有的涵养修炼，最终落实到言行。孔子自言"十有五而志于学，三十而立，四十而不惑，五十而知天命，六十而耳顺"；到七十，生命臻于化境，"从心所欲不逾矩"。

此，《易》道之行也。

孔子的《易经》

《君子易》，是讲孔子的《易经》。

儒有君子儒，有小人儒。孔子告诉子夏："女为君子儒，无为小人儒。"小人儒是功名利禄之学，君子儒是成圣成贤之道。

《易》有君子易，有小人易。《中庸》说："君子居易以俟命，小人行险以侥幸。"君子时中，乐天知命，小人则肆无

---

①杨伯峻：《孟子译注》，中华书局，2019，第253页。

忌惮。

《易》为君子谋。孔子作《大象》，阐述该卦微言大义，以为"君子"之期许。《乾·象》："天行健，君子以自强不息。"《坤·象》："地势坤，君子以厚德载物。"《师·象》："地中有水，师，君子以容民畜众。"《蛊·象》："山下有风，蛊，君子以振民育德。"《贲·象》："山下有火，贲，君子以明庶政，无敢折狱。"

六十四卦中，称"君子"的有五十五卦。又有七卦称"先王"，二卦称"后"。诸如《复·象》："雷在地中，复，先王以至日闭关，商旅不行，后不省方。"举国进入冬眠状态，君子不敢做主，只能沿袭往昔圣王的先例。《比·象》曰："地上有水，比，先王以建万国，亲诸侯。"建国大业，乃王者之事。若世间君子争相问津，岂不天下大乱？正所谓"君子思不出其位"者。

"君子"乃成德之名，"先王"乃在位之称。"变文以著名，题德以别操"，虽有隐显，应迹不同，其致一也。

君子之道，以"仁"一以贯之。孔子说："君子去仁，恶乎成名？君子无终食之间违仁，造次必于是，颠沛必于是。"

孔子曾谦虚地说："君子道者三，我无能焉：仁者不忧，知者不惑，勇者不惧。"

君子可与圣人互用。方东美说："所谓'圣人'，从道德的名词上说，可以叫作'君子'。所谓'君子'，'所过者化，所存者神，上下与天地同流'。圣人的生命气魄，在产生一种'天地与我并生，万物与我为一'的境界，一个充实完备的人格，就应该与宇宙大化冥合为一。"[①]

孔子《易》，就是文王《易》；文王《易》，就是伏羲《易》。世历三古，《易》更三圣，图、象不同，道通为一。

徐在汉曰："夫文王演羲皇之《易》，孔子翼文王之《易》，后学由孔子之《易》求文王之《易》，由文王之《易》求羲皇之《易》，则知三圣人无二《易》，千万世无二《易》。圣人先得我心所同然，天地之道可一言而尽。"[②]

大《易》之道，就是天地之道。天道恒在，不为尧存，不为桀亡。天道遍在，涵摄宇宙万象，贯彻一切生命。

得其道者，为"君子"，为"圣人"，为"大人"。《易纬·易乾凿度》云："大人者，圣明德备也。"[③]《乾·文言》云："夫大人者，与天地合其德，与日月合其明，与四时合其序，与鬼神合其吉凶。先天而天弗违，后天而奉天时。天且弗违，而况于人乎？况于鬼神乎？"

《易》道贯通天人，《易》理则简单易行。《系辞》云："乾以易知，坤以简能。易则易知，简则易从。易知则有亲，易从则有功。有亲则可久，有功则可大。可久则贤人之德，可大则贤人之业。易简，而天下矣之理矣；天下之理得，而成位乎其中矣。"

马一浮云："此言'易知'，即'仁远乎哉？我欲仁，斯仁至矣'之意。'易从'，即是'先立乎其大者，而其小者不能夺

①方东美：《原始儒家道家哲学》，中华书局，2012，147页。
②朱彝尊、翁方纲、罗振玉：《经义考·补正·校记》（第一册），中国书店，2009，第45页。
③赵在翰辑：《七纬》（上），钟肇鹏、萧文郁点校，中华书局，2012，第39页。

也’之意。”①

《易》道之易知易从，如同孟子之良知良能，“人之所不学而能者，其良能也；所不虑而知者，其良知也”。

马一浮云：“道无隐显，因人心而有隐显而为隐显。故曰：盲者不见，非日月咎。”又云：“‘爻象动乎内，吉凶见乎外，功业见乎变，圣人之道见乎辞。’学者因辞而有以得圣人之情，然后知爻象、吉凶、功业皆实有着落，乃于三易之义昭然可以无疑也。”②

学《易》者往往舍近求远，遂以为神秘，以为幽玄，泥于象数，拘于占筮，终身不得其旨。身边朋友亦有醉心于《梅花易数》《火珠林》《海底眼》之类的，未得皮毛，便炫人耳目。

一次，在伊川县讲《易经》，“邵康节研究会”的一位学者听了，说：“原来是这样子啊！”

邵康节，实为《易》学之“慧能”，通变达理，直指人心。《观易吟》云：“一物其来有一身，一身还有一乾坤。能知万物备于我，肯把三才别立根。天向一中分体用，人于心上起经纶。天人焉有两般义，道不虚行只在人。”

康节之学，乃君子之学：“君子之学，以润身为本。其治人应物，皆余事也”；是心学：“先天之学，心法也。故图皆从中起，万化万事生乎心也”；是理学：“得天理者，不独润身，亦能润心。不独润心，至于性命亦润”；是皇极经世之学，“能循天理动者，造化在我也”。③

---

①吴光主编：《马一浮全集》（第一册），浙江古籍出版社，2012，第34页。
②同上书，第157页。
③邵雍：《邵雍集》，中华书局，2010，第152页、第156页。

见道难，得道难，活学活用更难。孔子叹云："可与共学，未可与适道。可与适道，未可与立。可与立，未可与权。"[1]

此《君子易》之所以作也。

六十四卦

邵康节云："学不际天人，不足以谓之学。"[2]

我们常说："天时不如地利，地利不如人和。"人和，不是指人们如何和睦相处、齐心协力，而是"保合太和"，上合天之道，下合地之道，天、地、人合一。

《系辞》云："《易》之为书也，广大悉备。有天道焉，有人道焉，有地道焉。"八卦很简单，只有三画，上一画象征天之道，下一画象征地之道，中间一画象征人之道。

天有"时"与"不时"，分为阳（—）与阴（— —）；地有"利"与"不利"，亦分为阳（—）与阴（— —）；人有"和"与"不和"，亦分为阳（—）与阴（— —）。

有时，天时、地利，但人不和；或者，天时、人和，而地不利；或者，人和、地利，而天不时。反之，天不时，地不利，但人和；天不时，人不和，但地利；人不和，地不利，然而天时。再加上三纯阳、三纯阴之《乾》《坤》二卦，天、地、人三才，有，且只有这八种情况：

☰ ☷ ☳ ☶ ☵ ☲ ☴ ☱

这就是八卦的由来。

---

[1]刘宝楠：《论语正义》，中华书局，1990，第358页。
[2]邵雍：《邵雍集》，中华书局，2010，第156页。

先圣为八卦命名为乾（☰）、坤（☷）、震（☳）、巽（☴）、坎（☵）、离（☲）、艮（☶）、兑（☱），是为八纯卦。

李鼎祚《周易集解·序》云："元气氤氲，三才成象。神功浃洽，八索成形。"三才源自一元之气，八卦显示造化神功。

推演八卦的目的，是人如何顺应天地之道。然而，这些符号的象征意义和所拥有的潜能却是开放的、动态的、变化的、无限的，简单的八纯卦远远不够。"故《易》之为书也，一类不足以极之，变而备其情者也，故谓之《易》。"①

《说卦》云："兼三才而两之，故《易》六画而成卦。分阴分阳，迭用柔刚，故《易》六位而成章。"把八纯卦两两叠加，三爻变成了六爻，得出六十四卦。

将六十四卦予以排列，成为《易经》。《说卦》云："昔者圣人之作《易》也，将以顺性命之理。"究天人之际，顺性命之理，这是圣人作《易》的准则。

《系辞》云："六者，非它也，三才之道也。"六爻，依然是天、地、人三才之道。上二爻为天之道，下二爻为地之道，中二爻为人之道。（按，王夫之云："而《易》之为道，无有故常，不可为典要；唯《乾》《坤》为天地之定位，故分六爻为三才。"②其他六十二卦，以《乾》《坤》为门户，各爻之间，变化多端，当视爻、位之相互关系而论，不必拘泥。）

"是以，立天之道，曰阴与阳。"帛书《要》云："故《易》又（有）天道焉，而不可以日月生（星）辰尽称也，故为

---

① 刘彬：《帛书〈要〉篇校释》，光明日报出版社，2009，第61页。
② 王夫之：《船山遗书》（第一册），中国书店，2016，第5页。

之以'阴阳'。"①斗转星移，日月丽天，寒来暑往，风云不测之变化，高度抽象，乃以"一阴一阳"谓之道。

"立地之道，曰柔与刚。"大地顺受天道，化育生命之功用，无非亦"柔"亦"刚"。"刚"者，大地之承载也；"柔"者，生命之自由也。

"立人之道，曰仁与义。"这是圣人给我们确立的"人之道"。

"仁"，是上天赋予我们的本性，是中国人的良心，是《易》的灵魂，是我们学《易》的旨归和安身立命之处。

"义"者，宜也，处世之道。

"仁"以居内，"义"以方外。"仁"为未发之中，"义"为已发之和。忠实于"仁"，相处以"义"，就是随顺天地之道，才是真正意义的"知行合一""天人合一"。

《系辞》云："八卦成列，象在其中矣。因而重之，爻在其中矣。刚柔相推，变在其中矣。系辞焉而命之，动在其中矣。"

"爻"者，交也。《系辞》云："爻者，言乎变者也。又，爻也者，效此者也。又，爻也者，效天下之动者也。"通过六爻阴阳相交，推演宇宙人生变化的一切可能性。

昔之圣人，诲言谆谆，或正说，或反说，在卦中展示了于时空中、可以说是进入了艺术化的生命状态。每一卦都告诉你，在什么位，什么时，如何应对复杂的局面，如何迁善补过，安仁行义，避凶趋吉。程伊川说："《易》，变易也，随时变易以从道也。"②

---

① 刘彬：《帛书〈要〉篇校释》，光明日报出版社，2009，第57页。
② 程颐、程颢：《二程集》，王孝鱼点校，中华书局，2012，第689页。

"穷则变，变则通，通则久。"譬如，《需》卦，在人人需要的事物面前，你要学会等待，学会分享；你轻举妄动，又一毛不拔，就会招惹是非。下一卦《讼》卦，教你如何止讼，得理让人，甚至如何逃命。如果执迷不悟，矛盾进一步恶化，下一卦《师》教你如何打仗。如果师出失律，甚至小人乱邦，以至于兵败亡国，还不要紧，下一卦《比》，讲败者如何投降，胜者如何纳降……总之，天无绝人之路。

每一卦、每一爻的背后，都被天、地、人三才之道所规定；其呈现出来的意象也好，语言也好，都是高度凝练的圣人智慧，也往往是最本真而易行的人生道理，"是以自天佑之，吉，无不利"。

我在汝州风穴书院讲《周易》时，大学时的一位学长，每周六都会从郑州开车回去听我讲课。这位仁兄果然聪明绝顶，听了几节课就说："原来《周易》讲的是'生活代数'，每一卦都是一个'数学模型'，六十四卦已经把人一生中所有可能发生的境遇，全部公式化了，你学好用好就行了。"

八八六十四卦，一卦也不会多，一卦也不能少。

区区六十四卦，囊括了宇宙运行、生命追求、精神升华的无穷无尽的含义。孔子在《系辞》中说道：

"《易》与天、地准，故能弥纶天、地之道。仰以观于天文，俯以察于地理，是故知幽明之故。原始反终，故知死生之说。精气为物，游魂为变，是故知鬼神之情状。与天地相似，故不违。知周乎万物，而道济天下，故不过。旁行而不流，乐天知命，故不忧。安土敦乎仁，故能爱。"

天　德

好雨知时节，当春乃发生。
随风潜入夜，润物细无声。
野径云俱黑，江船火独明。
晓看红湿处，花重锦官城。

　　要想读懂《周易》，必须明白，何为"天德"，也就是，宇宙的本质是什么。

　　试读一下杜甫的这首妇孺皆知的《春夜喜雨》，若诸君之高明，自当一语之下便了然矣。

　　"好雨知时节"。

　　"时节"，正当其时也。此雨之所以为"好雨"，乃其为"圣之时者"也。

　　"当春乃发生"。

　　春天万物复苏，正蠢蠢欲动之时，恰逢好雨滋润种子，松动泥土，为生命的孕育和破甲而出提供助力。《周易》中，《乾》《坤》二卦，打开门户，第三卦云雷《屯》卦，讲的正是生命诞生的庄严时刻。一方面是幼小的生命"宜建侯而不宁"；另一方面，"雷雨之动满盈，天造草昧"，一切都是上天的最好安排。

　　特别重要的是一个"知"字。"雨"，不是简单的自然现象，而是带着造物主的神圣使命；并且，"雨"有生命、有智慧，通晓大《易》之道，知道自己何时何地出现，才是最佳的机缘。

　　明代的来知德云："易知者，一气所到，生物更无凝滞，此则造化之良知，无一毫之私者，故知之易。"熊十力以"乾知""易知"，谓"乾元"即本心，诚然也。

"随风潜入夜，润物细无声"。

好雨随风。

创生万物，是一项系统的、协同的伟大工程，需要调动宇宙各个方面的一切积极的有机的力量。《说卦》云："雷以动之，风以散之，雨以润之，日以烜之，艮以止之，兑以说之，乾以君之，坤以藏之。神也者，妙万物而为言者也。动万物者，莫疾乎雷；桡万物者，莫疾乎风；燥万物者，莫熯乎火；说万物者，莫说乎泽；润万物者，莫润乎水；终万物始万物者，莫盛乎艮。故水火相逮，雷风不相悖，山泽通气，然后能变化，既成万物也。"

"潜入夜"，利人而不欲人知也；"细无声"，润物而不为物知也。宇宙间万相，皆为无缘大慈、同体大悲之大菩萨，如《金刚经》所云"如是灭度无量无数无边众生，实无众生得灭度者"者。

"野径云俱黑，江船火独明"。

此言《复》卦。《复》卦，上五爻皆阴，唯下为一阳爻，"反复其道，七日来复，天行也"，故云："复，其见天地之心乎？"邵康节云："天地之心者，生成物之本也。"[1]

四野被黑云覆盖，上之五阴爻也，一船渔火，一阳来复也。在人，为一点灵明，先天善性；在《易》，则为天地生育万物之心也。

"晓看红湿处，花重锦官城"。

---

[1] 邵雍：《皇极经世》，李一忻点校，九州出版社，2003，第591页。

今日之"喜雨",乃因昨日之"好雨"也。见繁花似锦,方知造化之功!

宇宙的本质是善,并且是至善。

"上天有好生之德","天地之大德曰生",至善的体现就是生命。

中国人的宇宙是活的宇宙,是一个大生命体,是动态的、有机的、通畅的、生机勃勃的、永不止息的、旁通统贯的整体。

这个宇宙是和谐的,有秩序的,其目的就是化育生命。《中庸》云:"天地位,万物育。"《序卦》云:"有天地,然后万物生焉。盈天地之间者唯万物。"

《系辞》云:"生生之谓易。"生生,使所有的生命都能自由自在、茁壮成长,成为上天赋予它们的应有的样子。

"一阴一阳之谓道,继之者善也,成之者性也。"在阴阳相感与交合中,生命诞生,生命完成,宇宙之至善得以完成。《系辞》云:

"天地氤氲,万物化醇。男女构精,万物化生。"

"夫乾,其静也专,其动也直,是以大生焉。夫坤,其静也翕,其动也辟,是以广生焉。"

"乾坤,其易之门邪?乾阳物也,坤阴物也。阴阳合德,而刚柔有体,以体天地之撰,以通神明之德。其称名也,杂而不越。于稽其类,其衰世之意邪?"

乾坤化育生命,大自然共同参与其中,整个宇宙构成了一个生命伦理系统。如果乾坤是父母的话,山、泽、水、火、风、雷,都是一个大家庭的子女:"乾,天也,故称父;坤,地也,故称母;震一索而得男,故谓之长男;巽一索而得女,故谓之长女;坎再索而得男,故谓之中男;离再索而得女,故谓之中女;

艮三索而得男，故谓之少男；兑三索而得女，故谓之少女。"

整个宇宙是能量的转化，元气的流行。

乾坤运行之中，时空无边无际，生命无休无止。"日往则月来，月往则日来，日月相推而明生焉。寒往则暑来，暑往则寒来，寒暑相推而岁成焉。往者屈也，来者信也，屈信相感而利生焉。"

人为万物之灵。唯独人心，方能够感应到宇宙生命的脉动与生命的尊严。《系辞》云："夫《易》，圣人所以崇德而广业也。知崇礼卑，崇效天，卑法地，天地设位，而《易》行乎其中矣。成性存存，道义之门。"

"崇德"，尊天之道，法地之道。君子上尊天、下法地，大《易》之道才能建立起来。"成性"，使自己的生命价值得以圆满；"存存"，尊重所有的生命，予以无私的关怀与帮助，让它们同样实现自己的价值。

《中庸》云："唯天下至诚，为能经纶天下之大经，立天下之大本，知天地之化育。夫焉有所倚？肫肫其仁！渊渊其渊！浩浩其天！苟不固聪明圣知达天德者，其孰能知之？"

"至诚"者，诚于"仁"，诚于"至善"，诚于天地生育万物之"心"也！此乃为"天德"。

君子学《易》，目的是要达此"天德"。

方东美说："惠栋说：'《易》之微言大义，到何处去找？就是在《中庸》里面找。'尤其《中庸》谈到'唯天下至诚，为能尽其性……'一段，可说是《中庸》的核心。那么'能尽其性，则能尽人之性。能尽人之性，则能尽物之性。能尽物之性，则可以赞天地之化育。可以赞天地之化育，则可以与天地参矣'，是儒家根据生命为本源的精神扩大其宇宙的观点，推广其精神，完成自己的生命，也要连带完成其他的生命，也连带完成一切存在的生命，这一切完成了之后，整个宇宙是一个生命秩序。"①

元亨利贞

《易经》讲的是大《易》之道。那么，什么是大《易》之道？

大《易》之道，就是：元、亨、利、贞。

元、亨、利、贞，是宇宙的轮回，是生命的轮回。

……元亨利贞，贞下起元……

无始无终，无古无今。

轮回的宇宙是开放的，就像太阳带着它所有的成员，一边和谐地旋转，一边向无际的远方飞奔一样。

轮回的生命是无尽的，一粒种子生根发芽，开花结果，又诞生了无数的新的种子。

宇宙、生命的轮回过程，就是元，亨，利，贞。

"元"是宇宙的整体，是道，是一。老子云："昔之得一者：天得一以清，地得一以宁，神得一以灵，谷得一以生，侯王得一以为天下正。"

孔子改"一"为"元"。

老子以无为本，从宇宙的根本上讲。孔子以有为本，从生命的开辟上讲。

"元"，即仁也。《康熙字典》云："天地之大德，所以生

---

① 方东美：《原始儒家道家哲学》，中华书局，2012年，第146页。

生者也。元字，从二从人。仁字，从人从二。"王夫之云："在天谓之元，在人谓之仁。天无心，不可谓之仁；人继天，不可谓之元。其实一也。故曰元即仁也，天人之谓也。"①

"元"为至善，生养万物。万物皆从"元"而出，而归于"元"。熊十力说，宇宙有一大生命力，浑然全体而不可剖分。宇宙间的一切存在都是此大生命力所凝成。个人之生命力，即是宇宙之大生命力。"故吾人初生之顷资生于宇宙之大生命力，既生以后，迄于未尽之期，犹息息资生于宇宙之大生命力，吾生与宇宙并无二体。故吾之生也，息息与宇宙同新新，而无故故之可守。命之不穷，化之不息也如是。"②

宇宙的轮回，是四季。

"天何言哉，四时行焉，百物生焉，天何言哉！"四季相代，岁岁年年，孕育了生命。生命，是宇宙轮回的目的。

《乾·文言》说："元者，善之长也；亨者，嘉之会也；利者，义之和也；贞者，事之干也。"

程伊川云："元者万物之始，亨者万物之长，利者万物之遂，贞者万物之成。"③

朱熹说得更通俗："元者，天地生物之端倪也。元者生意；在亨则生意之长，在利则生意之遂，在贞则生意之成。"④

朱熹以生物为例："梅蕊初生为元，开花为亨，结子为

---

①王夫之：《船山遗书》（第一册），中国书店，2016，第3页。
②萧萐父主编：《熊十力全集》（第二卷），湖北教育出版社，2001，第85页。
③程颐、程颢：《二程集》，王孝鱼点校，中华书局，2012，第695页。
④黎靖德：《朱子语类》（三），岳麓书社，1997，第1516页。

利，成熟为贞。物生为元，长为亨，成而未全为利，成熟为贞"；"谷之生，萌芽是元，苗是亨，穗是利，成实是贞。谷之实，又能复生，循环无穷"。①

"离离原上草，一岁一枯荣。野火烧不尽，春风吹又生。"每个生命都有自己的元亨利贞，自强不息，各遂其性。

朱子云："以天道言之，为元亨利贞；以四时言之，为春夏秋冬；以人道言之，为仁义礼智；以气候言之，为温凉燥湿；以四方言之，为东西南北。"②

邵康节云："天变而人效之，故元亨利贞，《易》之变也。人行而天应之，故吉凶悔吝，《易》之应也。"③ "元，亨，利，贞"，贯穿了六十四卦的终始，是衡量每一卦乃至每一爻的吉、凶、悔、吝的准则。

具备完整四德的有《乾》《坤》《屯》《随》《临》《无妄》《革》七卦。"乾：元，亨，利，贞"；"坤：元，亨，利牝马之贞"。在他卦，则随事而变焉。如《明夷》，"明夷，利艰贞"，明入地中为"明夷"，故"利艰贞，晦其明也"。《睽》则不谈"元亨利贞"，只是说"睽，小事吉"，因为，"睽，火动而上，泽动而下；二女同居，其志不同行；说而丽乎明，柔进而上行，得中而应乎刚；是以小事吉"。

君子从天不从人。邵康节云："元亨利贞之德，各包吉凶悔吝之事。虽行乎德，若违乎时，抑或成凶也。"又云："若时

---

① 同上书，第1514页。
② 同上书，第1515页。
③ 邵雍：《皇极经世》，李一忻点校，九州出版社，2003，第584页。

行时止，虽人也，亦天也。"①时行时止者，委身于理，私意无与焉。

学《易》的终极目标，就是完美地践行"元，亨，利，贞"。

再回到《中庸》的那句名言：

"能尽其性，则能尽人之性。能尽人之性，则能尽物之性。能尽物之性，则可以赞天地之化育。可以赞天地之化育，则可以与天地参矣。"

"尽其性"，就是完成自己的"元，亨，利，贞"，让善良的先天本性淋漓尽致地呈现出来，实现自己的人生价值。这就是大乘菩萨道的"自度"。

"尽人之性""尽物之性"，无私帮助所有的人、所有的生命、宇宙间的万事万物都能实现他（它）们各自的"元、亨、利、贞"。这就是大乘菩萨道的"度人"。

最后，"能尽物之性，则可以赞天地之化育。可以赞天地之化育，则可以与天地参矣"，抵达贤人、圣人、真人、佛、菩萨的人生最高境界。

一画开天

陆游《读易》诗云：

"揖逊干戈两不知，巢居穴处各熙熙。无端凿破乾坤秘，祸始羲皇一画时。"

一者，道也。《说文》的第一字就说"一"，云："惟初太

---

①邵雍：《皇极经世》，李一忻点校，九州出版社，2003，第583页、第594页。

始，道立于一，造分天地，化成万物。"[1]

羲皇一画之前，人类尚处于蒙昧的状态。羲皇一画开天，就像伊甸园的亚当、夏娃睁开了眼睛。

《系辞》曰："古者包牺氏（伏羲氏）之王天下也，仰则观象于天，俯则观法于地，观鸟兽之文，与地之宜，近取诸身，远取诸物，于是始作八卦，以通神明之德，以类万物之情。"

伏羲何以观象效法天地之道？《周髀》云：

> 昔者周公问于商高曰："窃闻乎大夫善数也，请问古者包牺立周天历度。夫天不可阶而升，地不可得尺寸而度。请问数安从出？"
>
> 商高曰："数之法，出于圆方。圆出于方，方出于矩。矩出于九九八十一。故折矩，以为勾广三，股修四，径隅五。既方之外，半其一矩。环而共盘，得成三、四、五。两矩共长二十有五，是谓积矩。故禹之所以治天下者，此数之所生也。"[2]

那个著名的《伏羲女娲图》，伏羲持矩，女娲擎规，日月分置上下，星辰环列四周。讲的正是测量天地，立周天历度。

其身为阴阳二气，相对相交，"阴阳合德，而刚柔有体，以体天地之撰，以通神明之德"。王夫之云："阴阳者，定体也，确然頹然为二物而不可易者也；而阴变阳合，交相感以成天下之

---

[1] 汤可敬：《说文解字今释》，岳麓书社，1997，第1页。
[2] 程贞一、闻人军：《周髀算经译注》，上海古籍出版社，2012，第2页。

矗矗者，存乎相易之大用。"①

"平矩以正绳，偃矩以望高，覆矩以测深，卧矩以知远"②，用矩之道，可以测出太阳运行的规律。其工具，叫"圭"。

《周易乾凿度》云："卦者，挂也。"

但是，这个"挂"的含义，并不是"挂万物视而见之"之意，而是"手"持"圭"而测天道。

伏羲持"圭"测天量地，是为"卦"的本义。

《系辞》曰："天地之道，贞观者也。日月之道，贞明者也。天下之动，贞夫一者也。"观察天象，把握天道，最简明直截的就是观测太阳；以太阳之动，"一"天下之动。

《周髀算经》中云："日中立竿测影，此'一'者，天道之数。"③

《周礼》云，立杆测影探日行，是"以土圭之法，测土深，正日景，以求地中"。深，谓日景长短之深也。郑玄注云："土圭之长，尺有五寸。以夏至之日，立八尺之表，其影适当与土圭等，谓之地中，今颍川阳城地为然。"

《诗经》中云："笃公刘，既溥既长。既景乃冈，相其阴阳，观其流泉。"周的先祖已经"掌土圭之法，以致日景；以土地相宅，而建邦国都鄙"。《书·洛诰》讲周灭纣后，周公往营成周："我乃卜涧水东、瀍水西，惟洛食。我又卜瀍水东，亦惟洛食。"

---

① 王夫之：《船山遗书》（第一册），中国书店，2016，第3页。
② 程贞一、闻人军：《周髀算经译注》，上海古籍出版社，2012，第8页。
③ 同上书，第37页。

八尺之表，即《算经》所云："周髀长八尺。"立杆测影是由最初的立人测影发展来的，人高八尺，周髀也是八尺。人股称"髀"，髀又称为"股"；地上的日影为"勾"，又叫"魂"；斜射的影长叫"弦"。

安置周髀所修筑的底座平台叫"圭"，用于测量勾魂的长度，又叫"圭尺"。

八卦的"卦"，从圭，从卜。"卜"之一竖，八尺之表也；一点，弦也，日影也。"圭"者，圭尺也。

测量勾魂，得知"冬至晷长一丈三尺五寸，夏至晷长一尺六寸"，找到了一年中太阳回归的时间冬至日和夏至日，进而也可以找到春分和秋分，乃至二十四节气。

又依据到每年冬至日到来的时间差，测出了太阳回归年365.25天。以冬至为岁首，冬至到冬至为一"岁"；太阳视周年360天为一年，以雨水为年首，雨水到雨水为一"年"。

同时，古人观察月相，"作历弦、望、晦、朔"，确立朔望月。朔日作为日月交会之日，成为月首。太阳年与朔望月结合，建立了阴阳合历。

《系辞》云："法象莫大乎天地，变通莫大乎四时，悬象著明莫大乎日月。"《易》，正是往古圣人以其天纵之才，巧妙地观测天象，尤其是太阳、月亮的运行规律而得来的。

是故，孔子曰："《易》始于太极，太极分而为二，故生天地。天地有春夏秋冬之节，故生四时。四时各有阴阳刚柔之分，故生八卦。八卦成列，天地之道立。雷风水火山泽之象定矣。"[1]

---

[1] 赵在翰：《七纬》（上），钟肇鹏、萧文郁点校，中华书局，2012，第32页。

北斗七星

古人对天象的观察，当然不仅限于日月，而是整个星空，整个宇宙。

孔子说："为政以德，譬如北辰，居其所而众星共之。"[1]

"德"，就是得道，尊奉天道。北辰，是北极星，又称帝星，紫微星。"众星共之"，天上所有星辰的运行，都要以北辰为中心。

北斗七星则是天道运行的枢纽。《史记·天官书》云："分阴阳，建四时，均五行，移节度，定诸纪，皆系于斗。"[2]

北斗七星由天枢、天璇、天玑、天权组成的魁口，和玉衡、开阳、摇光组成的斗柄组成。

北斗七星的魁口始终朝向北极星。从天璇通过天枢并向外延伸一条直线，延长5倍多些，便见北极星。

北斗七星准确地标示了四季的轮回。《鹖冠子》云："斗柄东指，天下皆春；斗柄南指，天下皆夏；斗柄西指，天下皆秋；斗柄北指，天下皆冬。斗柄运于上，事立于下，斗柄指一方，四塞俱成，此道之用法也。"[3]

古人以斗柄来确立历法，是为"斗建"。将周天划为十二等分，以十二辰命名。冬至日，斗柄指向正北的"子"位，以此月为岁首，称为"建子"；以斗柄指向丑位之月为岁首，称为"建

---

① 刘宝楠：《论语正义》，中华书局，1990，第37页。
② 司马迁：《史记》（四），中华书局，1982，第1291页。
③ 黄怀信：《鹖冠子校注》，中华书局，2014，第70页。

丑";斗柄指向寅位,为"建寅"。

朝代更迭,都会颁布新历,"无他焉,不敢不顺天志而明自显也"[1]。

夏历建寅,以春天的正月为新年伊始;殷历建丑,时当夏历的十二月;周历建子,时当夏历的十一月。孔子说:"我欲观夏道,是故之杞,而不足征也。吾得夏时焉。"夏历更有利于指导农业耕作。

建子、建丑、建寅,被称为"三正"。《尚书·甘誓》云:"有扈氏威侮五行,怠弃三正,天用剿绝其命。"[2]不尊"五行",不从"三正",天怒人怨,势将国破家亡。

后人有言,《连山》首艮、《归藏》首坤、《周易》首乾,三《易》之卦序,亦出于斗建之"三正"。此乃后话。

《甘石星经》称北斗星为"帝车",如同天帝乘坐巡行,运于中央,临制四方,替天行道。

《史记·天官书》云:"北斗七星,所谓'璇玑、玉衡,以齐七政'。杓携龙角,衡殷南斗,魁枕参首。"[3]

"璇玑、玉衡",即北斗七星。《晋书·天文志上》云:"魁四星为璇玑,杓三星为玉衡。"

"七政",指日、月,及水(辰星)、金(太白)、火(荧惑)、木(岁星)、土(震星)五大行星。古人所能观测到的大都是恒星,只有七星在"动",即所谓"文曜丽乎天,其动者七,日、月、五星是也"[4]。"璇玑、玉衡,以齐七政",意

---

①董仲舒:《春秋繁露·天人三策》,岳麓书社,1997,第14页。

②孔颖达:《尚书正义》,上海古籍出版社,2007,第258页。

③司马迁:《史记》(四),中华书局,1982,第1291页。

④范晔:《后汉书》,李贤等注,中华书局,2005,第2186页。

为日、月及五大行星的行动轨迹，要靠北斗七星来掌控。

恒星古称"经星"，特指作为日月运行参照系的黄赤道的二十八宿，乃天之四灵，以正四方。张衡《灵宪》云："苍龙连蜷于左，白虎猛据于右，朱雀奋翼于前，灵龟圈首于后。"

二十八宿同样随着北斗七星而旋转。"杓携龙角"，"杓"即斗柄，连接东方苍龙七宿的两颗角宿。"衡殷南斗"，"衡"即玉衡，北斗第五星，与北方七宿之一的南斗隐隐相对。"魁枕参首"，"魁"斗身，枕在西方七宿参宿之首。

《史记·律书》："璇玑、玉衡，以齐七政，即天地二十八宿、十母、十二子。"[1]"十母"即十日，以十天干纪日也；"十二子"即十二辰，以十二朔望月纪月也；"二十八宿"，以二十八宿的周期性出没纪岁与四时。十日，十二辰，二十八宿，其数五十，乃《系辞》所谓"大衍之数五十"也。

也就是说，北斗七星，规范着日、月、五大行星，牵引着东苍龙、西白虎、南朱雀、北玄武等满天星斗，围绕着北极星运转。

这个浩瀚的、深邃的、无尽的、永恒的、完美的、生机勃勃的星空的运转规律，就是天道。

鲁哀公问："敢问君子何贵乎天道也？"

孔子对曰："贵其不已。如日月东西相从而不已也，是天道也；不闭其久，是天道也；无为而物成，是天道也；已成而明，是天道也。"[2]

"贵其不已"者，贵天道之恒常也。如日月之轮回，永不

---

① 司马迁：《史记》（四），中华书局，1982，第1253页。
② 黄怀信：《大戴礼记汇校集注》，三秦出版社，2005，第93页。

止息也；"不闭其久"者，开放而变通，通则久也；无为而无不为，万物各正性命；天道朗朗，成就于万事万物，历象于日月星辰，只要你愿意，就可以观察觉知天道，并可以奉行天道。

天运无穷，而极星不移。李巡云："北极，天心。居北方，正四时。"①朱熹说："南极、北极，天之枢纽；只是此处不动，如磨脐然。此是天之中至极处，如人之脐带也。"②

北极为天之心，它甚至不是某一颗具体的星星。所有的星星都是运动的，北极星也是变化的。

齐天大圣曾说："皇帝轮流做，明年到我家。"根据现代学者研究，公元前1000年，小熊座β星（中文名北极二）比较靠近北天极，名曰帝星。隋唐时期，北极五（西名鹿豹座32H星）成了北极星。到了明清时期，勾陈一成了北极星，就是大名鼎鼎的织女星。玉皇大帝的位子，26000年循环一周。

古人也早就看到了这一点。《论语正义》云："宋沈括测天中不动处，远极星三度有余；元郭守敬测极星离不动处三度。则星度常差，不能执定一星以求北辰之所在矣。"③清人陈懋龄说："古人指星所在处为天所在处，其实北辰是无星处。"

北辰为天之心，一个象征而已。

天心不动，空明虚寂。《系辞》云："无思也，无为也，寂然不动，感而遂通天下之故也。"又云："唯神也，故不疾而速，不行而至。"虞翻注曰："神谓《易》也，谓日、月、斗在天。日行一度，月行十三度，从天西转，故不疾而速。星寂然不

①刘宝楠：《论语正义》，中华书局，1990，第37页。
②黎靖德：《朱子语类》（三），岳麓书社，1997，第17页。
③同①，第38页。

动，随天右周，感而遂通，故不行而至者也。"①不疾而速者，星斗也；不行而至者，北辰也。

北辰即太极，天之道就是《易》之道。马融云："《易》有太极，谓北辰也。太极生两仪，两仪生日月，日月生四时，四时生五行，五行生十二月，十二月生二十四气。北辰居不动，其余四十九转运而用也。"②

"北辰居不动，其余四十九转运而用"，正是《系辞》所云"大衍之数五十，其用四十有九"。《正义》云："言此其一不用者，是《易》之太极之虚无也。无形，即无数也。凡有皆从无而来，故《易》从太一为始也。"③

北辰不动。满天繁星，在北斗七星的带领下，环绕北辰，统一地、和谐地、井井有条地旋转运行。

在《易》，就有了两套系统模式，一个是不变的，即先天八卦；一个是变动的，即后天八卦。

先天，后天

先天八卦，又叫伏羲八卦。文王所推演之卦，称为后天八卦，又叫文王八卦。

先天八卦，讲的是"不易"。

不易的，是天心。邵康节云："先天学，心法也，故图皆自中起，万化万事生乎心也。"

---

①潘雨廷：《周易虞氏易象释》，上海古籍出版社，2017，第400页。
②王弼：《周易正义》，韩康伯注，孔颖达疏，九州出版社，2020，第325页。
③同②，第326页。

不易的，是天道。老子云："有物混成，先天地生。寂兮寥兮，独立而不改，周行而不殆，可以为天地母。吾不知其名，张字之曰'道'，强为之名曰'大'。"

不易的，是天地秩序。《系辞》云："天尊地卑，乾坤定矣。卑高以陈，贵贱位矣。动静有常，刚柔断矣。方以类聚，物以群分，吉凶生矣。在天成象，在地成形，变化见矣。鼓之以雷霆，润之以风雨。日月运行，一寒一暑。乾道成男，坤道成女。"

《周易参同契》云："乾、坤者，《易》之门户，众卦之父母。坎、离匡郭，运毂正轴。牝牡四卦，以为橐籥。"先天八卦以乾、坤为南北，定天地上下之位；离、坎列东西，开日月出入之门。乾、坤、离、坎，居于四正。"牝牡为配合之四卦，震、兑、巽、艮是也"[1]，列于四维。艮西北，兑东南，山泽通气；震东北，巽西南，雷风相薄。

"先天而天弗违，后天而奉天时。"先天八卦讲的是天地之道，故"天弗违"。后天八卦讲的是君子之道，"人法地，地法天，天法道，道法自然"，故"奉天时"。

先天之学，心也；后天之学，迹也。先天为体，后天为用。

先天八卦讲的是天地定位，四季交替，是秩序，是和谐；后天八卦讲的是如履虎尾，穷则思变，是健行，是革命。

《系辞》云：

"《易》之兴也，其于中古乎？作《易》者，其有忧患乎？"

"《易》之兴也，其当殷之末世，周之盛德邪？当文王与纣

---

[1]魏伯阳：《周易参同契集释》，朱熹等注，中央编译出版社，2015，第117页。

之事邪？是故其辞危。危者使平，易者使倾，其道甚大，百物不废。惧以终始，其要无咎，此之谓《易》之道也。"

文王对纣王的态度体现在《周易》里面。孔子云："夫《易》，刚者使知惧，柔者使知图，愚人为而不妄，渐人为而去诈。文王仁，不得其志，以成其虑。纣乃无道，文王作，讳而避咎，然后《易》始兴也。予乐其知之。〔非文王〕之自〔作《易》〕，予何〔知其〕事纣乎？"[①]

文王演《易》，借用的天象，不是日月，而是东方"苍龙七宿"。二十八宿的年周期运动，以东方苍龙七宿为首。

孔颖达云："角、亢、氐、房、心、尾、箕，并为苍龙之体，南首北尾，角即龙角，尾即龙尾。"[②]甲骨文的"龙"字，正是苍龙七宿的形状。

《乾》卦以苍龙为象征。龙出东方，健行不已；君子法天，自强不息。

《乾》卦初九，冬天，"潜龙勿用"。"二月二，龙抬头"，龙角出现在东方天田星附近，九二，"见龙在田"，万物复苏，皇帝郊祀。春夏之交，苍龙星宿全部出现于地平线，九四，"或跃在渊"。九五，夏季，苍龙房、心、尾在上中天，"飞龙在天"。（心宿三星。心大星为大火，为天王，心前星为太子，心后星为庶子。）苍龙运行过中天，开始西斜，时过夏至，进入三伏天，"亢龙有悔"。秋季，角、亢、氐诸星宿又没入地平线，"群龙无首"。

邵康节云："'起震终艮'一节，明文王八卦也。"叹云：

---

① 刘彬：《帛书〈要〉篇校释》，光明日报出版社，2009，第41页。
② 刘学勤主编：《春秋左传正义》，北京大学出版社，1999，第1509页。

"至哉！文王之作《易》也，其得天地之用乎？"①

文王八卦，从东方震位开始。震是少年，是春天，是蕴藏在宇宙间的大生命力。

《说卦》云："帝出乎震，齐乎巽，相见乎离，致役乎坤，说言乎兑，战乎乾，劳乎坎，成言乎艮。"

"帝"者，万物之主。万物以帝为其体，帝以万物为其用。

帝出乎"震"，"震为雷，为龙，为玄黄，为旉，为大涂，为长子，为决躁……其究为健，为蕃鲜"。

《说卦》进而阐释道："万物'出乎震'，震，东方也。'齐乎巽'，巽，东南也，齐也者，言万物之洁齐也。离也者，明也，万物皆相见，南方之卦也。圣人南面而听天下，向明而治，盖取诸此也。坤也者，地也，万物皆致养焉，故曰'致役乎坤'。兑，正秋也，万物之所说也，故曰'说言乎兑'。'战乎乾'，乾，西北之卦也，言阴阳相薄也。坎者，水也，正北方之卦也，劳卦也，万物之所归也，故曰'劳乎坎'。艮，东北之卦也，万物之所成，终而所成始也，故曰'成言乎艮'。"

震为长子，巽为长女，出震齐巽，长子用事而长女代母也。乾为父，坤为母，老而退位，故置乾于西北，退坤于西南。"道生天，天生地。及其功成而身退，故子继父禅，是以乾退一位也。"②

"天地氤氲，万物化醇。男女构精，万物化生。"文王八

①邵雍：《皇极经世》，李一忻点校，九州出版社，2003，第546页、第572页。
②邵雍：《邵雍集》，中华书局，2010，第148页。

卦重生命绵延不绝，重阴阳交易。《彖》曰："天地交，而万物通也"，"天地不交，而万物不兴"。其布局，据阴阳相交的情况而定位。坎、离，交之极者也，入主正北正南子午之位；乾、坤，纯阳、纯阴也，纯则不交，故退居西北、西南一隅，当不用之位；震，变之始，兑，变之终，当朝夕之位；巽、艮虽不交，而阴阳犹杂也，故当用中之偏位。

文王推演之《易》，被称为《周易》，六十四卦的排列，分为上下两经。上经三十卦，下经三十四卦。

《周易》之布局，乃本之于伏羲先天八卦。

胡一桂云："上经以四正卦为主，首《乾》《坤》而终《坎》《离》，与先天图南北东西四方卦合。下经以二变卦为主，震变为艮，巽变为兑，首《咸》《恒》而终《既济》《未济》，与先天图四维之卦合。"[①]

洪化昭曰："《易》上经首《乾》《坤》，天地定位也；下经首《咸》《恒》，山泽通气，雷风相薄也。上经终《坎》《离》，下经终《既济》《未济》，水火不相射也；上经首《乾》《坤》，终《坎》《离》，天地绸缊，万物化醇也；下经首《咸》《恒》，终《既济》《未济》，男女构精，万物化生也。"[②]

邵康节云："《乾》《坤》，天地之本；《离》《坎》，天地之用。是以《易》始于《乾》《坤》，中于《离》《坎》，终于《既》《未济》。而《否》《泰》为《上经》之中，《咸》

---

① 朱彝尊、翁方纲、罗振玉：《经义考·补正·校记》（第一册），中国书店，2009，第41页。
② 同上书，第45页。

《恒》当《下经》之首，皆言乎其用也"；"自《乾》《坤》至《坎》《离》，以天道也。自《咸》《恒》至《既济》《未济》，以人事也。《易》之首于《乾》《坤》，中于《坎》《离》，终于水火之交不交，皆至理也"①。

孔颖达云："六十四卦，二二相耦，非覆即变。"六十四卦，两卦一对，分为三十二对。每一对的两卦，之间的关系，一是"覆"，看的视角不同，正面看过去是一卦，对面看过来就是另一卦，其实是一卦。譬如水雷《屯》卦，反过来看，就是山水《蒙》。俗话说，要想公道，打打颠倒，学会多视角看问题。二是"变"，两卦所有的爻，阴阳全部相反，我们常说，你怎么"变卦"了？就是这个意思。比如《乾》全阳爻，耦卦《坤》全阴爻，还有《坎》《离》相耦，《中孚》与《小过》相耦等。

《周易》上经三十卦，其中二十四卦相覆，实际为十二卦，加上变卦的六卦，总共是十八卦。下经三十四卦，其中三十二卦相覆，实际为十六卦，加上两个变卦，也是十八卦。

连　山

在《周易》之前，有《连山》，有《归藏》。

《帝王世纪》云："庖牺作八卦，神农重之为六十四卦。黄帝、尧、舜引而申之，分为二《易》。至夏人因炎帝曰《连山》，殷人因黄帝曰《归藏》。文王广六十四卦，著九六之爻，

---

① 邵雍：《皇极经世》，李一忻点校，九州出版社，2003，第579页、第581页。

谓之《周易》。"①

在神农时代，八卦已经推演为六十四卦。文王的"广"，应是深化、扩充其精神，尤其注重其"九六"变化之运用。

《易纬·易乾坤凿度》亦云："《易》之源流，大易之行者，今之《连山》《归藏》也。缘而得之古秘，而距于周王昌，中圣而又修源范，辄不坠门。"②

《连山》《归藏》都是由伏羲先天八卦引申而来，主止，主静；文王八卦主张健行不已，与前二《易》恰恰相反。

《连山》《归藏》以不变为占，而《周易》以变者为占。李纲曰："《连山》《归藏》以静为占，故爻称'七八'。七八者，少阴少阳之数也。阴阳之少，虚而未盈，故静而不变。"③《周易》爻称"九六"。九六，老阳老阴，穷则变也，以变为占。郑玄注《易纬·易乾凿度》云："《连山》《归藏》占象，本其质性也。《周易》占变者，效其流动也。"④

有以斗建来说三《易》者。夏历建寅，以正月为正，为人统，《艮》渐正月，故以《艮》为首。殷历建丑，地统，故以《坤》为首。周历建子，天统，故以《乾》为首。朱隐老云："《连山》，神农之易也，以《艮》为首，而凡建寅者宗之，虽唐虞亦然，不独夏后氏为然也。《归藏》，黄帝之《易》也，以

①皇甫谧：《帝王世纪》，齐鲁书社，2010，第3页。
②赵在翰辑：《七纬》（上），钟肇鹏、萧文郁点校，中华书局，2012，第28页。
③马国翰：《连山》，郑同校，华龄出版社，2016，第9页。
④同②，第35页。

《坤》为首，而凡建丑者宗之，不特殷人为然也。"①

尽管是后人之说，但可以推知，《连山》《归藏》与《周易》一样，演义的都是天道的轮回，只是切入的始点不同。蔡元定说："《连山》首艮，《归藏》首坤，意其作用，必与《周易》大异，然其为道则同。"张行成发挥邵子之义，云："《易》有四，体一用三。《伏羲》，先天，体也。《连山》天易，《归藏》地易，《周易》人易，用也。"②

周代，《连山》《归藏》与《周易》并行于世。《周礼·春官》云："太卜掌三《易》之法，一曰《连山》，二曰《归藏》，三曰《周易》。其经卦皆八，其别皆六十有四。"③《春秋演孔图》云，孔子成《春秋》，卜之，得《阳豫》之卦，即以《连山》占也。

桓谭《新论·正经》中说："《连山》八万言，《归藏》四千三百言。夏《易》烦而殷《易》简。《连山》藏于兰台，《归藏》藏于太卜。"④

《连山》《归藏》已失传。在《左传》《国语》等先秦典籍中，常有与《周易》不同的卜筮手段、卦辞、解卦的方法，疑或是《连山》《归藏》的佚文。后人亦有辑录或伪作。

郑玄《易赞易论》中云："《连山》者，象山之出云，连

①马国翰辑：《归藏》，郑同校，华龄出版社，2016，第18页、第23页。
②朱彝尊、翁方纲、罗振玉：《经义考·补正·校记》（第一册），中国书店，2009，第37页。
③郑玄：《周礼注疏》，贾公彦疏，上海古籍出版社，2010，第921页。
④桓谭：《新辑本桓谭新论》，朱谦之校，中华书局，2009，第38页。

连不绝。"①贾公彦云："名曰《连山》，似山出内气也者，此《连山易》。其卦以纯艮为首，艮为山，山上山下，是名《连山》。云气出内于山，故名《易》为《连山》。"②《三国志·魏志·高贵乡公传》："《连山》似山出内气，连天地也。"

在《山海经·大荒东经》中，有日月自六个山头而出的说法："东海之外，大荒之中，有山名曰大言，日月所出。大荒之中，有山名曰合虚，日月所出。大荒中有山名曰明星，日月所出。大荒之中，有山名曰鞠陵于天、东极离瞀，日月所出。大荒之中，有山名曰猗天苏门，日月所出。东荒之中，有山名曰壑明俊疾，日月所出。"

与之相应，《大荒西经》中有日月所入的六个山头："大荒之中，有山名曰丰沮玉门，日月所入。大荒之中，有龙山，日月所入。大荒之中，有山名曰日月山，天枢也，吴姬天门，日月所入。大荒之中，有山名曰鏖鏊钜，日月所入者。大荒之中，有山名曰常阳之山，日月所入者。大荒之中，有山名曰大荒之山，日月所入者。"

日月出乎山，入乎山。朱升云："《连山》首《艮》，终始之际也。"

究竟何为《连山》？

《周易》与《连山》《归藏》，同根同脉，相因相代。不妨考察一下《周易》中的"艮"。

魏了翁曰："《周易》，三《易》之义。'阖户谓之

①郑玄：《周易郑注》，林中军导读，华龄出版社，2019，第145页。
②同上书，第921页。

坤'，即《归藏》；'终万物、始万物莫盛乎艮'，即《连山》。"①干宝则直言《说卦》中所云："'帝出乎震，齐乎巽，相见乎离，致役乎坤，说言乎兑，战乎乾，劳乎坎，成言乎艮'，此《连山》之《易》也。"②

《说卦》："神也者，妙万物而为言者也。动万物者莫疾乎雷，挠万物者莫疾乎风，燥万物者莫熯乎火，说万物者莫说乎泽，润万物者莫润乎水，终万物、始万物者莫盛乎艮。"

这一段话很有意思，雷动万物，风挠万物，火燥万物，泽说万物，水润万物，都是为了艮而做准备的。《说卦》又云："艮，东北之卦也，万物之所成终而所成始也，故曰'成言乎艮'。"

艮，为万物生养终始之所在。黄裳云："阐幽者，《易》之仁也。故夏曰《连山》，象其仁而言之也。山者，静而生养乎物者也，有仁之道焉。"③

《艮》之体为山，如如不动。"象曰：兼山，艮。君子以思不出其位。"

一位易学大师听说我研究佛学，来登门拜访。喝茶期间，他自言自语道："读懂一个《艮》卦，胜读一部《华严经》。"我没理会他。过了一会儿，他又有意无意地说了一遍。这是砸场子的，就不能不接招了。

"哦？"我说，"老兄，请给我讲讲《艮》卦吧！"

他便从初六"趾"不动、六二"腓"不动，一爻一爻往上

①马国翰：《归藏》，郑同校，华龄出版社，2016，第19页。
②马国翰：《连山》，郑同校，华龄出版社，2016，第4页。
③同②，第9页。

讲，讲到六四"艮其身"时，我实在忍不住了，哈哈大笑："不动心，不就行了吗！"

他目瞪口呆。

我说："《艮》为止，讲的不是身，而是心。心不可见，又遍布于身，借身体以取象。人的四肢五官，随心则动，动则扰心，唯独背稳如泰山。爻辞是从反处说，趾、腓、限，艮而不止，以言其心动。象辞是从正处说，'艮其背，不获其身'，言其静时心不动；'行其庭，不见其人'，言动时心亦不动。"

愣了半天，他说："原来你懂《易经》。"

我反问他："你读过《华严经》吗？"

"没有。"他老老实实说，"这句话，我也是听别人说的。"

我说："这句话出在'二程'兄弟，他们少年时听周敦颐讲的。《伊川易传》讲《艮》卦讲得特别好，'不获其身，无我也，不见其人，无人也'，'外物不接，内欲不萌，如是而止，乃得止之道'。"

马一浮说："程子之言如此，在佛氏谓之无我相、无人相。言不见者，非不见也，谓不见有我相、人相也。如此而见，则名正见，亦谓之无相三昧。"[1]

不读《华严经》，不知佛家之富贵。"一真法界"，是诸佛、菩萨眼中的世界。周敦颐、二程兄弟都将《艮》卦与华严境界相提并论，可知《连山》讲的也是有无之际、化生万物的大《易》之道。

---

[1] 吴光主编：《马一浮全集》（第一册），浙江古籍出版社，2012，第45页、第70页。

归 藏

至少在汉代，《归藏》仍然存在。张衡《灵宪》中一段话：

"羿请无死之药于西王母，姮娥窃之以奔月。将往，枚筮之于有黄。有黄占之曰：'吉。翩翩归妹，独将西行。逢天晦芒，毋恐毋惊，后其大昌。'姮娥遂托身于月，是为蟾蜍。"

王家台出土的秦简《归藏》中，有《归妹》卦云：

"《归妹》曰：'昔者恒我（姮娥）窃毋死之……奔月而支占。'"

在秦简《归藏》，某人因某事找卜人占筮，卜人先告之："吉（不吉）"，然后再念上一段朗朗上口的押韵繇辞。体例和《灵宪》的记载一致，说明张衡是读过《归藏》的。

孔子曰："我欲观夏道，是故之杞，而不足征也，吾得夏时焉。我欲观殷道，是故之宋，而不足征也，吾得《坤》《乾》焉。《坤》《乾》之义，夏时之等，吾以是观之。"郑玄注曰："得殷阴阳之书也，其书存者有《归藏》。"[1]刘敞直接认定："《坤》者，万物所归，商以《坤》为首。《礼运》'吾得坤乾焉'，此《归藏》之易。"[2]

殷之易道为《归藏》，周之易道为《周易》。

郑玄《易赞易论》中云："《归藏》者，万物莫不归藏于其

---

[1]郑玄：《礼记注》，王锷点校，中华书局，2021，第292页。
[2]马国翰辑：《归藏》，郑同校，华龄出版社，2016，第18页。

中。"①《归藏》，万物之终始，皆归藏于寂静虚无。

朱元升《三易备考》曰："《归藏易》以纯《坤》为首。《坤》为地，万物莫不藏于其中。《说卦》曰：'《坤》以藏之'，盖造化发育之真机，常于此藏焉。然而一元有一元之造化，癸亥甲子之交为之藏；一岁有一岁之造化，冬夏二至之交为之藏；一日有一日之造化，夜半日中之交为之藏。是又《归藏易》无所往而不用其藏也。六十四卦，藏者十有六，用者四十有八。《乾》为六十四卦之父，《坤》为六十四卦之母，《坤》统藏卦，《乾》统用卦，《坤》《乾》所以首六十四卦也。有藏者斯有用者，纯《坤》又所以首纯《乾》。"②

《归藏》以"阴"为起点，《坤》先《乾》后。《周易》以"阳"为起点，《乾》先《坤》后。王应麟曰："愚谓先阴后阳，即《归藏》先《坤》之意，阖而辟，静而动。"③

一阴一阳之谓道。《坤》先，《乾》先，就像走路，先迈左腿还是先迈右腿的关系。

阴与阳，无与有，藏与见，终与始，本为一体。《周易》以《乾》为首，《乾》之初爻"潜龙勿用"，正是潜藏之意；上九"亢龙有悔"，也是要"藏"，不藏则"亢"，"亢"即"有悔"；至于用九"见群龙无首，吉"，更是庄子所谓"若夫藏天下于天下而不得所遁，是恒物之大情也"。

焦竑曰："《归藏》，《坤》也。商时讲学者首重在静。"④老子主静，其思想或即源于《归藏》。

①郑玄：《周易郑注》，林中军导读，华龄出版社，2019，第145页。
②马国翰辑：《归藏》，郑同校，华龄出版社，2016，第4页。
③同②，第21页。
④同②，第24页。

《孔子家语·执辔》记载："子夏问于孔子曰：'商闻《易》之生人生及万物、鸟兽、昆虫，各有奇耦，气分不同。而凡人莫知其情，唯达德者能原其本焉。天一，地二，人三……昼生者类父，夜生者似母，是以至阴主牝，至阳主牡。敢问其然乎？'孔子曰：'然。吾昔闻老聃亦如汝之言。'"[①]

卜商，字子夏，以文学为"孔门十哲"之一。孔子没后，居西河，教弟子三百人，为魏文侯师。史载子夏传《易》，有《子夏易传》传世。

根据刘彬研究，子夏所传之《易》，不仅有《周易》，还有《归藏》。西晋武帝时，汲郡人盗发魏襄王墓，出土有两种《易》类竹书。一种与《周易》上下经同，另一种《易繇阴阳卦》二篇，与《周易》略同，繇辞则异，应为来自子夏所传的《归藏》。[②]

子夏所问孔子的古《易繇》阴阳系统，与《归藏》吻合。

孔子明确地说：不错！当年曾亲耳听老子这样讲过。《史记·老子韩非列传》载：

孔子适周，将问礼于老子。老子曰："子所言者，其人与骨皆已朽矣，独其言在耳。且君子得其时则驾，不得其时则蓬累而行。吾闻之，良贾深藏若虚，君子盛德，容貌若愚。去子之骄气与多欲，态色与淫志，是皆无益于子之身。吾所以告子，若是而已。"

"深藏若虚"，"容貌若愚"，乃善藏者也。

孔子去，谓弟子曰："鸟，吾知其能飞；鱼，吾知其能

---

①《孔子家语》，杨朝明注释，河南大学出版社，2008，第233页。
②刘彬：《帛书〈要〉篇校释》，光明日报出版社，2009，第201页。

游；兽，吾知其能走。走者可以为网，游者可以为纶，飞者可以为矰。至于龙，吾不能知其乘风云而上天。吾今日见老子，其犹龙邪！"

或潜或跃，或乘风云而上天，神龙见首不见尾。孔子视老子若龙，真善藏之极者也。

司马迁说"老子修道德，其学以自隐无名为务"①，正是《归藏》之意。

邵康节云："寂然不动，反本复静，《坤》之时也。"又云："老子，知《易》之体者也。无思无为者，神妙致一之地也。"②

老子反诸本，归于无，与《归藏》一致。

《归藏》阴先阳后，以《坤》为本；老子也是阴先阳后，以《坤》为本。

老子云："渊兮，似万物之宗；湛兮，似或存。吾不知谁之子，象帝之先。"言《坤》之德也。"致虚极，守静笃。万物并作，吾以观复。夫物芸芸，各复归其根。归根曰静，静曰复命。复命曰常，知常曰明。"言《归藏》之道也。

老子云："天门开阖，能为雌乎？"雌为阴，一开一合，为万物生灭之门户，正是《坤》之功用。郑锷曰："《归藏》以《坤》为首，商人之《易》。其卦坤上坤下，故曰《归藏》，言如地道之包含万物所归而藏也。"

老子亦精于《易》理，云："执大象，天下往，往而不害，安、平、泰。"

---

①司马迁：《史记》（七），中华书局，1982，第2141页。
②邵雍：《邵雍集》，中华书局，2010，第164页、第155页。

此"象",乃"上天垂象""圣人设卦观象"之"象"。在《周易》中,每一卦都有"象曰",总一卦之象谓之"大象",一爻之象谓之"小象",言君子效法天地之道。

顺便说一句,河南简称"豫",从"予"从"象",观象法象,安居乐业,四海升平,天下归心之意;而不是驯化野生动物。要知道,这里是地之"中"。《周礼·大司徒》云:"日至之景尺有五寸,谓之地中。天地之所合也,四时之所交也,风雨之所会也,阴阳之所和也,然则百物阜安,乃建王国焉,制其畿方千里而封树之。"[①]

群经之首

《易经》被称为"群经之首"者,以《易经》贯通天、地、人也。《系辞》云:

"《易》与天地准,故能弥纶天地之道。"

"夫《易》,广矣大矣!以言乎远,则不御;以言乎迩,则静而正;以言乎天地之间,则备矣!……

"子曰:'《易》,其至矣乎!'夫《易》,圣人所以崇德而广业也。知崇礼卑,崇效天,卑法地,天地设位,而易行乎其中矣。成性存存,道义之门。……

"夫《易》,圣人之所以极深而研几也。唯深也,故能通天下之志;唯几也,故能成天下之务;唯神也,故不疾而速,不行而至。子曰'易有圣人之道四焉'者,此之谓也。"

……

---

① 郑玄:《周礼注疏》,贾公彦疏,上海古籍出版社,2010,第353页。

在《易经》，道通为一，广大悉备，与天地同生共存，"乾坤毁，则无以见《易》；《易》不可见，则乾坤或几乎息矣"。

昔古圣人以大《易》之道贯通天地，引导教化人民。庄子说："古之所谓道术者，果恶乎在？曰：'无乎不在。'曰：'神何由降？明何由出？''圣有所生，王有所成，皆原于一。'"①

我们羡慕战国时代的百家争鸣，其实是"道术为天下裂"的结果。"天下大乱，贤圣不明，道德不一。天下多得一察焉以自好。譬如耳目鼻口，皆有所明，不能相通。犹百家众技也，皆有所长，时有所用。虽然，不该不遍，一曲之士也。判天地之美，析万物之理，察古人之全。寡能备于天地之美，称神明之容。是故内圣外王之道，暗而不明，郁而不发，天下之人各为其所欲焉以自为方。悲夫！百家往而不反，必不合矣！"②

黄宗羲云："《易》者，范围天地之书也，广大无所不备，故九流百家之学，俱可窜入焉。"③《易》以天地大道涵盖人们日常生活的方方面面，儒家、道家、法家、兵家、农家等等，"但得一瓢饮"耳。诸子百家角度不同，各怀救世活人之初心，故皆可得大道之用。

从儒家说起吧。

礼崩乐坏之际，赖于儒家所弘传之经典来维系世道人心。庄子云："其在于《诗》《书》《礼》《乐》者，邹鲁之士、缙绅

---

① 郭象：《庄子注疏》，成玄英疏，中华书局，2011，第554页。
② 同上书，第557页。
③ 朱彝尊、翁方纲、罗振玉：《经义考·补正·校记》（第一册），中国书店，2009，第46页。

先生多能明之。《诗》以道志，《书》以道事，《礼》以道行，《乐》以道和，《易》以道阴阳，《春秋》以道名分。其数散于天下而设于中国者，百家之学时或称而道之。"①

《礼记·经解》中，孔子曰："入其国，其教可知也。其为人也，温柔敦厚，《诗》教也；疏通知远，《书》教也；广博易良，《乐》教也；洁静精微，《易》教也；恭俭庄敬，《礼》教也；属辞比事，《春秋》教也。"孔颖达《正义》云："《易》之于人，正则获吉，邪则获凶，不为淫道，是洁静；穷理尽性，言入秋毫，是精微。"②

六经以《易》为本。《汉书·艺文志》："六艺之文，《乐》以和神，仁之表也；《诗》以正言，义之用也；《礼》以明体，明者著见，故无训也；《书》以广听，知之术也；《春秋》以断事，信之符也。五者，盖五常之道，相须而备，而《易》为之原。故曰'《易》不可见，则乾坤或几乎息矣'，言与天地为终始也。"

孔子曰："吾道一以贯之。"儒家经书皆与《易》互为表里。

> 樊良枢曰："《尚书》断自尧始，而钦天敬人，以一中体《乾》元之大。四《诗》并始文王，而徽柔懿恭，以小心法《坤》元之至。《春秋》正乾坤之大义。《礼经》立阴阳之大防。《易》兼三才之撰，故是五经之原。圣人神而明

---

① 郭象：《庄子注疏》，成玄英疏，中华书局，2011，第556页。
② 郑玄：《礼记正义》，孔颖达疏，浙江大学出版社，2019，第1197页、第1198页。

之，贤者默而识之。"①

马一浮云："董生云：'不明乎《易》，不能明《春秋》。'《易》本隐以之显，《春秋》推见至隐；《易》以天道下济人事，《春秋》以人事反之天道：实则隐显不二，天人一理。故《易》与《春秋》者，圣人之全体大用也。"②此《易》之于《春秋》也。又云："礼者，天地之序；乐者，天地之和。《易·序卦》曰：'有夫妇然后有父子，有父子然后有君臣，有君臣然后有上下，有上下然后礼有所错。'此自然之序也。"③此《易》之通于礼乐教也。

人伦始于婚姻，婚姻始于少男少女之相感。《易》下经以《咸》始，咸为无心之感，纯粹天性自然的渴求与相应。次以《恒》，恒，夫妻之道也。《诗经》首篇《关雎》讲纯洁窈窕淑女与痴情少年君子的恋爱，次之以《葛覃》《采耳》，直至《麟之趾》生下又一个仁德君子，《周南》诸篇均讲恒常夫妻之道。《中庸》云："君子之道，造端乎夫妇，及其至也，察乎天地。"

《易》是《中庸》的灵魂。"天地之道，博也，厚也，高也，明也，悠也，久也。今夫天，斯昭昭之多，及其无穷也，日月星辰系焉，万物覆焉。今夫地，一撮土之多，及其广厚，载华岳而不重，振河海而不泄，万物载焉。今夫山，一卷石之多，及

---

① 朱彝尊、翁方纲、罗振玉：《经义考·补正·校记》（第一册），中国书店，2009，第44页。
② 吴光主：《马一浮全集》（第一册），浙江古籍出版社，2012，第45页、第160页。
③ 同②，第45页、第143页。

其广大，草木生之，禽兽居之，宝藏兴焉。今夫水，一勺之多，及其不测，鼋、鼍、蛟龙、鱼鳖生焉，货财殖焉。《诗》曰：'惟天之命，于穆不已！'盖曰天之所以为天也。'于乎不显，文王之德之纯！'盖曰文王之所以为文也，纯亦不已。"

这一段话，简直就是《周易》的宣言。

孟子、荀子是《周易》的传承者。邵康节云："知《易》者，不必引用讲解，始为知《易》。孟子之言未尝及《易》，其间《易》道存焉，但人见之者鲜耳。人能用《易》，是为知《易》，孟子可谓善用《易》者也。"①此言孟子与《易》也。

孔门弟子编《论语》，第一句话讲的正是《周易》第一卦《乾》的第一爻，"潜龙勿用"。《乾·文言》云："君子以成德为行，日可见之行也。潜之为言也，隐而未见，行而未成，是以君子弗用也。""勿用"，不是什么都不做，而是潜心养德。

"学而时习之"，学者，觉也，"先知觉后知，先觉觉后觉"之"觉"。"立人之道，曰仁与义"，君子觉"仁"行"义"，内心不是很喜悦吗？"有朋自远方来"，德不孤，必有邻，"君子居其室，出其言善，则千里之外应之，况其迩者乎？"朋友学以聚之，问以辩之，宽以居之，仁以行之，不是很快乐吗？"人不知而不愠"，君子之学为成己，非为媚俗。《乾·文言》云："龙德而隐者也。不易乎世，不成乎名；遁世而无闷，不见是而无闷；乐则行之，忧则违之；确乎其不可拔，潜龙也。"

《庄子》亦通于《易》。《庄子》开篇，也是《周易》的第

① 邵雍：《邵雍集》，中华书局，2010，第159页。

一卦《乾》。庄子化龙以鹏，鹏即古"凤"字①。

孔子曾经悲泣："凤鸟不至，河不出图，吾已矣夫！"

庄子，你是给孔子送来凤凰的吗？

"北冥有鱼"，《乾》之初九，"潜龙勿用"也；"化而为鸟，其名为鹏"，九四，"或跃在渊"也；"怒而飞，其翼若垂天之云"，九五，"飞凤在天"也！

《乾·文言》云："或跃在渊，乾道乃革。飞龙在天，乃位乎天德。"

飞凤在天，"抟扶摇羊角而上者九万里，绝云气，负青天，然后图南，且适南冥也"，居极尊之位，履万物之上，"徙于南冥"，向明而治也。

"若夫乘天地之正，而御六气之辩，以游无穷者，彼且恶乎待哉！故曰：至人无己，神人无功，圣人无名。"②"乘天地之正"者，纯阳之气，"刚健中正，纯粹精也"。"六气"者，六爻也。

至人、神人、圣人，是庄子的人格理想的化身，与孔子心目中的君子、大人、圣人等同，庄子的"乘天地之正，而御六气之辩，以游无穷"者，与孔子的"大明终始，六位时成，时乘六龙以御天"者，毫无二致也。

孔子打卦

《论语》中，孔子说："加我数年，五十以学《易》，可以

---

① 郭庆藩：《庄子集释》，王友鱼点校，中华书局，2013，第4页。
② 同上书，第12页。

无大过矣。”

《史记·孔子世家》上也说："孔子晚而喜《易》。序《彖》、系《象》、《说卦》、《文言》。读《易》，韦编三绝。曰：'假我数年，若是，我于《易》则彬彬矣。'"

"序《彖》、系《象》、《说卦》、《文言》"者，指《易传》，包括《彖》上、下，《象》上、下，《文言》，《系辞》上、下，《说卦》，《序卦》，《杂卦》——共十篇，有附翼、辅佐经文之义，故称"十翼"，欲知学《易》之道，当求之《十翼》。

"韦编三绝"，孔子读《易》勤奋，致使编连竹简的熟牛皮绳多次脱断。帛书《要》云："夫子老而好《易》，居则在席，行则在橐。"[1]可知，"韦编三绝"，所言不虚。

孔子学《易》，缘于一次占卜。《易纬·易乾坤凿度》云：

"仲尼，鲁人，生不知《易》本，偶筮其命，得《旅》，请益于商瞿氏，曰：'子有圣智而无位。'孔子泣而曰：'天也，命也。凤鸟不来，河无图至，呜呼，天命之也！'叹讫而后息志停读，礼止。史削，五十究《易》，作《十翼》，明也，明《易》几教。若曰，终日而作，思之以古圣，颐师于姬昌，法旦，作《九问》、《十恶》、《七正》、《八叹》、上下《系辞》、《大道》、《大数》、《大法》、《大义》。《易》书中为通圣之问，明者以为圣贤矣。"[2]

孔子触动心事，泣凤鸟之不来，乃发"五十知天命"之浩

---

①刘彬：《帛书〈要〉篇校释》，光明日报出版社，2009，第29页。
②赵在翰辑：《七纬》（上），钟肇鹏、萧文郁点校，中华书局，2012，第28页。

叹。于是，息志停读，潜心学《易》于商瞿氏。后师于文王，法于周公，而作《十翼》。

不过，此处之《十翼》，或非为《彖》《象》《说卦》《文言》等，而是《九问》、《十恶》、《七正》、《八叹》、上下《系辞》、《大道》、《大数》、《大法》、《大义》。

在《系辞》中，孔子之于《易》，用了两个很有意思的字。

"是故，君子居则观其象，而玩其辞；动则观其变，而玩其占。"玩，把玩儿，玩味，沉浸其中，举一反三，心领神会，其乐无穷。

"是有圣人之道四焉：以言者尚其辞，以动者尚其变，以制器者尚其象，以卜筮者尚其占。"尚，崇尚。这里，从"君子"对《易》的体会，进为尊崇奉行的"圣人之道"。

无论是"玩"，还是"尚"，都有"占"。的确，孔子经常占卜。

子赣不解："夫子亦信其筮乎？"

子曰："吾百占而七十当。唯周梁山之占也，亦必从其多者而已矣。"[1]

有百分之七十的成功率，也算是占卜中的高手了。

占卜不是问题，关键是如何解卦。《论衡》载：

"鲁将伐越，筮之得'鼎折足'。子贡占之，以为凶，何则？鼎而折足，行用足，故谓之凶。孔子占之，以为吉，曰：'越人水居，行用舟，不用足，故谓之吉。'果克之。"

无独有偶，《诚斋杂记》亦载：

---

[1] 刘彬：《帛书〈要〉篇校释》，光明日报出版社，2009，第41页。

"孔子使子贡，久而不来，命弟子占，遇《鼎》。皆言无足不来。颜回掩口而笑。子曰：'回也哂，谓赐来乎？'对曰：'无足也，乘舟而至也。'果然。"

《孔子家语》云：

"孔子常自筮其卦，得《贲》焉，愀然有不平之状。子张进曰：'师闻卜者得《贲》卦，吉也。而夫子之色有不平，何也？'孔子对曰：'以其离耶！在《周易》，山下有火谓之《贲》，非正色之卦也。夫质也，黑白宜正焉，今得《贲》，非吾兆也。吾闻丹漆不文，白玉不雕，何也？质有余，不受饰故也。'"①

孔子曾经告诫子弟："德行亡者，神灵之趋；智谋远者，卜筮之繁。"②远离神灵卜筮，将学《易》当作成德明智之学。

孔子把自己与"巫"与"史"区别开来。他说："《易》，我后其祝卜矣，我观其德义耳也。幽赞而达乎数，明数而达乎德，又仁（守）者而以行之耳。赞而不达于数，则其为之巫。数而不达于德，则其为之史。史巫之筮，乡（向）之而未也，好之而非也。"占卜的目的是"达乎德"而"以行之"。尽管如此，他还是担心自己受到后人的误解："后世之疑丘者，或以《易》乎？吾求其德而已，吾与史巫同涂而殊归者也。君子德行焉求福，故祭祀而寡也。仁义焉求吉，故卜筮而希也。"③

所谓"易道"，乃是顺应天地之心。孔子云："明君不时不宿，不日不月，不卜不筮，而知吉与凶，顺于天地之心。此谓

---

①《孔子家语》，杨朝明注，河南大学出版社，2008，第137页。
②刘彬：《帛书〈要〉篇校释》，光明日报出版社，2009，第41页。
③同②，第46页。

ਕ

'易道'。"①

善补过

每期《易经》班，最兴奋、最热闹的，都是最后一堂课，教大家用"麻衣相法"打卦，或用"梅花易数"起卦。

所以，经常担心同学们都被我忽悠成神经病了。

妹妹的一位朋友找我算卦。我说我不会，向她推荐了一位山村里的"神婆儿"。这个老太太不识字，我也没见过面。

老太太看了她一眼说："你是'井边菠菜'命。"

"什么意思？"

"看着是一井的水，就是够不着。有人打水了，桶里溅出来一口，你喝一口。"

她站在原地就哭了。她是被人抱养大的，与哥哥青梅竹马。父母顽固，尽管没有血缘关系，毕竟是名义上的兄妹，不准结婚。哥哥结婚了，她誓死不嫁。哥哥只好把她暂时安置在另一个城市。

老太太绝对是一位心灵通透、深谙世道、洞彻人生的人。

我们再往深处讲，谁又不是"井边菠菜"命呢？你就是银行的行长，金库里的钱敢动一分吗？即便贵为总统、首相，你敢胡作非为吗？

这就是大智慧。一个简简单单的比喻，说出了所有人共有的命运。放在《周易》里面，"井""菠菜"，就是圣人"观鸟兽之文，与地之宜，近取诸身，远取诸物""以通神明之德，以类

---

①刘彬：《帛书〈要〉篇校释》，光明日报出版社，2009，第57页。

万物之情"的"象"。

二叔满月时，来了一位先生，打了一卦，说他是"脚蹬擀杖，头顶西瓜"。他经常叹息自己的命不好："脚蹬擀杖"，站都站不稳，如何走路？"头顶西瓜"，有瓜果不能吃，还得手扶着，随时都会掉地上，摔个稀烂。

谁的一生不是如此？文王不是吗？孔圣人不是吗？我们熟知的《三国演义》，曹操不是吗？刘备不是吗？

《系辞》说："《易》之兴也，其当殷之末世，周之盛德邪？当文王与纣之事邪？是故其辞危。危者使平，易者使倾，其道甚大，百物不废。惧以终始，其要无咎，此之谓《易》之道也。"

《乾》九三云："君子终日乾乾，夕惕若，厉，无咎。"生于忧患，死于安乐。夫子曰："危者，安其立（位）者也，亡者保其存者也。是故君子安不忘危，存不忘亡，治不忘乱。是以身安而国家可保也。"[1]

《明夷·彖》云："内文明而外柔顺，以蒙大难，文王以之。"不管世界黑暗，但葆我心光明。

《易》之道就是日常生活中的简单道理。

《系辞》云："吉凶者，言乎其失得也。悔吝者，言乎其小疵也。"人生所遇，无非吉、凶、悔、吝。吉，仅占四分之一。一念之间，吉凶立判。"履霜"之后，"坚冰"必至，"臣弑其君，子弑其父，非一朝一夕之故，其所由来者渐矣，由辩之不早辩也"。

"忧悔、吝者，存乎介。""介"，事件发起的有无之

---

[1] 刘彬：《帛书〈要〉篇校释》，光明日报出版社，2009，第15页。

际。君子知"几"，定吉凶于几微之间。王阳明说："祸福之来，虽圣人有所不免。圣人只是知几，遇变而通耳。良知无前后，只知得见在的'几'，便是一了百了了。"[1]

断定卦辞、爻辞，除了吉、凶、悔、吝，还有个"无咎"。无论英雄霸业，还是碌碌无为，能做到"无咎"，就是完美的一生。

"无咎者，善补过也。"

"补过"，不仅仅是改过自新，而是修养心灵，改变性格。"夫《易》，刚者使知惧，柔者使知图，愚人为而不罔，渐人为而去诈。"[2]

"善补过"有两种：一是省吾身。"有颜回者，好学，不迁怒，不贰过。"反求诸己，而不迁怒于人。《系辞》云："子曰：'颜氏之子，其殆庶几乎！有不善未尝不知，知之未尝复行也。'《易》曰：'不远复，无祗悔，元吉。'"

一是求神灵。《史记·日者列传》中云："且夫卜筮者，扫除设坐，正其冠带，然后乃言事，此有礼也。言而鬼神，或以飨忠臣以事其上，孝子以养其亲，慈父以畜其子，此有德者也。"[3]

那位上门论道的《易经》大师说："一个好的卦师，是让叛将思国，浪子还乡。"这一句话，令我对他刮目相看。

---

[1] 王阳明：《传习录注疏》，邓艾民注，上海古籍出版社，2015，第234页。
[2] 刘彬：《帛书〈要〉篇校释》，光明日报出版社，2009，第38页。
[3] 司马迁：《史记》（四），中华书局，1982，第3219页。

筮与理

有人问王阳明："《易》，朱子主卜筮，程《传》主理，何如？"

王阳明说："卜筮是理，理亦是卜筮。天下之理孰有大于卜筮者乎？只为后世将卜筮专主在占卦上看了，所以看得卜筮似小艺。不知今之师友问答，博学、审问、慎思、明辨、笃行之类，皆是卜筮。卜筮者，不过求决狐疑，神明吾心而已。《易》是问诸天；人有疑，自信不及，故以《易》问天。谓人心尚有所涉，唯天不容伪耳。"[①]

商周是崇尚神灵的时代。周武王灭殷后，访于箕子，请教治国荫民之道。箕子乃传《洪范》九畴。其中七《稽疑》云：

"立时人作卜筮，三人占，则从二人之言。汝则有大疑，谋及乃心，谋及卿士，谋及庶人，谋及卜筮。汝则从，龟从，筮从，卿士从，庶民从，是之谓大同。身其康强，子孙其逢吉。汝则从，龟从，筮从，卿士逆，庶民逆，吉。卿士从，龟从，筮从，汝则逆，庶民逆，吉。庶民从，龟从，筮从，汝则逆，卿士逆，吉。汝则从，龟从，筮逆，卿士逆，庶民逆，作内吉，作外凶。龟筮共违于人，用静吉，用作凶。"[②]

这一段话很有意思。在决疑中，排在第一位的是听从自己内心的声音。自己决定不了，逐渐扩大参与决策者的范围，谋及

---

①王阳明：《传习录注疏》，邓艾民注，上海古籍出版社，2015，第212页。
②孔颖达等：《尚书正义》，上海古籍出版社，2007，第468页。

卿士，谋及庶人，有点像西方政治，总统决定不了，议会讨论；议会决定不了，全民公决。最后才是鬼筮。即便是占卜，也是实行少数服从多数的原则，三人占，从二人之言。整个过程，非常理性。

职业的占人也不见得预测得有多准，要不断验证、总结。《占人》曰："凡卜筮既事，则系帛（币）以比其命。岁终，则计其占之中否。"①

同样的卦爻，往往得出不同的结论。《左传》昭公十二年载：鲁国季氏的家臣南蒯决定反叛，事先占了一卦，爻辞说"黄裳，元吉"，自以为大吉。惠伯却说："吾尝学此矣，忠信之事则可，不然必败。外强内温，忠也；和以率贞，信也。故曰：'黄裳，元吉。'黄，中之色也；裳，下之饰也。元，善之长也。中不忠，不得其色。下不共，不得其饰。事不善，不得其极。外内倡和为忠，率事以信为共，供养三德为善，非此三者弗当。且夫《易》不可以占险，将何事也？且可饰乎？中美能黄，上美为元，下美则裳，参成可筮。犹有阙也，筮虽吉，未也。"②南蒯不听，结果众叛亲离，只身逃到了齐国。

在武王牧野之战前夕，有一幕更绝。

武王将伐纣，卜，龟兆不吉，风雨暴至，群公尽惧。霍叔说："出三日而五灾至，无乃不可乎？"周公说："刳比干而囚箕子，飞廉、恶来知政，夫又恶有不可焉？"

姜尚一脚踢飞龟甲，说："枯骨死草，何知而凶！"遂选马而进，朝食于戚，暮宿于百泉，旦厌于牧之野。鼓之而纣卒易

---

① 李学勤主编：《周礼注疏》，北京大学出版社，1999，第650页。
② 左丘明：《左传》，杜预注，2015，第787页。

乡，遂乘殷人而诛纣。①

明乎此，方可以言《易》也。

"易"即"心"

沙漠里面有一种草，"沙漠玫瑰"。无论它死去多长时间，即使枯干如沙，只要把它泡到水里，几天后就会复活，变成丰润饱满、尽情开放的浓绿的沙漠玫瑰。

《易经》也是如此。每到民族遭到摧残，文明生死存亡的时候，圣贤之士就会研《易》，高扬大《易》之道，从宇宙的大生命体里面汲取无尽的能量，注入华夏文明之中，焕发出雄健的、蓬勃的生命力。文王如是，孔子如是，王弼如是，张载如是，程颐、苏轼、朱熹、王阳明、王夫之，无不如是，近代的熊十力、方东美、牟宗三、马一浮等亦复如是。

天地不息，中华文明就不会断绝。

《易》学，与你无关。学《易》，与你有关。

没有人能预测你的未来，没有人能左右你的未来，没有人能决定你的未来，除了你自己。

"难懂！"这几乎是所有尝试自学《周易》的人的共同感受。

又有很多人宣称只有自己才参悟透了宇宙的秘密。

在古代，《易》《书》《诗》《春秋》和《礼》，是每个青年学子的必读书目，像现在中学里的语文、数学、物理、化学一样。几乎你所能想起来的历史名人都深谙《易》学。汉朝王凤、

---

① 参见蒋南华译注：《荀子全译》，贵州人民出版社，1995，第124页。

唐代虞世南都说过："不读《易》，不可为将相。"孙思邈也说："不学《易》，不足以言太医。"

与其他经典不同，《易经》有非常鲜明的时代特征和个人特征。汉代有汉代的《易》学，晋代有晋代的《易》学，宋代有宋代的《易》学，清代有清代的《易》学，现代又出现唯物主义的《易》学。

每一个人的解读都不一样。同时代人，《东坡易传》和《伊川易传》不一样；同是理学家，程颐的定位和朱熹的定位不一样。

这个很正常，《周易》讲的是"道"，是"理"，是"意"，是"心"。每一个人读《易》、解《易》、讲《易》，都与各自的阅历、文化、角度和要解决的问题有关。他们讲的是《周易》，又都不是《周易》，只能说是借助《周易》的外壳在讲自己。

他们都对。所有人都对。哪怕是批《周易》、骂《周易》的人也都对。

但是如果谁说只有自己才是对的，别人都是错的，可以肯定，他并没有读懂《周易》。

学习《周易》，要做到两点。

一个是明《易》象。

《周易》类似现代诗，借"象"以明理。拟诸形容，象其物宜，至织至悉，无所不有。所谓其道甚大，百物不废。简单几个八卦符号，"以通神明之德，以类万物之情"，"以顺性命之理"，就要有无限丰富的象征意义。

八卦都有基本的象征，譬如乾为天，坤为地，震为雷，巽为风，坎为水，离为火，艮为山，兑为泽。又各有几个常见的象征，《说卦》云：

"乾，健也；坤，顺也；震，动也；巽，入也；坎，陷也；离，丽也；艮，止也；兑，说也。"

"乾为马，坤为牛，震为龙，巽为鸡，坎为豕，离为雉，艮为狗，兑为羊。"

"乾为首，坤为腹，震为足，巽为股，坎为耳，离为目，艮为手，兑为口。"

"乾天也，故称父，坤地也，故称母；震一索而得男，故谓之长男；巽一索而得女，故谓之长女；坎再索而得男，故谓之中男；离再索而得女，故谓之中女；艮三索而得男，故谓之少男；兑三索而得女，故谓之少女。"

这些基本的"象"，都令人头大了，更不用说："乾为天、为圜、为君、为父、为玉、为金、为寒、为冰、为大赤、为良马、为瘠马、为驳马、为木果……"

初学者往往为"象"所困。

这么多的东西，都要靠"乾"来象征，在某一卦中，"乾"到底象征什么？

其实很简单，只是说明这些物象里面，都有"乾"的体性。在何时何处，《乾》象征了什么，要看卦与卦之间，爻与爻之间的对应关系。也就是说，象的背后自有其隐含的、内在的规定性。邵康节称之为"外象"和"内象"："《易》有内象，理致是也；有外象，指定一物而不变者是也。"[1]内象和外象结合在一起，才能构成完整的"卦象"。

二是明《易》理。

---

[1]邵雍：《邵雍集》，中华书局，2010，第160页。

《易》理，指的是《易经》里面错综复杂关系的理路和圣贤的用心用意所在："八卦以象告，爻象以情言，刚柔杂居，而吉凶可见矣！变动以利言，吉凶以情迁。是故，爱恶相攻而吉凶生；远近相取而悔吝生，情伪相感而利害生。"

《易》理，不是道理，不是义理，更忌讳逻辑推理。来知德说："夫《易》者，象也；象也者，像也。此孔子之言也。曰像者，乃事理之仿佛近似，可以想象者也，非真有实事也，非真有实理也。若以事论，'金'岂可为车，'玉'岂可为铉？若以理论，'虎尾'岂可履，'左腹'岂可入？《易》与诸经不同者全在于此。"[①]

象是独立的，自足的，有特有的含义。象的背后，永远是天理。天理，需要学者自己去体悟。书不尽言，言不尽意，只可意会，无法言传。

读《周易》，要借助天理解读物象，更要透过物象把握象外之意。

六十四卦，层层叠叠；大象小象，纷纷攘攘；其理则一。

《乾》是阳爻之德，《坤》是阴爻之德，其余六十二卦都是《乾》《坤》二卦衍生出来的，《乾》德、《坤》德之用。通《乾》《坤》二卦，即通六十二卦。《乾》为《周易》之本，通《乾》即通《坤》，即通六十四卦。

杨简云：

"《坤》者，两画之《乾》；《乾》者，一画之《坤》也。"

"举天地、万物、万化、万理皆一而已矣。举天地、万物、万化、万理皆《乾》而已矣。《坤》者，《乾》之两，非

---

①来知德：《周易集注》，张万彬点校，九州出版社，2010，第7页。

《乾》之外复有《坤》也。《震》《巽》《坎》《离》《艮》《兑》，又《乾》之交错散殊，非《乾》之外复有此六物也，皆吾之变化也。"

"一者，性也，亦曰道也，又曰《易》也。名言之不同，而其实一体也。故夫《乾·象》之言，举万物之流行变化皆在其中，而六十四卦之义尽备于《乾》之一卦矣。"[1]

六十四卦原本就是一卦，三百八十四爻本是一爻。六十四卦任通一卦，即通其余六十三卦；三百八十四爻任通一爻，即通其余三百八十三爻。若有一卦不通，一爻不通，六十四卦、三百八十四爻全不通矣。

杨简又云：

"《易》者，己也，非有他也。以《易》为书，不以《易》为己，不可也。以《易》为天地之变，不以《易》为己之变化，不可也。天地，我之天地；变化，我之变化，非他物也。"

"天者，吾性中之象；地者，吾性中之形。故曰：在天成象，在地成形，皆我之所为也。"

"元，亨，利，贞，吾之四德也。吾本无四者之殊，人之言之者自殊耳。人推吾之始，名之曰元，又曰仁，言吾之通，名之曰亨，又曰礼；言吾之利，名之曰利，又曰义。言吾之正，名之曰贞，又曰固。指吾之刚为九，指吾之柔为六。"

"善学《易》者，求诸己，不求诸书。古圣作《易》，凡以开吾心之明而已，不求诸己，而求诸书，其不明古圣之所指也甚

---

① 杨简：《慈湖易传》，邓新文点校，上海古籍出版社，2021，第6—7页。

矣。"①

《易》之幽明变化，皆吾之一"心"耳。

故尔，杨万里云："学者将欲通变，于何求通？曰道；于
何求道？曰中；于何求中？曰正；于何求正？曰《易》；于何求
《易》？曰心。"②

---

① 杨简：《慈湖易传》，邓新文点校，上海古籍出版社，2021，第5
页、第7页、第10页。
② 杨万里：《诚斋易传·原序》，九州出版社，2008，第1页。

命在呼吸之间①

四十二章经

估计很多朋友都看过金庸的小说《鹿鼎记》，韦小宝冒充太监，进入皇宫，目的就是寻找一部经书，叫《四十二章经》。

东汉永平年间，汉明帝夜梦金人，派大臣从西域请到高僧摄摩腾、竺法兰，白马驮经，返回洛阳。于是，就有了中国第一所古刹白马寺。两位高僧在白马寺翻译出了第一部经书《四十二章经》。

这本经书里面没有大清祖宗留下来的藏宝图，但里面有真正的宝藏，佛陀的无尽智慧。

《四十二章经》第三十八章：

佛问沙门："人命在几间？"对曰："数日间。"
佛言："子未知道。"复问一沙门："人命在几间？"对

---

①本文根据在中华医学会第十次全国重症医学大会上的学术报告整理。

曰："饭食间。"佛言："子未知道。"复问一沙门："人命在几间？"对曰："呼吸间。"佛言："善哉！子知道矣。"

人生苦短。庄子说："人生天地之间，如白驹过隙，忽然而已。"

曹操《短歌行》说："对酒当歌，人生几何！譬如朝露，去日苦多。"

佛陀说"人命在呼吸之间"，却不是感叹生命的短暂，而是要揭示宇宙人生的实相。

谁是我

佛教认为生死一体，生就是死，死就是生。

人体有60万亿个细胞，每秒有百万个细胞在生死更新。一般情况下，人体会在半年内更新掉身体98%组织的细胞。骨骼的更新周期是10年，心脏的更新周期是20年。

人分分秒秒都在生死变化之中，谁才是真正的你呢？是怀胎时的受精卵？刚出生的婴儿？青春花季？还是佝偻的白头翁？

佛教也有"解剖学"，很简单。

万物都是由地、水、火、风"四大"基本元素，因缘和合而成。

对于人体来说，毛发、骨肉属于地大，血液、内分泌属于水大，体温属于火大，呼吸属于风大。从物性上说，坚硬属于地大，湿润属于水大，温暖属于火大，流动属于风大。

我们身体内部的"四大"，与环境中的"四大"，无时无刻不在交换之中。比如水，在井里、河里，它是无生命的物质；摄入到身体内部，就变成了"我"的有机成分；排了出去，仍旧是无生命的物质。地、火、风，都是如此。有了某个因，某个缘，它们构成了"我"。因缘一失，它们就与"我"没有了关系。四大分散，"我"就不存在了。

神经元不变，人的思想观念是在不断变化之中。

少不更事的你，现在满腹智慧的你，哪个才是真正的你？

本　心

《庄子·齐物论》里面有个比喻，说大风吹过树林，因为树洞的形状不同，会发出千奇百怪的声音。人心像树洞，存在着各种的先入为主的观念，每天面临的事，就像刮过的风。人生活在喜、怒、哀、乐、忧、思、恐种种情绪的交互变换之中。"终身役役而不见其成功，苶然疲役而不知其所归，可不哀邪！"一天到晚忙忙碌碌，终为一场空。

庄子说，这不是真正的自己。

"若有真宰，而特不得其眹。可行己信，而不见其形，有情而无形。"好像有个真正的自己，但是看不见它。看不见它，却能感觉到它的存在。庄子称之为"真宰"，自己的主人公。

临济义玄说："汝等诸人赤肉团上有一无位真人，常向汝诸人面门出入。"

每个人身上都有另外一个自己，伴随了我们一生，"寻常看不见，偶尔露峥嵘"。我们说谎话的时候，它会让我们不由自主地脸红。年轻时办的荒唐事，到了八十岁想起来也会羞愧难安。

这个主人公，佛教称之为"本心"，道教称为"道心"，老百姓称之为"良心"。

人的一生，什么都可以变化，唯有良心不会变。

世上的人，从古到今，没有任何两个人，是完全相同的。但是所有人，都有一个共同的主人公——良心。

陆象山说："东海有圣人出焉，此心同也，此理同也。西海有圣人出焉，此心同也，此理同也。千百世之上至千百世之下，有圣人出焉，此心此理，亦莫不同也。"

以前，我们批判陆象山是"主观唯心主义"者，这是误解。古代圣贤所提倡的"唯心主义"，是"唯良心主义"。它让我们无论何时何地，做任何事情，都要凭良心。

我们受到的哲学训练，把世界分为物质和意识。

东方哲学的思维方式是三维的：物质，意识，心（本心）。

主人公

白居易拜见鸟窠禅师，请教佛法。禅师说："诸恶莫作，众善奉行。"白居易很失望，说你这个佛法也太简单了，小孩子都知道。禅师说，七岁小儿晓得，七十老汉行不得。

为什么？因为我们的良心都被厚厚的灰尘覆盖了。

很多人都读过《心经》。

观自在菩萨，就是观世音菩萨。救苦救难的时候，是"观世音"；修行的时候，就是"观自在"。"自在"就是"本心"。宇宙万物都是有生有灭、变化无常的，只有本心是自在永恒的，"不生不灭，不垢不净，不增不减"。

菩萨为什么能"度一切苦厄"呢？因为她观到了自在，观到了自己的清净本心。她为什么能明心见性？因为照见了"五蕴皆空"。

我们的一天，睁开眼，心就会被所看见的东西，被"色"所左右；钻出被窝，天冷天热，有无生病，心被"受"所左右；坐下来，心被"想"所左右；被"行"所左右，"行"包括心相应行，心不相应行；被"识"所左右，"识"就是各种妄念。色、受、想、行、识，覆盖在心头，就是五蕴。照见了五蕴皆空，清净本心就会显现出来。

我们都看过《西游记》。孙悟空就是我们的心，心猿意马。美猴王学艺之地，"灵台方寸山，斜月三星洞"，"灵台""方寸"都是"心"的别称，"斜月"带上"三个小星星"是个"心"字。《西游记》第十四回《心猿归正，六贼无踪》，孙悟空从两界山出来，皈依唐僧后，遇到六个毛贼。六个毛贼，就是《心经》说的，"眼、耳、鼻、舌、身、意"。

那人说："你是不知，我说与你听：一个唤作眼看喜，一个唤作耳听怒，一个唤作鼻嗅爱，一个唤作舌尝思，一个唤作意见欲，一个唤作身本忧。"悟空笑道："原来是六个毛贼！你却不认得我这出家人是你的主人公。"

《心经》说"无眼、耳、鼻、舌、身、意"，不是说没有眼、耳、鼻、舌、身、意，而是不让六贼把你的心搅乱了，让心做你的主人公。

瑞岩师彦禅师，每天早上，一起床就喊："主人公！"自己大声说："在！"然后命令自己："惺惺着！"又回答："是！"

修 行

中国传统文化，儒、释、道，都是讲修行。修行就是修心。

孟子称之为"赤子之心"。

孟子说都有先天的善良之心。一个人，看见小孩要爬到井里了，赶紧把他抱回来。他不是想得到报酬、名誉，因为他有恻隐之心。

"恻隐之心，人皆有之；羞恶之心，人皆有之；恭敬之心，人皆有之；是非之心，人皆有之。"

孟子说，老太太的鸡犬丢失了，马上就会去寻找。我们把良心丢失了，却不知道寻找，"学问之道无他，求其放心而已矣"。

修行很简单，找到良心。从哪来找？在你的日常生活中，在你对父母兄弟的情感天性中找。让它成为自然而然的行为方式。

孔子说"七十随心所欲，不逾矩"，所做的任何事情，都符合天理良心。

修行很简单，六祖慧能不识字，一听《金刚经》就开悟了。一个人，有没有良心，与识不识字、与身份地位没有关系。

轮回与永恒

中国人相信人有灵魂，认为人死后，灵魂在轮回。其实是人的心在轮回。释迦牟尼成道时，感叹："奇哉！奇哉！大地众生皆有如来智能德相，只因妄想执着而不能证得。"

心干净了，就可以成菩萨成佛，出离生死。心被污染了，被妄念覆盖了，就堕入轮回。

找到了本心，就进入了永恒。

我们看《西游记》里面的唐僧。唐僧有三个名字。

上辈子是如来徒弟，"只为无'心'听佛讲，降生世俗遭罗网"，故叫"古佛儿"。

又名"金蝉子"，蝉能从黑暗的泥土中羽化成佛。

又名"江流儿"，唐僧一出生，就被人抛进江流。江流象征人心的烦恼不息不断。经过九九八十一难，修到了自"心"。到了灵山脚下，凌云渡口，他坐上了接引佛的渡船，看见自己的尸体顺流而去。他脱胎换骨，到了彼岸。

世间万物都在生生灭灭的因果之流中，只有"心"是永恒的。

《心经》说"无老死，亦无老死尽"，就是这个意思。

什么是神仙？吕洞宾说："不由天，不由命，而由我一点道心。孰能如此全德全玄而不改初心，岂非神也，仙也！"

孔子说："朝闻道，夕死可矣！"

为什么？他进入了永恒。否则，生是行尸走肉，死为孤魂野鬼。

死与生

很多高僧勘破生死，出入自在。

邓隐峰问弟子们："大和尚们，有坐着走的，有卧着走的，还有立化的没有？"弟子说："有。"邓隐峰又问："还有倒立者否？"弟子说："未尝见有。"邓隐峰乃倒立而化，亭亭然其衣顺体。

弟子们要火化，他还是屹然不动。他有个妹妹出家为尼，上前骂道："老兄，畴昔不循法律，死更荧惑于人？"手一推，躺倒了。

洞山良价临终，乃命剃发、澡身、披衣，声钟辞众，俨然坐化。时大众号哭不止。洞山忽然睁开眼，说："出家人心不附物，是真修行。劳生惜死，哀悲何益？"

又停了七天。洞山和大家一起吃过午饭，说："僧家无事，大率临行之际，勿须喧动。"遂归丈室，端坐长往。

得道之人并不是不爱惜生命。

梁山好汉里面，只有鲁智深成了佛。武松进了牢营，施恩讲情免去他的一百杀威棒，他不让，说只管打，皱一下眉头不算好汉。鲁智深刺杀华州太守被捉，要拷打他。鲁智深说，不要打坏了洒家的身体，我就是来杀你的，因为你抓了我的兄弟史进。武松是好汉，鲁智深是佛心。尽管他们都杀人，但原因是不一样的。鲁智深是因为慈悲杀人，他一路都是救人。武松是因为情义杀人。李逵是因为忠心杀人。

苏东坡和章惇一起游玩，到了一个山崖。只有一座独木桥，苏东坡不敢过，章惇走过去，在悬崖上写了"到此一游"。苏东坡说，你将来会杀人，自己的生命都不珍惜，肯定不会尊重别人的生命。

佛教说一草一木都有佛性，甚至没有感情的石头都有佛性。

我们的身体就像一个宇宙，我们是身体里面的每个细胞：脑细胞不会因为自己具有思维功能，就轻视手或者脚里面的细胞；我们的手指也不会因为灵活捅瞎自己的眼睛。我们的脑细胞，和手足眼细胞是一体的。吞噬同类的细胞，是癌细胞。

本来没有生命的东西，都会因我们的存在，因为我们的心的存在，而成为我们生命的有机体。石头希迁禅师读《肇论》，读到了"会万物为己者，其唯圣人乎"，晚上就梦见与六祖慧能同乘一个灵龟，在心海里面游泳。

开悟，不是成为全能的精神超人，而是看到自己身上的佛性，看到别人的佛性，那些看似无生命的木石土块，也都充满了佛性。现代物理学发现，所有的物质最终都是能量。如果有机缘，它们也是我们身体的一部分，甚至成为脑细胞。

中阴得度

莲花生大士："那些相信他们有充分时间的人，临终的那一刻才准备死亡。然后，他们懊恼不已，这不是已经太晚了吗？"

我们认为死亡就是毁灭和失掉一切。格外迷恋青春、性和权力，却逃避老年和病衰。老人遭到遗弃，丢进老人院，丢在农村，让他们孤苦无依地死去。环境受到变本加厉的毁灭。

世界上最伟大的精神传统，当然包括基督教在内，都清楚地告诉我们：死亡并非终点。

佛教把生和死看成一体，死亡只是另一期生命的开始。

我们把死后转世之间的这一段时间称为"中阴"。其实中阴贯穿整个生命。事实上，在整个生和死的过程中，中阴不断出现，而且它是通往解脱或开悟的关键点。

西藏佛教说有四种中阴：此生的自然中阴，临终的痛苦中阴，法性的光明中阴，受生的业力中阴。

最重要、最原始和最核心的心性，威力最大和最富潜能的，还是死亡的那一刻。

那一刻，我们抛开了身份、钱财、情感，看到了赤裸裸的自己。《西藏生死书》说："像天空一样无边无际的心性，刹那间显现无遗。这个根本的心性，是生与死的背景，正如天空拥抱整个宇宙一般。"

当我们还活着的时候，我们每个人都应该熟悉心性。唯有如此，在我们死亡的那一刻，才能"有如孩子投向母亲的怀抱"。

禅净双修

生死一瞬间，修行在于平常。修行的方式非常多，现代社会，大家都很忙。比较流行的是参禅与念佛。

禅坐可以让我们一再显露心性，并且逐渐加以体悟和稳定。

很多有文化的人看不起念佛。"阿弥陀佛"的含义有两个：一是无量寿，佛是永恒的，"不生不灭，不垢不净，不增不减"；二是无量光，佛的智慧的光明是无穷无尽的，"能度一切苦，真实不虚"。

念佛，参禅，都能让我们的一心不乱，融摄到佛性之中。

宋代以后，基本上都是禅净双修。"有禅有净土，犹如带角虎。现世为人师，来世作佛祖。"

临终关怀

西方先驱如精神科医师库布勒·罗斯深入探讨我们应如何关怀临终者，认为只要付出无条件的爱和采取比较明智的态度，死亡可以是安详的，甚至是转化的经验。

戒贤论师云："善心死时安乐而死，将欲终时无极苦受逼迫于身。恶心死时苦恼而死，将命终时极重苦受逼迫于身。又善心死时见不乱色相，不善心死时见色相乱。"玄奘大师临终，善心忆念善法，让弟子把一生所译经典目录读诵一遍，心无挂碍，安详往生。

基督教有牧师指导人们走向上帝，藏传佛教也有活佛指导中阴得度。我们汉地，临终时，子女拼命呼喊挽留，实际上是对解脱的干扰，增加了逝者的痛苦。医护人员，多了解一些这方面的知识，对自己、对家人、对病人，都会有所帮助。

居易俟命

白居易年少时，来到长安，拜访老诗人顾况。顾况开玩笑说："长安百物皆贵，居大不易。"及览诗卷，至"离离原上草，一岁一枯荣。野火烧不尽，春风吹又生"，乃叹曰："有句如此，居天下亦不难。老夫前言戏之耳。"

"居易"的名字，并非说长安是个不"易居"的城市，实则出自《中庸》："君子居易以俟命，小人行险以侥幸。"

这个"易"，指的是《易经》中的"易"。

谈《易》，真的是谈何容易？据说，注释解读最多的书是《易经》。朱熹说："谈《易》譬之灯笼，添得一条骨子，则障了一路光明。若能尽去其障，使之通体光明，岂不甚好！"

魏晋的王弼，曾用老庄解《易》，得意忘象，扫荡象数迷信。现在，我们用禅解《易》，为《易》去障。

"易"有三义：易简，变易，不易。

"不易"，就是永恒，就是《心经》所说的"不生不灭，不垢不净，不增不减"者。禅家称之为"诸法实相"，《周易》称之为"天道"。《恒》卦说："天地之道，恒久而不已也。"

"变易"。《系辞》云："《易》，穷则变，变则通，通则久"；"《易》之为书也，不可远；为道也，屡迁。变动不居，周流六虚，上下无常，刚柔相易，不可为典要，唯变所适"。如果高度概括《周易》的话，就是一个"变"字。

佛教最基本的义理是"三法印"："诸行无常，诸法无我，有漏皆苦。"世间万物，缘起缘灭，空无自行。《四十二章经》中，佛说："命在呼吸之间。"如果企图用你的思想情感，追逐、把握变动不已的外物的话，得到的只有痛苦。

《易》的每一卦都有六爻。《系辞》云："爻者，言乎变者也。"又云："爻也者，效天下之动者也。"王弼云："夫爻者，何也？言乎变者也"，"卦以存时，爻以示变"，"夫卦者，时也；爻者，适时之变者也"。

占卜、算卦，就是因为世事无常，自己对今后的日子捉摸不透，前途命运充满了凶险，期待在爻象中得到一点点启示。

"易简"，就是简易。《系辞》云："易简，而天下之理得矣；天下之理得，而成位乎其中矣。"这个看起来无比复杂多变的世界，其实非常简单。如果你站在永恒的"不易"的地方，来看待"变易"的话，其实非常简单。

《心经》说："观自在菩萨行深般若波罗蜜多时，照见五蕴皆空，度一切苦厄。""空"，就是永恒，就是诸法实相，"可以度一切苦，真实不虚"。

《系辞》云："圣人设卦观象，系辞焉而明吉凶，刚柔相推而生变化。是故，君子所居而安者，《易》之序也。所乐而玩者，爻之辞也。是故，君子居则观其象，而玩其辞；动则观其变，而玩其占。是故，自天佑之，吉无不利。"

这里面都是"玩"。悠闲地，轻松地，把玩着，就把天下的事搞定了，大吉大利。

如何才能做到以永恒的立场，来处理世间的事情呢？又一个字，"观"。

《心经》中，观自在菩萨，就是观世音菩萨，一方面"观"自在，观空，另一方面"观"世间，救苦救难。首先"照"见五蕴皆空，然后才能"度"一切苦厄。

《周易》中，讲"观"就更多了。八卦的设立，就是"观"的成果。《系辞》说："古者包羲氏之王天下也，仰则观象于天，俯则观法于地，观鸟兽之文，与地之宜，近取诸身，远取诸物，于是始作八卦，以通神明之德，以类万物之情。"

我们学易用易，也要"观"。《系辞》云："仰以观于天文，俯以察于地理，是故知幽明之故。原始反终，故知死生之说。精气为物，游魂为变，是故知鬼神之情状。"

我们之所以能够"观"，是因为"天道"非常清晰明白，它就在那里。我们"观"不到，是因为我们心灵的眼睛被蒙蔽了。《易纬·乾凿度》云："《易》者，其德也，光明四通，效《易》立节。天以烂明，日月星辰，布设张列，通精无门，藏神无穴，不烦不扰，淡泊不失，此其易也。"郑玄注曰："效《易》者，寂然无为也。效然无为，故天下之性莫不自得也。"

作为一个治理天下的圣人，他的任务就是，上观天道，下观人情。《观》卦说："观天之神道，而四时不忒，圣人以神道设教，而天下服矣。"《贲》卦说："观乎天文，以察时变；观乎人文，以化成天下。"《咸》卦说："天地感而万物化生，圣人感人心而天下和平；观其所感，而天地万物之情可见矣！"《恒》卦说："日月得天，而能久照，四时变化，而能久成，圣人久于其道，而天下化成；观其所恒，而天地万物之情可见矣！"

上天有好生之德，圣人"观"上"观"下不是为了自己个人的吉凶命运，而是要养育万民，让天下太平，百姓安居乐业。《系辞》说："生生之谓易。"《周易正义》说："自天地开辟，阴阳运行，寒暑迭来，日月更出，孚萌庶类，亭毒群品，新新不停，生生相续，莫非资变化之力，换代之功。"

"新新""生生"，让生命之河永不枯竭，让生命之火永不熄灭。

对于儒者来说，变化不可怕，无常不可怕，居易以俟命。"穷则变，变则通，通则久。是以自天佑之，吉无不利。"

我们不是圣人，也不能像观音菩萨那样观照到诸法空相。对于我们来说，"易"，既不"易简"，又不"简易"。

其实，我们在日常生活中，就经常用"大易"的道理，来处理问题。比如说，遇到事情，通常会说："等一等，看看再说。""看"，就是"观"。一方面，看看事态的发展，另一方面，寻找更高妙的办法。

《庄子》说："得其环中，以应无穷。"《金刚经》说："应无所住，而生其心。"让心"空灵"，最重要。

诸葛亮的"八卦阵"，又叫"九宫八卦阵"。八方都是战场，"中宫"是空的。

在中国哲学里面，"中"不是圆心，而是居高临下，在掌控之中。《中庸》说："极高明而道中庸。"《尚书》说："升中于天。"《庄子》甚至说："开天之天。"

《说岳全传》里面，有一场重要的战役。韩世忠把金兀术困在黄天荡。金兵拼死突围，韩世忠的夫人梁红玉站在旗杆上，击鼓指挥。站得高，看得清，对战场形势了如指掌。这就是"居易俟命"。

以不变应万变，万变不离其宗，都是"居易俟命"的道理。

《荀子》说："虚壹而静，得大清明。"所以他说："善为《易》者不占。"

《周易》是经孔子删订的儒学经典。最后，我们看看孔子是如何"居易俟命"的。

孔子说《易》见于《论语》者，有两处。一处是"勉无过"，《论语·述而》云："子曰：加我数年，五十以学《易》，可以无大过矣。"一处是"戒无恒"，《论语·子路》云："子曰：南人有言曰：人而无恒，不可以作巫医。善夫！不恒其德，或承之羞。子曰：不占而已矣。"

其实，孔子时时处处，一言一行，都是"居易俟命"。我们翻开《论语》的第一页，第一段。

子曰："学而时习之，不亦说乎？有朋自远方来，不亦乐乎？人不知，而不愠，不亦君子乎？"

《说文》云："学，觉悟也。"把蒙在良心上的愚蠢自私的破布拿掉。君子所学的，不是理论知识、专业技术，而是道，是仁，是天理，是良心。樊迟问种菜，种庄稼，孔子骂他是小人，因为他所追求的，是功名利禄之学。"学而时习之"，不是我们现代人所说的"理论与实践相结合"，而是任何事情，都要凭良心去做。

一次，在夏威夷召开纪念王阳明的国际会议。来自世界各地的哲学家们研讨了几天，方东美上去说："胡扯！"大会主席问："谁胡扯？"方东美说："全都是胡扯！"他们连"知行合一"的本意都没搞清楚。"知行合一"的"知"，是"良心良知"，而不是"知识"。

"良心"，就是禅宗说的"本心"，永恒，不易。对父母孝，对国家忠，对妻子爱，对朋友义，同一个"仁"，因不同场合和对象，表现出不同的方式，这就是"居易俟命"。《论语》中，孔子处处讲"仁"，处处不同。如何对"仁"下个定义，让专家学者们争论不休，头痛不已，主要是没有明白"居易俟命"的道理。

《大过》卦说："君子以独立不惧，遁世无闷。"我独自觉悟仁心，按照仁心去做事，很快乐，有同道的朋友来了，交流体会，我很快乐，没有人知道，我同样很快乐，这就是君子。

我们这些"同人"，向古人学习，画自己的画，写自己的书法。有人来买画，很快乐，没有人来买画，也很快乐；出名了，很快乐，不出名，也很快乐。我们就是"居易俟命"的君子。

述而不作

"述而不作"，这句成语出自《论语·述而》："子曰：'述而不作，信而好古，窃比于我老彭。'"

人都把它理解错了，如此便看低了孔子的用心。

《现代汉语词典》解释"述而不作"："指只阐述他人学说而不加自己的创见。"因为孔子相信和爱好古时候的东西，所以仅对古人的智慧心得加以陈述，而并没有加入自己的思想。有的学者甚至说孔子只是传承古代优秀文化却不起而革命，反映了他主张"维新"而反对"革命"的一贯原则。

古人也常常误读。譬如著名的大儒朱熹，在《论语集注》中云："述，传旧而已，作，则创始也。"清代的朱彝尊《刘永之传》云："其自称曰：'述而不作，信而好古。'夫岂以其圣而傲当世哉！"都是认为孔子所述的是西周的礼乐制度。

孔子也的的确确是"祖述尧舜，宪章文武"。他说："周监于二代，郁郁乎文哉！吾从周。"（《论语·为政》）

不过，尧、舜、文、武之道，又是从哪里来的？《尚书·洪范》记载了周灭商后二年，周武王向殷商遗民箕子请教为政之道。箕子便传授给他当年大禹治水时，上天赐予大禹的《洛书》，有九种"天地之大法"，故称"洪范九畴"。

《洪范》中说："无偏无陂，遵王之义；无有作好，遵王之道；无有作恶，遵王之路。无偏无党，王道荡荡；无党无偏，王道平平；无反无侧，王道正直。会其有极，归其有极。曰：皇，极之敷言，是彝是训，于帝其训，凡厥庶民，极之敷言，是训是行，以近天子之光。曰：天子作民父母，以为天下王。"

箕子也是"述而不作"，他所述的，乃是无偏无党、无党无偏的"王道"。王道皇极，就是"天道"。

孔子说："唯天为大，唯尧则之。"尧、舜也是"则天行道"。

孔子的"述而不作"，乃是"稽古则天"。孔子所述的，不仅仅是一种制度，乃是制度中所隐含的"天道"。

"天何言哉！四时行焉，万物生焉。天何言哉！"天道不会自己说话，要靠"天纵聪明"的圣人代言。

"圣人"之为"圣人"，在于代天立法。周公制定出了礼乐制度，规范人伦道德行为。孔子把摇摇欲坠的"天道"，在人间重新确立了起来。孔子认为，这就是他的历史使命。在被困于匡时，他说："文王既没，文不在兹乎？天之将丧斯文也，后死者不得与于斯文也；天之未丧斯文也，匡人其如予何？"（《论语·子罕》）

圣人不能制作天道，但能描述天道。这就是"述而不作"。和孔子一样，宋儒也是"述而不作"。张载说："为天地立心，为生民立命，为往圣继绝学，为万世开太平。"宋儒所述的是"天理"和"本心"。

其他宗教也一样。基督教的《新约》，上帝的儿子耶稣道成肉身，来到世间，替人类赎罪，传播爱的福音。伊斯兰教的穆罕默德，称万物非真，唯有真主。自己是最后一位先知。真主派天使长加百列给穆罕默德传达了天启。这些天启，写成了《古兰经》。

一个僧人问九峰禅师："只如世尊生下，一手指天，一手指地，云：'天上天下，唯我独尊。'为甚么唤作'传语底人'？"

"天上天下，唯我独尊"，并非指外在的力量、权威、身份、富贵，而是内在的精神境界。"我"，是指人的本心，真正的自我，不是外在的自我。开悟的禅师，其心胸气魄可以一口吸尽长江水，可以截断众流，可以涵盖乾坤，岂止是"唯我独尊"而已？释迦牟尼指天指地，是告诉大家："我就是佛，你也是佛，人人都是佛！"任何一个彻悟空性的人，都是佛。释迦牟尼以一大事因缘出现于世，就是为了向世人开佛之知见、示佛之知见，同时引导众生悟佛之知见、入佛之知见。所以，他才被唤作"传语底人"，他也是一个"述而不作"者。

孔子没有留下像《新约》《古兰经》和洋洋大观的佛经一样的神圣的经书。子贡甚至说："夫子之文章，可得而闻也；夫子之言性与天道，不可得而闻也。"

孔子不是不言天道，只是不愿玄谈空谈。他说："我欲载之空言，不如见之行事之深切著明也。"（《史记·太史公自序》）孔子的"天道"，他所述的周朝礼乐制度，载之于"六学"之中。《四库·提要易类》云："圣人觉世牖民，大抵因事以寓教，《诗》寓于风谣，《礼》寓于节文，《尚书》《春秋》寓于史，而《易》则寓于卜筮。故《易》之为书，推天道以明人事者也。"

这些本来用于教育子弟的教材，经过孔子的删订，便被后人奉为"经典"。尤其是唯一的亲手写作的《春秋》。康有为说："孔子虽有六经，而大道萃于《春秋》。若学孔子而不学春秋，是欲其入而闭其门。"孟子说，世道衰微，"孔子惧，作春秋。《春秋》者，天子之事也"。司马迁也说："夫《春秋》，上明三王之道，下辨人事之纪，别嫌疑，明是非，定犹豫，善善恶恶，贤贤贱不肖，存亡国，继绝世，补敝起废，王道之大者也。"汉儒对此很明白，称孔子是"为后世受命之君，制明王之法"的"素王"（郑玄《六艺论》）。《春秋》，就是孔子专门为汉代准备的宪法大纲。

依照《春秋》行事，上可以治国行政，下可以安身立命。上至国家大事，下至日常生活，行得行不得，是对是错，都要以《春秋》的"微言大义"为依据。

大家最熟悉的一个例子，莫过于华容道上关羽"义释曹操"的故事了。这个"义"，不是哥们儿义气的"义"，而是《春秋》大义的"义"。

赵州禅师吃的什么茶

吃茶去

　　师问新到："曾到此间么？"曰："曾到。"师曰："吃茶去。"

　　又问僧，僧曰："不曾到。"师曰："吃茶去。"

　　后院主①问曰："为甚么曾到也云吃茶去，不曾到也云吃茶去？"师召院主，主应喏。师曰："吃茶去。"
　　（《五灯会元》卷四）

　　佛门茶事，最早见于晋朝。陆羽《茶经》记载，单道开"日服镇守药数丸，大如梧子，药有松蜜姜桂伏苓之气，时复饮茶苏一二升而已"。释法瑶在小山寺，"年垂悬车，饭所饮

_____

①院主：又作寺主、住持。禅家监事之旧名。今之监事，古称院主或寺主，后又称住持为院主，故改称原有之院主为监事。今称院主则为住持之意。

茶"。但北朝贵族对茶却很鄙视，称茶水为"酪奴"。

隋唐时期，饮茶之风行于社会，而竟然是始于寺院。《封氏闻见录》记载："开元中，泰山灵岩寺有降魔师大兴禅教，学禅务于不寐，又不夕食，皆许其饮茶。人自怀挟，到处煮饮。从此转相仿效，遂成风俗。"降魔师为禅宗北宗祖师神秀的弟子。禅师修行往往胁不沾席，通宵达旦。和尚吃斋，又过午不食，营养严重不足。降魔藏禅师就以茶代饭，变通解决温饱营养问题。

苏轼《东坡志林》中写道："唐人煎茶，用姜用盐。"当时的吃法，不是像现在时尚的"工夫茶"，而是"用葱、姜、枣、橘皮、茱萸、薄荷之等，煮之百沸"，有的还加奶酪、米膏、盐、糖，类似于新疆哈萨克族人的奶茶。到了宋代，在文人雅士之中，清饮一派逐渐占了上风。但这种稠糊糊的"百沸汤"仍很普遍。《五灯会元》中，有僧问大宁道宽禅师："如何是佛法大意？"道宽曰："点茶须是'百沸汤'。"僧又问："意旨如何？"道宽曰："吃尽莫留滓。"

饮茶逐渐成为寺院日常生活之一部分。禅寺中专门设有"茶寮"，司煎点茶的，称为"茶头"。"茶头"的地位并不高。《水浒传》中，大相国寺的首座对鲁智深说："还有那管塔的塔头，管饭的饭头，管茶的茶头，管菜园的菜头，管东厕的净头，这个都是头事人员，末等职事。"可知，蕴含着"佛法大义"的"百沸汤"，也并不是什么神圣的东西。

如此，我们就明白了赵州和尚"吃茶去"的含义了。

"吃茶去！"其实就是告诉大家，佛法其实很简单，就在你的生活中。

开悟没有开悟，不在于有多么高深莫测的玄理，而在于拥有一颗平常心。

僧人行履，到处拜访高僧，是为了验证自己的境界，或者期待高僧点拨。所以，机锋相见，电光火花。

"到过此间否？"不是说，到没到过"赵州"这个地方，而是问："有没有领会赵州从谂禅师的精神境界？"

如果说"没曾到"，那么，赵州禅师说"吃茶去"，是告诉你不要把成佛看得高不可攀，其关键恰恰存在于吃茶喝水这样的家常小事上。

如果说，你已经了悟佛法的真谛，赵州禅师是在提醒你，不要把自己看得高高在上，仍然是个吃喝拉撒的普通人。

很多茶客喜欢"禅茶一味"四个字。一些虔诚的信徒，认真地在茶中品尝禅机，在禅中寻找茶香，却离真正的"禅"的精神越走越遥远。

"禅茶一味"源自宋代高僧圆悟克勤。圆悟克勤曾手书"茶禅一味"四字，将其馈赠参学的日本弟子荣西。至今圆悟手书原迹仍被收藏在日本奈良大德寺。圆悟克勤说："如何是佛？乾屎橛。如何是佛？麻三斤。是故真净偈曰：'事事无碍，如意自在。手把猪头，口诵净戒。趁出淫坊，未还酒债。十字街头，解开布袋。'"

原来，圆无克勤的佛，赵州的茶，就是日常生活！

《景德传灯录》中，龙华寺慧居禅师说："龙华遮这里也只是拈柴择菜。上来下去，晨朝一粥。斋时一饭，睡后吃茶。"

一个僧人见到赵州禅师："学人乍入丛林，乞师指示。"赵州问："吃粥了也未？"答曰："吃粥了也。"师曰："洗钵盂去。"其僧忽然省悟。

在赵州古佛的语录中，"吃茶"与"吃粥""洗钵盂"所代表的是一个意思。关键是你能不能"忽然醒悟"。

十二时歌

　　鸡鸣丑，愁见起来还漏逗①。裙子褊衫个也无，袈裟形相些些有。裩无腰，袴无口②，头上青灰三五斗。比望修行利济人，谁知变作不唧溜③。

　　平旦寅，荒村破院实难论。解斋粥米全无粒，空对闲窗与隙尘。唯雀噪，勿人亲，独坐时闻落叶频。谁道出家憎爱断，思量不觉泪沾巾。

　　日出卯，清净却翻为烦恼。有为功德被尘幔，无限田地未曾扫。攒眉多，称心少，叵耐东村黑黄老。供利不曾将得来，放驴吃我堂前草。

　　食时辰，烟火徒劳望四邻。馒头锥子前年别，今日思

---

　　①漏逗：漏，物体由孔或缝透过。逗，停留，逗留。此处指迟迟疑疑，犹豫不定。

　　②裩、袴：裩，又作"裈"，满裆裤，以别于无裆的套裤而言。袴，"裤"的异体字，成人满裆裤及小儿开裆裤的通称。

　　③唧溜：邯郸土语，说某人聪慧伶俐、动作敏捷为"唧溜"。对麻木、迟钝的人就说他"不唧溜"。

量空咽津。持念少，嗟叹频，一百家中无善人。来者只道觅茶吃，不得茶嗔去又嗔。

禺中巳，削发谁知到如此。无端被请作村僧，屈辱饥凄受欲死。胡张三，黑李四，恭敬不曾生些子。适来忽尔到门头，唯道借茶兼借纸。

日南午，茶饭轮还无定度。行却南家到北家，果至北家不推注。苦沙盐，大麦醋，蜀黍米饭蘸莴苣。唯称供养不等闲，和尚道心须坚固。

日昳未，者回不践光阴地。曾闻一饱忘百饥，今日老僧身便是。不习禅，不论义，铺个破席日里睡。想料上方兜率天，也无如此日炙背。

晡时申，也有烧香礼拜人。五个老婆三个瘿，一双面子黑皴皴。油麻茶，实是珍，金刚不用苦张筋。愿我来年蚕麦熟，罗睺罗①儿与一文。

日入酉，除却荒凉更何守。云水高流定委无，历寺沙弥镇常有。出格言，不到口，枉续牟尼子孙后。一条拄杖粗棘藜，不但登山兼打狗。

黄昏戌，独坐一间空暗室。阳焰灯光永不逢，眼前纯是金州漆。钟不闻，虚度日，唯闻老鼠闹啾唧。凭何更得有心情，思量念个波罗蜜。

人定亥，门前明月谁人爱。向里唯愁卧去时，勿个衣裳着甚盖。刘维那，赵五戒，口头说善甚奇怪。任你山僧囊

---

①罗睺罗（前534—？），又译罗侯罗、罗怙罗、罗护罗或罗云，意译覆障或障月，是释迦牟尼佛的独生子，后来的十大弟子之一，有"密行第一"的称号。此处当为小铜钱。

馨空，问着都缘总不会。

　　半夜子，心境何曾得暂止。思量天下出家人，似我住持能有几。土榻床，破芦席，老榆木枕全无被。尊像不烧安息香，灰里唯闻牛粪气。（《赵州录》）

　　十二时辰是古人根据一日间太阳出没的自然规律、天色的变化以及自己日常的生产活动、生活习惯而归纳总结、独创于世的。西周时就已使用。汉代命名为夜半、鸡鸣、平旦、日出、食时、隅中、日中、日昳、晡时、日入、黄昏、人定。又用子、丑、寅、卯、辰、巳、午、未、申、酉、戌、亥十二地支来表示，以夜半二十三点至一点为子时，一至三点为丑时，依次递推。

　　《四十二章经》有言，佛问沙门："人命在几间？"有说数日间，有说饭食间。佛均言："子未知道。"一沙门对曰："呼吸间。"佛言："善哉！子知道矣。"生命在一呼一吸之间。修行也要伴随生命的整个过程，不是心血来潮，更不是一曝十寒。一天十二时中，要时刻"惺惺着"。有人问曹山本寂禅师："学人十二时中如何保任？"曹山答道："如经蛊毒之乡，水不得沾着一滴。"赵州从谂禅师也说："老僧行脚时，除二时斋粥，是杂用心力处，余外更无别用心处也。若不如此，出家大远在。"

　　"十二时歌"为古代俗曲之名。"歌"者，依律所唱之韵文也。人之心有所志，咏而入韵，因以成歌。南朝梁代高僧宝志禅师有《十二时颂》，以规范修行者十二时的用心。唐僧云门文偃禅师、宋僧雪窦重显禅师、汾阳善昭禅师以及清初住成都文殊院的道登禅师，都有《十二时歌》流传于世。

　　有一僧问赵州从谂禅师："十二时中如何用心？"赵州

说："汝被十二时辰转，老僧使得十二时辰。"看赵州是如何转得十二时的。

"鸡鸣丑，愁见起来还漏逗。裙子褊衫个也无，袈裟形相些些有。褊无腰，袴无口，头上青灰三五斗。比望修行利济人，谁知变作不唧溜。"

赵州从谂禅师是一位"黑色幽默"的大师，崇高的理想与丑恶的现实处处相得益彰，相映成趣。出家修行是一项济世利人的高尚事业，僧人是佛、法、僧"三宝"，赵州本人又被尊称为"古佛"。然而，"古佛"的一天，从一个"愁"字开始。

古时以"鸡鸣"为一日之始，故"十二时歌"以丑时为开端。"鸡鸣丑，愁见起来还漏逗。""愁"得没完没了。衣、食、住、行，每天睁开眼就要穿衣服。没有衣服，如何见人？"裙子褊衫个也无"，古时男子内裤外裙，褊衫为内着护体之小衣。裙子没有，内衣也没有。唯出家人必备的袈裟，还能蔽蔽身体。

"褊无腰，袴无口，头上青灰三五斗"。试看今日之"高僧"们，出行如达官，居住如皇宫，风光如外宾，追捧如歌星，哪会像破衣烂衫、灰头土脸的赵州，如此窝囊、如此狼狈！

"比望修行利济人，谁知变作不唧溜。"僧人之利济人处，不在于外表的"唧溜"，正在于人格之纯粹、干净、高洁。他是人类心灵之道德标杆，为人天之万世师表。赵州之为"古佛"，不仅仅因为他顿悟心性，更在于他"道心坚固"，"志效古人"。唐大中十二年（858），年已八十高龄的从谂禅师行脚至赵州古城，受信众敦请驻锡城东观音院三十年。僧人问："如何是和尚家风？"赵州云："老僧自小出家，抖擞破活计。"又有僧问："如何是和尚家风？"赵州云："屏风虽破，骨格犹存。"通篇《十二时歌》，应从此处着眼，切不可以俗情凡猜，认为老和尚在自我解嘲或腹中牢骚。

"平旦寅，荒村破院实难论。解斋粥米全无粒，空对闲窗与隙尘。唯雀噪，勿人亲，独坐时闻落叶频。谁道出家憎爱断，思量不觉泪沾巾。"

太阳露出地平线之前，天刚蒙蒙亮的一段时候称"平旦"，也就是黎明时分。用地支表示这个时段则为寅时。愁过了"衣"，再说"食"与"住"。荒凉的村庄，破旧的院落。粥米颗粒全无，早点哪有着落？只有空对闲窗——赵州是天天坐对空窗，否则的话，他不会对窗隙中的灰尘观察得那么清楚，印象那么深。"唯雀噪，勿人亲，独坐时闻落叶频"。四周一片寂静，连落叶的声音都听得那么清晰，又可见独坐时间之久。

"谁道出家憎爱断，思量不觉泪沾巾。"谁都可以欺骗，唯有自己的肚子欺骗不了；什么都可以断掉，唯有饥肠辘辘时的感受断不掉。想一想今天的早餐在哪里，不知不觉就流下泪来。

上一段以"利济人"与"不唧溜"相对，这一段以"憎爱断"与"泪沾巾"相对，下一段以"清静"与"烦恼"相对。这样的对比、反讽随处都是，读者可细细体会。

"日出卯，清净却翻为烦恼。有为功德被尘幔，无限田地未曾扫。攒眉多，称心少，匝耐东村黑黄老。供利不曾将得来，放驴吃我堂前草。"

"日出"最初见于《诗经·桧风·羔裘》："日出有曜，羔裘如濡。"旭日东升，光耀大地，生机勃勃。然而，对于赵州来说，新的烦恼又来了。烦恼可转为菩提，菩提也可转为烦恼。赵州的"烦恼"，不是因为自己，而是因为他人，因为世人。"有为功德被尘幔，无限田地未曾扫。"有为功德，世人所为的有限功德也被尘沙覆盖，而人的清静本心就更无人打扫了。

熟悉"吃茶去""庭前柏树子"等公案的朋友都知道，赵州老和尚是一个说法的高手，极善于借眼前的日常琐事显示高深的佛法。"攒眉多，称心少"，你看东村的那些黑脸黄脸老兄，"供利不曾将得来，放驴吃我堂前草"。

"食时辰，烟火徒劳望四邻。馒头椎子前年别，今日思量空咽津。持念少，嗟叹频，一百家中无善人。来者只道觅茶吃，不得茶噇去又嗔。"

"食时"就是吃早饭之时，以地支命名，称之为辰时。"烟火徒劳望四邻。"馒头槌子自从前年就永别了，今天想起来只能咽下口水。"持念少，嗟叹频，一百家中无善人。"不住声地叹息世上善人怎么就那么少，哪有心思去持念正法啊！这些"檀越"，不仅不给供养，反而整天上门来蹭茶，没有茶吃还发脾气。

"禺中巳，削发谁知到如此。无端被请作村僧，屈辱饥凄受欲死。胡张三，黑李四，恭敬不曾生些子。适来忽尔到门头，唯道借茶兼借纸。"

"禺中"，即"隅中"，即上午九到十一点左右，用地支表示为巳时。《淮南子·天文训》云："日出于旸谷……至于衡阳，是谓隅中；至于昆吾，是谓正中。""隅"，就是"斜角"。从长安（今陕西西安）为时刻的观测点，当太阳从衡阳的上方，运转到昆吾的上空时，观测人员的目光追随太阳，形成一个夹角。人们称这个时段为"隅中"。

削除须发，出家为僧，谁能料想会弄到这般地步。不知怎会被邀请到这荒村破院里常住，受尽屈辱、饥饿和凄凉，几乎无以维生。那位蛮横的张三，还有鲁莽的李四，对僧人的恭敬之心恐怕是一点点也没有产生，一不烧香，二不礼佛。刚才忽然上门，又是前来借茶借纸。

"日南午，茶饭轮还无定度。行却南家到北家，果至北家不推注。苦沙盐，大麦醋，蜀黍米饭蘸莴苣。唯称供养不等闲，和尚道心须坚固。"

"日南午"，正午时分，又该吃饭了。这一次还比较幸运。"行却南家到北家，果至北家不推注。"北家还没有找理由推托。"苦沙盐，大麦醋，蜀黍米饭蘸莴苣"，尽管吃得不好，却接受了一中午"贫下中农的再教育"。"唯称供养不等闲，和尚道心须坚固。"这两句白描，对日常生活中人性的卑琐与伪善捕捉刻画得太精彩了。我们大概都喜欢逮住机会，用冠冕堂皇的话说教别人一下，以显示高高在上，特别是觉得自己有恩于人的时候。

"日昳未，者回不践光阴地。曾闻一饱忘百饥，今日老僧身便是。不习禅，不论义，铺个破席日里睡。想料上方兜率天，也无如此日炙背。"

"日昳"即"日昃"也，"昃，日在西方时，侧也。"大致相当于下午一到三点钟，为未时。"一饱忘百饥"，这时候老僧不会虚度光阴了，按照施主的谆谆教诲，修行去。如何修行？

"不习禅，不论义，铺个破席日里睡。"这就是赵州的禅法。饥了未必能食，困来肯定能眠。

"想料上方兜率天，也无如此日炙背。"兜率天，意译为"知足天"，谓此天于五欲境界能知止足，弥勒正于此中住止，时至则降生娑婆而成佛，故而又称为弥勒净土，高僧道安、玄奘等皆愿往生其国。铺开一张破席子，找个太阳晒到的地美美地睡上一觉。想一想上方的兜率天宫，肯定也不如现在太阳晒得脊梁热烘烘的感觉舒服。

"晡时申,也有烧香礼拜人。五个老婆三个瘿,一双面子黑皴皴。油麻茶,实是珍,金刚不用苦张筋。愿我来年蚕麦熟,罗睺罗儿与一文。"

寺院虽破,也常有女人光临。晡时,即申时,下午三到五点钟,该是准备晚饭的时间。来了五位上香的女菩萨,两个皱巴巴的脸蛋风刮日晒,黑黢黢的,其中有三位美女脖子上都长大肉疙瘩。就是这样的婆子,说不定哪一位禅法高明,一张口,便令僧人头疼不已。

"油麻茶,虽说滋味不怎么好下咽,但又挡饥,又解渴,也实是难得的宝贝。天王金刚不要嫌弃,不用气得脸红脖子粗。但愿您老人家好好保佑我们,来年蚕麦丰收,决不会亏待您,每个佛子佛孙,都发上一文大光钱。"这絮絮叨叨、像哄小孩一样安抚神灵的祷告,正是乡下贫苦的老太太们的风格。赵州老和尚的嘴里,虽然没有多少"之乎者也",但其表达之准确,语言之纯美,就连职业作家获奖诗人也难以望其项背。

"日入酉,除却荒凉更何守。云水高流定委无,历寺沙弥镇常有。出格言,不到口,枉续牟尼子孙后。一条拄杖粗棘藜,不但登山兼打狗。"

太阳落山,夕阳西下。云游僧人们该来挂单投宿了。"出格言,不到口,枉续牟尼子孙后。"真是应了赵州的那句话,"老僧在此间三十余年,未曾有一个禅师到此间"。"一条拄杖粗棘藜,不但登山兼打狗。"这些僧人负笈杖锡,餐风饮露,然而对真理的追求十分坚定、执着,触动了老和尚当年行脚之情。

"黄昏戌,独坐一间空暗室。阳焰灯光永不逢,眼前纯是金州漆。钟不闻,虚度日,唯闻老鼠闹啾唧。凭何更得有心情,思量念个波罗蜜。"

"黄昏",《说文》曰:"黄,地之色也。"又说:"昏,日冥也。"夕阳沉没,万物朦胧,天地昏黄,独坐空室。阳焰为阳光中之浮尘,以喻妄念烦恼,灯光比喻般若智慧。"阳焰灯光永不逢",乃指凡圣双遣,真妄一如的境界。金州漆,唐时以今之陕西省安康市为金州,所产漆以乌黑出名,禅师常以"不快漆桶"呵斥没有见性之僧。这里,赵州用来描述不定而定,定而不定,身心内外浑然一色的禅定之境。在禅定中,钟声不闻而闻,鼠声闻而不闻。"波罗蜜"念而不念,不念而念。

"人定亥,门前明月谁人爱。向里唯愁卧去时,勿个衣裳着甚盖。刘维那,赵五戒,口头说善甚奇怪。任你山僧囊罄空,问着都缘总不会。"

"明月",般若性体。禅僧常借"明月到窗""云开月现"比喻恍然大悟。人定时分,一轮明月照在门前,却无人理会。刘维那和赵五戒,都是形式上的佛教信徒,但其修行都是"口头说善",并不关注自己内心的光明。"任你山僧囊罄空,问着都缘总不会",守着一位明心见性的大禅师,却不知道参禅问道!怎不叫赵州扼腕叹息。

"半夜子,心境何曾得暂止。思量天下出家人,似我住持能有几。土榻床,破芦席,老榆木枕全无被。尊像不烧安息香,灰里唯闻牛粪气。"

"先天下之忧而忧,后天下之乐而乐。"赵州老和尚刚才为身边的佛子而叹,现在又为天下的僧众而忧,为佛法的弘扬传承而忧。"思量天下出家人,似我住持能有几?"黄檗希运禅师说:"大唐国里无禅师。"赵州说:"者边三百、五百、一千傍边,二众丛林称道好个住持,泊乎问着佛法,恰似炒沙作饭相似，无可施为，无可下口。"在南方，像聚集三五百众、上千僧人的大寺院比比皆是，那些住持，一个个光鲜鲜的，哪像我这个方丈，"土榻床，破芦席，老榆木枕全无被"。坐禅之人，被有何用？修行之人，像有何为？得道之人，当往异类中行。赵州一生自甘为"水牯牛"。"牛粪气"与"安息香"，何同何异？

《维摩诘经》中，维摩诘示疾，非维摩诘病，乃众生之病，社会之病，"菩萨为众生故入生死，有生死则有病。若众生得离病者，则菩萨无复病"。僧肇云："群生之疾，痴爱为本；菩萨之疾，大悲为源。"赵州从谂禅师之忧、愁、苦、疾，也是如此。《十二时歌》以"愁"开端，以"忧"结束。"愁"的是，一个真正的行道者，究竟应该以何种方式存于世。20世纪末，赵传仍然在唱："当我决定为了理想而燃烧，生活的压力和生命的尊严哪一个重要？"这是所有追求精神生活的人都面临的考验。对于一个僧人来说尤其关键。因为他荷担的是如来的弘法大业，是人类的良心所寄寓，人类的希望所寄寓。这是赵州之"忧"所在，也是诗歌最后的落脚点和意义所在。

赵州《十二时歌》在篇章结构上为定格联章，是三、七、七、七句式，音韵优美，读起来朗朗上口。其行文从子丑寅卯说起，看似散淡，实则由近及远，由小及大，层层递进，内在结构十分严谨。其语言明白如话，准确传神，足可以与白居易的长篇歌行相媲美；并且各有千秋，艰难窘迫的苦行僧生涯，用轻松俏皮的口吻写出来，格外生动有趣。

云门大师道："直得山河大地，无纤毫过患，犹为转物。不见一切色，始是半提。更须知有全提时节向上一窍，始解稳坐。若透得，依旧山是山、水是水，各住自位，各当本体，如大拍盲人相似。赵州道：'鸡鸣丑，愁见起来还漏逗。裙子褊衫个也无，袈裟形相些些有。裈无腰，裤无口，头上青灰三五斗。比望修行利济人，谁知变作不唧溜。'若得真实到这境界，何人眼不开？一任七颠八倒，一切处都是这境界，都是这时节。十方无壁落，四面亦无门。"到此方为"赵州禅"。

跋

邵康节云："人之至者，谓其能以一心观万心，一身观万身，一世观万世者焉。其能以心代天意，口代天言，手代天工，身代天事者焉。其能以上识天时，下尽地理，中尽物情，通照人事者焉。其能以弥纶天地，出入造化，进退古今，表里人物者焉。"（《观物篇》）

我辈阅读先贤经典，亦当摒弃我见与俗见，观之以空明之心。

《窈窕淑女》讲的是《诗经·国风·周南》里的第一首诗《关雎》。

《诗经》为孔子所编纂的儒家经典，就要观之以孔子之心。《关雎》写爱情，但不是普通的情诗。"齐家治国平天下。"齐家从成家开始，成家从恋爱开始。何为"窈窕淑女"？窈，文雅；窕，阳光；淑，贞洁。这样的少女，不仅仅是君子的"好逑"，简直是中华女子几千年传统美德的化身。

我们读《水浒》，喜欢激烈紧张的打斗场面，不知闲处着眼。

《引首》中说，宋仁宗皇帝乃是上界赤脚大仙下凡，啼哭不已。天庭差遣太白金星下界，化作一老叟，"耳边低低说了八个字，太子便不啼哭。那老叟不言姓名，只见化一阵清风而去。耳边道八个甚字？道是：'文有文曲，武有武曲。'"。

文曲、武曲分别是北斗七星中的天权星和开阳星。

孔子说："为政以德，譬如北辰，居其所，而众星共之。"（《论语·为政》）北辰为"帝星"，北斗七星为"帝车"，"运于中央，临制四乡。分阴阳，建四时，均五行，移节度，定诸纪，皆系于斗"（《史记·天官书》）。斗柄之内，还隐藏着三十六天罡星，七十二地煞星，一同维护天道的正常运行。

在文曲星包拯、武曲星狄青的辅佐下，大宋朝三九二十七年五谷丰登，万民乐业。二星官归天后，瘟疫横行，天下大乱，于是便有了天罡、地煞一百零八个魔君私自下凡，辅国安民，去邪归正。

"罡"者，四正也。何以"四正"？因"四不正"。上有贪官，下有恶霸，外有强寇，内有叛乱。天罡的使命便是杀贪官、除恶霸、征北辽、剿方腊。

众好汉对自己的前世今生并不知晓。宋江上山后，回家搬取父亲，遭到官军追杀，一路奔逃，躲入还道村九天玄女娘娘庙。玄女娘娘点明宋江的来历，并降法旨道："宋星主！传汝三卷天书，汝可替天行道为主，全忠仗义为臣。"

"还道村"，由啸聚山林回归"替天行道"。何以言"替"？因他们是洪太尉"误走的妖魔"，而非像包拯、狄青所奉的是玉帝的御旨。

读懂《西游记》，其实很简单，只要明白孙悟空的老师是谁就行了。

孙悟空的老师是菩提祖师，即《金刚经》中的须菩提，佛祖释迦牟尼的徒弟。"又称空生。十大弟子中解空第一。佛与之说般若空理者。"须菩提"解空"第一，故给自己的徒儿起名为"悟空"。色即是空，空即是色，猴子想变什么就能变什么。

悟空的另一个师父唐三藏，也是如来的徒弟。听佛讲经心不在焉，一念无明，便离西天十万八千里。三藏法师取经之路，就是金蝉子找回本心之路。当然，需要有一个悟了空的齐天大圣一路帮他降伏种种心魔。

……

这本书是十多年来，在非学术的座谈会议、非正式的交流杂志、民间的公众号上发表的随说和随笔。上卷谈大家喜闻乐见、耳熟能详的"四大名著"，谈《孙子兵法》，聊"关关雎鸠"。下卷谈心学，谈西哲，谈庄子，谈易学，谈禅学。兴之所至，信口开河，姑妄言之，姑妄听之。

感谢花城出版社的安然老师，在一次诗会上认识。她问我，出不出诗集？我说，打算出一本文学哲学随笔集。没想到，电子稿发给她，不到一星期，就回话说已经通过了。使我大感意外。《禅宗语录鉴赏辞典》连写带出整整十二年，还有三分之一的稿子没有来得及收入。《国学史纲》五年往返了七个出版社才落地。感激之情，难以言表。

感谢我的师兄、武汉大学国学院的孙劲松院长，百忙之中，为本书作序。